## *Sir* Arthur Conan Doyle
(1859-1930)

*Sir* Arthur Conan Doyle nasceu em Edimburgo, na Escócia, em 1859. Formou-se em Medicina pela Universidade de Edimburgo em 1885, quando montou um consultório e começou a escrever histórias de detetive. *Um estudo em vermelho*, publicado em 1887 pela revista *Beeton's Christmas Annual*, introduziu ao público aqueles que se tornariam os mais conhecidos personagens de histórias de detetive da literatura universal: Sherlock Holmes e dr. Watson. Com eles, Conan Doyle imortalizou o método de dedução utilizado nas investigações e o ambiente da Inglaterra vitoriana. Seguiram-se outros três romances com os personagens, além de inúmeras histórias, publicadas nas revistas *Strand*, *Collier's* e *Liberty* e posteriormente reunidas em cinco livros. Outros trabalhos de Conan Doyle foram frequentemente obscurecidos por sua criação mais famosa, e, em dezembro de 1893, ele matou Holmes (junto com o vilão professor Moriarty), tendo a Áustria como cenário, no conto "O problema final" (*Memórias de Sherlock Holmes*). Holmes ressuscitou no romance *O cão dos Baskerville*, publicado entre 1902 e 1903, e no conto "A casa vazia" (*A ciclista solitária*), de 1903, quando Conan Doyle sucumbiu à pressão do público e revelou que o detetive conseguira burlar a morte. Conan Doyle foi nomeado cavaleiro em 1902 pelo apoio à política britânica na guerra da África do Sul. Morreu em 1930.

Obras do autor na COLEÇÃO **L&PM** POCKET

*Aventuras inéditas de Sherlock Holmes*
*A ciclista solitária e outras histórias*
*Um escândalo na Boêmia e outras histórias*
*O cão dos Baskerville*
*Dr. Negro e outras histórias*
*Um estudo em vermelho*
*A juba do leão e outras histórias*
*As melhores histórias de Sherlock Holmes*
*Memórias de Sherlock Holmes*
*A nova catacumba e outras histórias*
*Os seis bustos de Napoleão e outras histórias*
*O signo dos quatro*
*O solteirão nobre e outras histórias*
*O último adeus de Sherlock Holmes*
*O vale do terror*
*O vampiro de Sussex e outras histórias*

# ARTHUR CONAN DOYLE

# MEMÓRIAS DE SHERLOCK HOLMES

*Tradução de* ALESSANDRO ZIR

www.lpm.com.br

**L&PM** POCKET

Coleção **L&PM** POCKET, vol. 166

Texto de acordo com a nova ortografia.

Primeira edição na Coleção **L&PM** POCKET: setembro de 2005
Esta reimpressão: julho de 2024

Título original: *The Memoirs of Sherlock Holmes*

*Tradução:* Alessandro Zir
*Capa:* Marco Cena
*Preparação de original:* Jó Saldanha
*Revisão*: Bianca Pasqualini e Renato Deitos

ISBN 978-85-254-0963-8

---

| | |
|---|---|
| D754m | Doyle, Arthur Conan, *Sir*, 1859-1930 |
| | Memórias de Sherlock Holmes / Arthur Conan Doyle; tradução de Alessandro Zir. – Porto Alegre: L&PM, 2024. |
| | 304 p. ; 18 cm – (Coleção L&PM POCKET, v.166) |
| | 1. Ficção inglesa policial. I. Título. II. Série. |
| | CDD 823.872 |
| | CDU 820-312.4 |

Catalogação elaborada por Izabel A. Merlo, CRB 10/329.

---

© da tradução, L&PM Editores, 2005

Todos os direitos desta edição reservados a L&PM Editores
Rua Comendador Coruja 314, loja 9 – Floresta – 90.220-180 Porto Alegre – RS – Brasil / Fone: 51.3225.5777

Pedidos & Depto. Comercial: vendas@lpm.com.br
Fale conosco: info@lpm.com.br
www.lpm.com.br

Impresso no Brasil
Inverno de 2024

# Sumário

Silver Blaze / 7
A face amarela / 40
O escriturário da corretagem / 65
O *Gloria Scott* / 89
O ritual Musgrave / 114
O enigma de Reigate / 139
O corcunda / 165
O paciente residente / 188
O intérprete grego / 213
O tratado naval / 237
O problema final / 281

# Silver Blaze

— Temo, Watson, que eu tenha de ir — disse Holmes, enquanto estávamos sentados, tomando juntos nosso café numa certa manhã.

— Ir? Para onde?

— Para Dartmoor. Para King's Pyland.

Não fiquei surpreso. De fato, meu único espanto era que ele ainda não tivesse se metido naquele caso extraordinário — era o que mais se falava por toda a Inglaterra. Por um dia inteiro, meu companheiro tinha vagado pela sala com o queixo colado ao peito e as sobrancelhas franzidas, carregando e recarregando o cachimbo com o tabaco negro mais forte, absolutamente surdo a qualquer de minhas perguntas ou observações. Edições novas de todos os jornais tinham sido enviadas por nosso fornecedor, e ele olhava-as de relance e atirava num canto. Mas, por mais silencioso que estivesse, eu sabia muito bem sobre o que estava ruminando. Havia apenas um problema que poderia desafiar seus poderes de análise, e esse era o curioso desaparecimento do favorito para a Taça Wessex e o assassinato trágico do seu treinador. Portanto, quando ele subitamente anunciou sua intenção de ir até a cena do drama, era exatamente isso o que eu esperava.

— Ficaria muitíssimo feliz em ir com você, se não fosse atrapalhar — eu disse.

— Meu caro Watson, vindo comigo, você me faria um grande favor. E creio que seu tempo não será desperdiçado, pois esse caso tem características que prometem torná-lo absolutamente único. Estamos em cima da hora para pegar o trem em Paddigton, e me aprofundarei no assunto durante a viagem. Seria muita gentileza se pudesse trazer o seu excelente binóculo.

E assim, mais ou menos uma hora depois, eu encontrava-me no canto de um vagão de primeira classe, voando, *en route* para Exeter, enquanto Sherlock Holmes, com o rosto vivaz e afiado metido em um boné de viagem de abas largas para proteção das orelhas, mergulhava num pacote de jornais que acabara de comprar em Paddington. Havíamos deixado Reading há muito quando ele guardou o último dos periódicos debaixo do assento e ofereceu-me a sua cigarreira.

– Estamos indo bem – disse, olhando para fora da janela e dando uma espiada no relógio. – Nossa velocidade no momento é de 85 quilômetros por hora.

– Não observei os postes de um quarto de milha – disse eu.

– Nem eu. Mas os postos telegráficos nessa linha estão a 55 metros de distância um do outro, e o cálculo é bem simples. Presumo que você já saiba alguma coisa a respeito do assassinato de John Straker e do desaparecimento do Silver Blaze?

– Li o que disseram o *Telegraph* e o *Chronicle*.

– Trata-se de um daqueles casos em que se deve usar a arte de raciocinar mais para peneirar os detalhes do que para descobrir novas evidências. A tragédia tem se revelado tão incomum, tão completa e de tal importância para tantas pessoas que temos de enfrentar uma pletora de resumos, conjecturas e hipóteses. A dificuldade está em separar os fatos – os fatos absolutos, inegáveis – dos embelezamentos dos teóricos e repórteres. Então, tendo nos estabelecido sobre essa base segura, é nosso dever determinar que inferências podem ser tiradas e quais são os pontos ao redor dos quais gira o mistério. Na terça à noite, recebi telegramas que pediam minha colaboração tanto do coronel Ross, o proprietário do cavalo, quanto do inspetor Gregory, que está examinando o caso.

– Terça à noite! – exclamei. – E hoje é quinta de manhã. Por que você não viajou ontem?

– Por que fiz uma bobagem, meu caro Watson. O que é, temo, uma ocorrência mais comum do que poderia pensar quem me conhece apenas pelas memórias que você escreve. O fato é que não acreditei ser possível que o cavalo mais conhecido da Inglaterra pudesse permanecer escondido, sobretudo num lugar tão pouco habitado como o norte de Dartmoor. Por horas, ontem, esperei ouvir que tivesse sido encontrado e que o sequestrador fosse o assassino de John Straker. Quando, entretanto, passou-se outra manhã e eu vi que, além da prisão do jovem Fitzroy Simpson, nada tinha sido feito, senti que era tempo de agir. Mas, de algum modo, acho que o dia de ontem não foi perdido.

– Você tem uma teoria, então?

– Pelo menos, tenho um apanhado dos fatos essenciais do caso. Devo enumerá-los para você, pois nada esclarece mais um caso do que narrá-lo para outra pessoa, e dificilmente posso esperar sua cooperação se não lhe mostrar a posição da qual partimos.

Recostei-me nas almofadas, dando baforadas com meu cigarro, enquanto Holmes, inclinado para frente e checando os pontos, com seu longo indicador, na palma de sua mão esquerda, ofereceu-me um esboço dos eventos que tinham provocado a nossa viagem.

– Silver Blaze pertence à linhagem de Isonomy e conquistou recordes tão brilhantes como seu famoso ancestral. Está agora com cinco anos e tem conquistado cada um dos prêmios do turfe para o coronel Ross, seu afortunado dono. No momento da tragédia, era o favorito da Taça Wessex, com apostas de três para um. Entretanto, ele é sempre o favorito dos apostadores, e ainda não os desapontou, de forma que, mesmo em pequenas corridas, enormes somas de dinheiro têm sido apostadas nele. É óbvio, portanto, que há muitas pessoas que têm um grande interesse em evitar que Silver Blaze esteja lá quando baixar a bandeira na próxima terça-feira.

"Esse fato foi, é claro, considerado em King's Pyland, onde fica o estábulo de treinamento do coronel. Todas as precauções foram tomadas para proteger o favorito. O treinador, John Straker, é um jóquei aposentado, que correu com as cores do coronel antes de se tornar pesado demais para a balança de classificação. Ele serviu ao coronel por cinco anos como jóquei e por sete como treinador e foi sempre um empregado honesto e zeloso. Sob seu comando estavam três rapazes, pois o estabelecimento é pequeno, tem somente quatro cavalos. Um desses rapazes fica todas as noites no estábulo, enquanto os outros dormem no sótão. Os três têm excelente caráter. John Straker, que era casado, vivia em uma pequena casa a cerca de 180 metros dos estábulos. Ele não tinha filhos, mantinha uma empregada e vivia confortavelmente. A área ao redor é bastante desabitada, mas a cerca de oitocentos metros para o norte há um pequeno conjunto de casas construídas por um empreiteiro de Tavistock para inválidos e outras pessoas que queiram desfrutar do ar puro de Dartmoor. A cidade de Tavistock fica a cerca de três quilômetros para oeste, enquanto do outro lado do urzal, a cerca de três quilômetros, fica o maior estabelecimento de treinamento de Capleton, que pertence a Lord

Blackwater e é administrado por Silas Brown. Em todas as outras direções, o urzal é completamente selvagem, habitado somente por uns poucos ciganos errantes. Essa era a situação na última noite de segunda-feira, quando ocorreu a tragédia.

"Naquela noite, os cavalos tinham sido exercitados e lavados como sempre, e os estábulos foram trancados às nove horas. Dois dos rapazes foram até a casa do treinador, onde cearam na cozinha, enquanto o terceiro, Ned Hunter, permanecia de guarda. Poucos minutos depois das nove, a empregada, Edith Baxter, levou até os estábulos a ceia, que consistia de um prato de carneiro ao molho de *curry*. Ela não levou nada para beber, já que havia uma torneira lá, e era regra que quem estivesse no serviço não bebesse nada além disso. A empregada carregava uma lanterna consigo, pois estava muito escuro, e o caminho passava por um brejo vazio.

"Edith Baxter estava a uns trinta metros dos estábulos quando um homem apareceu da escuridão e a chamou. Quando ele deu um passo para dentro do círculo de luz amarela lançado pela lanterna, ela viu que se tratava de um homem de aparência cavalheiresca, vestido num traje xadrez-acinzentado e usando um boné de pano. Ele estava de polainas e carregava uma bengala pesada com castão. Ela se impressionou muito, entretanto, pela palidez da sua face e pelo seu nervosismo. Sua idade, pensou ela, deveria ser de mais de trinta anos.

"– Pode me informar onde estou? – ele perguntou. – Já estava me convencendo a dormir no brejo, quando vi a luz de sua lanterna.

"– Você está próximo dos estábulos de treinamento de King's Pyland – disse ela.

"– Oh, é mesmo! Mas que golpe de sorte! – gritou ele. – Imagino que um garoto de estrebaria durma lá todas as noites sozinho. Talvez essa ceia que a senhora está levando seja a dele. Estou certo de que a senhora não seria tão orgulhosa a ponto de recusar o valor de um vestido novo? Ele pegou um pedaço de papel branco dobrado, que tinha dentro do colete. – Providencie para que o garoto receba isso hoje à noite e você terá o vestido mais bonito que o dinheiro pode comprar.

"Ela ficou assustada com o atrevimento dele e correu em direção à janela pela qual estava acostumada a alcançar as refeições. Ela já estava aberta, e Hunter estava sentado à pequena mesa que havia dentro. Quando começou a contar-lhe o ocorrido, o estranho apareceu de novo.

"– Boa noite – disse ele, olhando pela janela. – Quero trocar uma palavrinha com você. – A moça jurou ter notado, enquanto ele falava, a ponta de um pequeno papel saindo de sua mão fechada.

"– O que você quer por aqui? – perguntou o rapaz.

"– Trata-se de algo que pode lhe encher os bolsos – disse o outro. – Vocês têm dois cavalos inscritos na Taça Wessex, Silver Blaze e Bayard. Dê-me a informação correta e você não sairá perdendo. É verdade que na classificação Bayard pode ganhar noventa metros em um quilômetro, e que o estábulo botou seu dinheiro nele?

"– Então você é um daqueles malditos espiões –, gritou o rapaz. – Vou mostrar como tratamos vocês em King's Pyland – ele levantou de um salto e atravessou rapidamente o estábulo para soltar o cão. A moça voou para a casa, mas, enquanto corria, olhou para trás e viu que o estranho se debruçava pela janela. No minuto seguinte, entretanto, quando Hunter correu para fora com o cão, ele tinha desaparecido, e, embora o rapaz desse a volta por todo o prédio, não achou nenhum sinal dele."

– Um momento! – exclamei. – Quando o garoto do estábulo saiu com o cão, deixou a porta destrancada?
– Excelente, Watson! Excelente! – murmurou meu companheiro. – A importância desse ponto me atingiu tão fortemente que enviei um telegrama especial para Dartmoor, ontem, a fim de esclarecer o assunto. O garoto trancou a porta depois que saiu. A janela, devo acrescentar, não era grande o suficiente para permitir a entrada de um homem.

"Hunter esperou até que seus colegas da estrebaria voltassem e então enviou uma mensagem para o treinador contando o ocorrido. Straker ficou nervoso ao ouvir a história, embora não tivesse se dado conta do seu verdadeiro significado. Ele ficou, entretanto, vagamente desconfortável, e a senhora Straker, ao levantar-se pela uma da manhã, viu que ele estava vestido. Em resposta às suas indagações, ele disse que não conseguia dormir de ansiedade pelos cavalos e que ia descer até os estábulos para ver se tudo estava bem. Ela pediu para que ele ficasse em casa, já que podia ouvir a chuva batendo na vidraça, mas, a despeito da insistência da mulher, ele vestiu o impermeável e saiu.

"A senhora Straker acordou às sete da manhã e viu que o marido ainda não tinha retornado. Vestiu-se depressa, chamou a criada e saiu para os estábulos. A porta estava aberta; dentro, amontoado numa cadeira, Hunter estava mergulhado num estado de estupor absoluto, a cela do favorito estava vazia e não havia sinal do treinador.

"Os dois rapazes que dormiam no palheiro, acima da sala dos arreios, foram imediatamente acordados. Não tinham ouvido nada durante a noite, pois ambos tinham o sono pesado. Hunter estava, obviamente, sob o efeito de alguma droga poderosa; e como nenhuma explicação podia ser arrancada dele, deixaram que dormisse, enquanto os dois rapazes e as duas mulheres correram à procura dos outros. Tinham ainda a esperança de que o treinador tivesse, por alguma razão, levado o cavalo para algum exercício matutino, mas, ao subirem a colina próxima à casa, da qual se viam os campos vizinhos, além de não verem nenhum sinal do favorito, perceberam algo que os advertiu de que estavam diante de uma tragédia.

"A cerca de quatrocentos metros dos estábulos, a capa de John Straker estava pendurada num arbusto. Logo mais à frente, havia no urzal uma depressão em forma de bacia, e no fundo dela foi encontrado o cadáver do desafortunado treinador. Sua cabeça tinha sido esmagada pelo golpe violento de alguma arma pesada, e ele estava ferido na coxa, um corte longo e preciso, infligido, evidentemente, por algum instrumento bastante afiado. Estava claro, entretanto, que Straker tinha se defendido vigorosamente contra os seus agressores, pois em sua mão direita segurava uma pequena faca, coberta de sangue até o cabo, e na sua mão esquerda agarrava uma gravata preta e vermelha, de seda, a qual a criada reconheceu como aquela usada na noite anterior pelo estranho que tinha ido aos estábulos.

"Hunter, ao despertar de seu estupor, foi igualmente categórico quanto ao dono da gravata. Ele também estava certo de que o mesmo estranho tinha, quando se debruçou na janela, colocado alguma droga em seu carneiro ao *curry* e, assim, desprovido os estábulos do seu vigia.

"Quanto ao cavalo desaparecido, havia provas abundantes na lama que jazia no fundo da depressão fatal de que tinha estado ali no momento da luta. Mas, desde aquela manhã, ele desaparecera; e embora uma boa recompensa tivesse sido oferecida e todos os ciganos de Dartmoor estivessem em alerta, não se ouviu notícia dele. Por fim, um exame mostrou que os restos do jantar deixados pelo rapaz do estábulo continham uma boa quantidade de ópio em pó, enquanto as pessoas da casa tinham partilhado do mesmo prato na mesma noite sem nenhum efeito adverso.

"Esses são os fatos principais do caso, eliminadas as conjecturas e tudo dito com simplicidade. Devo agora recapitular o que fez a polícia.

"O inspetor Gregory, a quem o caso foi entregue, é um oficial extremamente competente. Se não lhe faltasse imaginação, poderia obter grandes sucessos em sua profissão. Quando chegou, imediatamente encontrou e prendeu o homem sobre quem naturalmente caía toda suspeita. Não houve muita dificuldade em achá-lo, pois era muito conhecido nas redondezas. Seu nome, parece, era Fitzroy Simpson. Era um homem muito bem-nascido e de educação excelente, que tinha esbanjado uma fortuna no turfe e vivia agora apostando polida e silenciosamente nos clubes esportivos de Londres. Um exame do seu livro de apostas mostra que apostas da quantia de cinco mil libras haviam sido registradas por ele contra o favorito.

"Ao ser preso, ele disse que tinha descido a Dartmoor na esperança de obter alguma informação sobre os cavalos de King's Pyland e também sobre Desborough, o segundo favorito, dos estábulos Capleton. Não tentou negar ter agido na noite anterior conforme fora relatado, mas declarou que não tinha más intenções e desejara simplesmente informações de primeira mão. Quando confrontado com a gravata, ficou muito pálido e não foi capaz de explicar sua presença na mão do homem assassinado. A roupa molhada mostrava que ele tinha estado fora na noite anterior, e sua bengala, uma Penang com base de chumbo, era exatamente o tipo de arma que poderia, por golpes repetidos, ter causado a morte do treinador.

"Por outro lado, ele não tinha nenhum ferimento, ao passo que o estado da faca de Straker indicava que pelo menos um dos seus assaltantes deveria estar ferido. Agora você tem diante de si todos os fatos, Watson, e agradecerei infinitamente se puder me trazer alguma luz."

Ouvi com grande interesse o relato que Holmes, com sua clareza característica, havia exposto diante de mim. Embora muitos dos fatos me fossem familiares, eu não tinha apreciado o suficiente a importância de cada um, nem a conexão de um com outro.

– Não é possível – sugeri – que o corte na perna de Straker tenha sido causado por sua própria faca durante uma crise convulsiva que decorre de alguma lesão cerebral?

– É mais do que possível. É provável – disse Holmes. – Nesse caso, um dos principais pontos a favor do acusado desaparece.

– E ainda assim – eu disse – continuo sem entender qual pode ser a teoria da polícia.

– Temo que qualquer teoria tenha sérias objeções a enfrentar – replicou meu companheiro. – A polícia imagina, suponho, que esse Fitzroy Simpson, tendo drogado o rapaz e de algum modo obtido uma duplicata da chave, abriu a porta do estábulo e saiu com o cavalo, com a intenção, aparentemente, de sequestrá-lo. O freio do cavalo está desaparecido, de forma que Simpson deve tê-lo colocado nele. Então, tendo deixado a porta aberta atrás de si, conduziu o cavalo para longe pelo urzal, quando deu de cara com o treinador ou foi por ele surpreendido. Uma luta naturalmente se seguiu, Simpson arrebentou os miolos do treinador com a sua pesada bengala sem levar nenhum golpe da pequena faca que Straker usava para se defender, e então ou o ladrão levou o cavalo para algum esconderijo secreto, ou o cavalo pode ter escapado durante a luta e estar andando pelo urzal. Assim é o caso tal como a polícia o vê, e, por mais improvável que pareça, outras explicações são ainda mais improváveis. Entretanto, devo checar tudo muito rapidamente quando chegar ao local, e até lá realmente não vejo como podemos ir mais longe.

Já tinha anoitecido quando chegamos à pequena cidade de Tavistock, que ficava no meio do enorme círculo de Dartmoor. Dois cavalheiros nos esperavam na estação. Um deles era alto e elegante, a cabeleira e a barba parecendo uma juba. Seus olhos, de um azul luminoso, eram curiosamente penetrantes. O outro era pequeno e alerta, muito asseado e janota, usava sobrecasaca e polainas, tinha suíças bem-cuidadas e óculos. Era o coronel Ross, conhecido esportista, e o outro era o inspetor Gregory, um homem que vinha ganhando fama rapidamente no serviço britânico de investigação.

– Estou feliz que tenha vindo, senhor Holmes – disse o coronel. – O inspetor aqui tem feito tudo o que pode. Mas quero fazer de tudo para vingar o pobre Straker e recuperar meu cavalo.

– Algum acontecimento novo? – perguntou Holmes.

– Infelizmente, devo lhe dizer que progredimos muito pouco – disse o inspetor. – Temos um carro nos esperando lá fora, e como o senhor certamente gostaria de ver o local antes de escurecer, podemos conversar no caminho.

Um minuto mais tarde, estávamos todos sentados em um confortável Landau, avançando ruidosamente pela velha cidade de Devonshire. O inspetor Gregory estava empolgado com o caso e derramava torrentes de observações, enquanto Holmes ocasionalmente fazia alguma pergunta ou exclamação. O coronel Ross recostava-se com os braços cruzados e o chapéu caído sobre os olhos, enquanto eu escutava interessado o diálogo dos dois detetives. Gregory estava formulando sua teoria, que era quase exatamente o que Holmes tinha antecipado no trem.

– A rede se fecha ao redor de Fitzroy Simpson – ele observou –, e acredito que ele seja o nosso homem. Ao mesmo tempo, reconheço que a evidência é puramente circunstancial e que um novo desdobramento pode mudar tudo.

– E quanto à faca de Straker?

– Concluímos que ele se feriu durante a queda.

– Meu amigo, dr. Watson, sugeriu o mesmo enquanto vínhamos para cá. Se é assim, isso depõe contra Simpson.

– Sem dúvida. Ele não tem nem faca e nem ferimento. As evidências contra ele são certamente muito fortes. Tinha um grande interesse no desaparecimento do favorito, está sob suspeita de ter envenenado o rapaz do estábulo, esteve sem dúvida na rua durante a tempestade, estava armado com uma bengala pesada e sua gravata foi encontrada na mão do homem morto. Realmente creio que temos o suficiente para apresentar diante do júri.

Holmes balançou a cabeça e disse:

– Um advogado inteligente desfaria tudo em pedaços. – Por que ele tiraria o cavalo do estábulo? Se ele quisesse machucá-lo, por que não fazer isso lá? Alguma duplicata da chave tinha sido encontrada com ele? Que químico lhe vendeu o ópio em pó? Sobretudo, como poderia ele, um estranho na região, manter um cavalo escondido, e um cavalo como esse? O que ele disse a respeito do papel que queria que a criada desse ao rapaz do estábulo?

– Ele diz que era uma nota de dez libras. Encontrou-se uma em sua carteira. Mas as outras questões a que você alude não são tão difíceis de responder quanto parecem. Ele não é um estranho na região. Já alugou casa por duas vezes em Tavistock no verão. O ópio foi provavelmente trazido de Londres. A chave, depois de utilizada, seria jogada fora. O cavalo deve estar no fundo de algum dos buracos ou velhas minas do urzal.

– O que ele diz da gravata?

– Ele reconhece que é sua e declara que a perdeu. Mas um novo elemento foi introduzido no caso, o qual pode explicar o motivo de ele ter levado o cavalo para fora do estábulo.

Holmes levantou as orelhas.

– Encontramos pistas que mostram que um grupo de ciganos acampou na segunda à noite a cerca de um quilômetro e meio do lugar onde ocorreu o assassinato. Desapareceram na terça. Presumindo que houvesse alguma combinação entre Simpson e esses ciganos, não estaria ele levando o cavalo para eles quando foi surpreendido, e não estariam eles com o cavalo agora?

– É possível.

– O urzal está sendo varrido em busca desses ciganos. Examinei também cada estábulo e casa em Tavistock, num raio de dezesseis quilômetros.

– Existe um outro estábulo de treinamento perto daqui, pelo que sei.

– Sim, e esse é um fator que certamente não devemos negligenciar. Como Desborough, o cavalo deles, era o segundo cotado na aposta, eles tinham interesse no desaparecimento do favorito. Sabe-se que Silas Brown, o treinador, apostara alto no evento, e ele não era amigo do pobre Straker. Examinamos, entretanto, os estábulos, e não há nada que os conecte com o caso.

– E nada que conecte esse Simpson com o estábulo Capleton?

– Nada.

Holmes recostou-se na carruagem, e a conversa terminou. Poucos minutos depois, nosso motorista parou junto a uma casinha elegante de tijolos vermelhos e beirais salientes na beira da estrada. A alguma distância, do outro lado de uma pastagem, havia um longo edifício acinzentado. Em todas as outras direções, as baixas curvas do urzal, coloridas de bronze pelas samambaias desbotadas, estendiam-se até a linha do horizonte, quebradas apenas pelos campanários de Tavistock e por um grupo de prédios distantes para o lado oeste, que marcavam os estábulos Capleton. Todos nós saltamos, com exceção de Holmes, que continuava recostado com os olhos fixos no céu, completamente absorvido nos próprios pensamentos. Foi somente quando toquei no seu braço que ele se levantou, com um susto violento, e saiu do carro.

– Desculpe-me – disse, voltando-se para o coronel Ross, que o observara com certa surpresa. – Eu estava sonhando acordado. – O brilho que havia em seus olhos e a sua ansiedade contida convenceram-me, habituado como eu estava aos seus modos, de que suas mãos agarravam uma pista, embora eu não pudesse imaginar onde ele a tivesse encontrado.

– Talvez o senhor prefira ir imediatamente até a cena do crime – disse Gregory para Holmes.

– Creio que seja mais apropriado permanecer aqui um pouco e indagar sobre um ou outro detalhe. Straker foi trazido para cá, suponho.

– Sim, ele está lá em cima. O inquérito é amanhã.

– Já fazia alguns anos que ele vinha trabalhando para o senhor, coronel Ross?

– Sempre o considerei um excelente empregado.

– Presumo, inspetor, que o senhor tenha feito um inventário do que ele tinha nos bolsos no momento em que morreu.

– Deixei tudo o que ele tinha nos bolsos na sala de estar, se o senhor quiser ver.

– Ficaria muito satisfeito.

Seguimos em fila para o quarto da frente e sentamos em volta da mesa central, enquanto o inspetor abria um recipiente quadrado e despejava alguns objetos na nossa frente. Havia uma caixa de fósforos, um pedaço de vela de sebo, um cachimbo A. D. P. de raiz de urze, uma bolsa de pele de foca com quinze gramas de fumo Cavendish para cachimbo, um relógio de prata com uma corrente de ouro, cinco soberanos em ouro, um porta-lápis de alumínio, alguns papéis e uma faca de cabo de marfim com uma lâmina muito delicada e rígida gravada com a marca "Weiss and Co., Londres".

– É uma faca bem singular – disse Holmes, pegando-a e examinando-a atentamente. – Presumo, já que vejo nela manchas de sangue, que é a que foi encontrada na mão do morto. Watson, essa faca é sem dúvida do seu *métier*.

– É o que chamamos de faca de catarata – afirmei.

– Creio que sim. Uma lâmina muito delicada projetada para trabalhos muito delicados. Um objeto estranho para um homem carregar numa expedição mais difícil, especialmente pelo fato de ela não caber em seu bolso.

– A ponta estava protegida por um disco de cortiça que encontramos ao lado do corpo – disse o inspetor. –

Sua mulher nos disse que a faca permanecerá por alguns dias sobre a cômoda e que ele a tinha apanhado quando saiu do quarto. É uma arma muito frágil, mas talvez a melhor que ele pôde encontrar no momento.

– Possivelmente. E quanto a esses papéis?

– Três deles são recibos de fornecedores de feno. Um deles é uma carta com instruções do coronel Ross. Esta outra é o recibo de 37 libras e quinze xelins de uma modista, enviado por madame Lesurier, da Bond Street, a William Darbyshire. A senhora Straker nos contou que Darbyshire era um amigo de seu marido e que ocasionalmente suas cartas eram enviadas para cá.

– Madame Darbyshire tinha gostos um tanto caros – observou Holmes, olhando para o recibo. – Vinte e dois guinéus é muito para um só vestido. Entretanto, parece não haver mais nada por aqui, e podemos agora descer até a cena do crime.

Enquanto saíamos da sala de estar, uma mulher que estava esperando na passagem deu um passo à frente e colocou a mão sobre a manga do inspetor. Seu rosto era magro, desfigurado e ansioso, estampado com a marca de um horror recente.

– O senhor os pegou? O senhor os encontrou? – suspirou ela.

– Não, senhora Straker. Mas o senhor Holmes veio de Londres para nos ajudar, e faremos tudo o que for possível.

– Nós já nos encontramos em Plymouth, em uma quermesse, algum tempo atrás, senhora Straker – disse Holmes.

– Não, o senhor está enganado.

– Sério? Eu poderia jurar. A senhora usava um vestido cinza com um enfeite de penas de avestruz.

– Nunca tive um vestido como esse – disse a senhora.

– Bem, isso encerra o caso – disse Holmes e, com um pedido de desculpas, seguiu o inspetor até a rua. Uma curta caminhada através do urzal nos levou à depressão em que o corpo tinha sido encontrado. Em sua borda estava a moita de urzes sobre a qual tinha ficado dependurado o casaco.

– Não havia vento naquela noite, certo? – perguntou Holmes.

– Nenhum vento, mas uma chuva muito forte.

– Nesse caso, o casaco não voou sobre as urzes, mas foi colocado ali.

– Sim, foi colocado sobre a moita.

– Muito interessante. Vejo que o chão foi bastante pisoteado. Sem dúvida muitos pés passaram por aqui desde segunda à noite.

– Colocamos uma esteira aqui desse lado e permanecemos sobre ela.

– Excelente.

– Neste saco coloquei uma das botas usadas por Straker, um dos sapatos de Fitzroy Simpson e uma velha ferradura de Silver Blaze.

– Caro inspetor, você se supera!

Holmes pegou o saco e, descendo à depressão, empurrou a esteira para uma posição mais central. Então, estendendo-se sobre ela e apoiando o queixo nas mãos, fez um estudo cuidadoso do barro à sua frente.

– Ahã! – disse ele de repente. – O que é isso?

Era um fósforo queimado pela metade, tão coberto de lodo que parecia, à primeira vista, um pedacinho de madeira.

– Não sei como deixei de percebê-lo – disse o inspetor, com uma expressão de desapontamento.

– Estava oculto, enterrado no lodo. Só o vi porque estava procurando por ele.

– O quê? Esperava encontrá-lo?

– Havia uma probabilidade de ele estar aqui. – Holmes tirou os sapatos do saco e comparou as impressões de cada um deles com as marcas no solo. Escalou então o barranco e arrastou-se entre as sarças e os arbustos.

– Acredito que não haja mais pistas – disse o inspetor. – Examinei o solo com muito cuidado, por cerca de cem metros em todas as direções.

– Sem dúvida! – exclamou Holmes. – Não devo ser impertinente de examiná-lo de novo. Mas gostaria de dar um pequeno passeio pelos urzais antes de escurecer, a fim de conhecer o terreno, e vou colocar essa ferradura no bolso para dar sorte.

O coronel Ross, que tinha dado certos sinais de impaciência diante do método de trabalho silencioso e sistemático de meu companheiro, deu uma olhada no relógio.

– Gostaria que voltasse comigo, inspetor – falou. – Há vários pontos em relação aos quais preciso da sua opinião, especialmente quanto a tirarmos ou não o nome de nosso cavalo da inscrição para a Taça.

– Certamente que não – gritou Holmes decidido. – Eu o deixaria.

O coronel assentiu.

– Fico muito feliz em ter a sua opinião – disse ele. – O senhor nos encontrará na casa do pobre Straker após sua caminhada, e podemos voltar juntos a Taviskock.

Ele voltou com o inspetor, enquanto Holmes e eu caminhávamos devagar pelo urzal. O sol estava começando a esconder-se por trás dos estábulos de Capleton, e a longa planície inclinada à nossa frente estava tingida de ouro, aprofundando-se num rico marrom-avermelhado nos pontos em que as samambaias e os espinheiros apanhavam a luz do poente. Mas as glórias da paisagem perdiam-se para o meu companheiro, que mergulhava nos pensamentos mais profundos.

– É por aqui, Watson – disse ele, por fim. – Podemos deixar por um instante a questão sobre quem matou John Straker. Vamos nos concentrar em descobrir o que aconteceu com o cavalo. Supondo que ele escapou durante ou depois da tragédia, para onde poderia ter ido? Cavalos são criaturas bastante gregárias. Deixado sozinho, seus instintos seriam retornar a King's Pyland ou ir até Capleton. Por que ele correria sem destino pelo urzal? Já teria sido visto, sem dúvida. E por que os ciganos o raptariam? Essas pessoas sempre desaparecem quando percebem algum problema, pois não querem ser molestadas pela polícia. Elas não poderiam ter a esperança de vender um cavalo desses. Correriam um grande risco e não ganhariam nada em tê-lo consigo. Isso é bastante óbvio.

– Onde está ele, então?

– Já disse que ele deve ter ido ou para King's Pyland ou para Capleton. Ele não está em King's Pyland, portanto está em Capleton. Vamos assumir isso como uma hipótese de trabalho e ver aonde ela nos leva. Essa parte do urzal, como observou o inspetor, é bastante dura e seca. Mas ela vai caindo em direção a Capleton, e você pode ver daqui que há um longo vale mais adiante, que provavelmente estava bastante encharcado na segunda à noite. Se nossa suposição é correta, o cavalo deve ter atravessado por lá, e aquele é o local em que devemos procurar por seus rastros.

Durante a conversa, vínhamos caminhando rapidamente, e em poucos minutos estávamos no vale em questão. Seguindo as instruções de Holmes, desci o barranco pela direita, e ele pela esquerda, mas antes que eu desse cinquenta passos ouvi um grito e o vi acenando para mim. O rastro de um cavalo estava claramente desenhado no terreno macio diante dele, e a ferradura que ele tirou do bolso preenchia a impressão de forma exata.

– Veja o valor da imaginação – disse Holmes. – É a qualidade que falta a Gregory. Imaginamos o que pode ter acontecido, agimos de acordo com a suposição e nos vemos justificados. Sigamos em frente.

Atravessamos o leito alagadiço e passamos por um trecho de turfa dura e seca. Mais uma vez o terreno inclinava, e mais uma vez apareciam as pegadas. Então as perdemos por oitocentos metros, até encontrá-las novamente bem próximo de Capleton. Foi Holmes quem as viu primeiro, e apontou para elas com uma expressão de triunfo. A pegada de um homem era visível ao lado da pegada do cavalo.

– O cavalo estava sozinho antes – exclamei.

– Exatamente. Estava sozinho antes. Ahã! O que é isso?

As pegadas duplas voltavam e tomavam a direção de King's Pyland. Holmes assoviou, e ambos o seguimos. Seus olhos estavam na trilha, mas aconteceu de eu olhar um pouco para o lado e ver, para minha surpresa, as mesmas pegadas na direção oposta.

– Um a zero para você, Watson – disse Holmes, quando apontei o fato para ele. – Você evitou que déssemos uma longa caminhada que teria nos levado de volta às nossas próprias pistas. Sigamos a trilha de retorno.

Não fomos muito longe. Ela terminava no asfalto que levava aos portões dos estábulos de Capleton. Conforme nos aproximamos, um criado surgiu e veio em nossa direção.

– Não queremos vadios por aqui – disse ele.

– Quero apenas fazer-lhe uma pergunta – disse Holmes, com o indicador e o polegar no bolso do colete. – Seria muito cedo para encontrar seu patrão, o senhor Silas Brown, se eu viesse chamá-lo amanhã às cinco horas da madrugada?

– Valha-me Deus, senhor. Se alguém estiver de pé, será ele, pois é sempre o primeiro a despertar. Mas ei-lo, para responder ele próprio às suas questões. Não, senhor, não. Perderia meu emprego se ele me visse tocar em seu dinheiro. Mais tarde, se o senhor quiser.

Enquanto Sherlock Holmes colocava de volta a meia coroa que tinha tirado do bolso, um homem idoso, e de aparência feroz, transpôs o portão balançando um chicote de caça.

– Do que se trata, Dawson? – ele gritou. – Chega de conversa fiada. Vá cuidar do seu trabalho! E você? Que diabos quer aqui?

– Dez minutos de conversa consigo, meu caro senhor – disse Holmes com toda a educação.

– Não tenho tempo para falar com qualquer vagabundo que apareça. Não gostamos de estranhos por aqui. Saia, se não quer ter um cão em seu encalço.

Holmes inclinou-se e murmurou algo no ouvido do treinador. Ele assustou-se violentamente e corou até as orelhas.

– É mentira! – gritou. – Uma mentira diabólica.

– Muito bem! Devemos discutir isso aqui em público ou na sua sala?

– Ora, entremos, se é o que quer.

Holmes sorriu.

– Não devo fazê-lo esperar mais do que poucos minutos, Watson – disse ele. – Agora, senhor Brown, estou inteiramente à sua disposição.

Passaram-se quase vinte minutos, e os tons vermelhos tinham todos esmaecido em tons cinza quando Holmes e o treinador reapareceram. Eu nunca tinha visto uma mudança como aquela que se produzira em Silas Brown em tão pouco tempo. Seu rosto estava pálido como cinza, gotas de suor brilhavam em sua testa, e suas mãos tremiam tanto que seu chicote de caça oscilava como um galho soprado pelo vento. Seu jeito arrogante e ameaçador desaparecera, e ele vinha curvado ao lado de meu companheiro como um cão com seu dono.

– Suas instruções serão cumpridas. Serão certamente cumpridas – disse ele.

– Não pode haver nenhum engano – disse Holmes, olhando para ele. O outro estremeceu ao ler a ameaça em seus olhos.

– Oh, não, certamente não haverá nenhum engano. Ele estará lá. Devo modificá-lo primeiro ou não?

Holmes pensou um pouco e então explodiu numa gargalhada.

– Não, deixe-o assim – disse ele. – Vou escrever-lhe a respeito disso. Nenhum truque, ou...

– Oh, o senhor pode confiar em mim, pode confiar!

– Até lá, cuide dele até como se fosse seu.

– Pode deixar comigo.

– Sim, creio que posso. Bem, você deve receber notícias minhas amanhã. – Ele se virou de súbito, ignorando a mão trêmula que o outro estendia em sua direção, e partimos na direção de King's Pyland.

– Raríssimas vezes encontrei uma mistura mais perfeita de arrogância, covardia e baixeza do que a de Silas Brown – observou Holmes, enquanto caminhávamos juntos.

– Ele tem o cavalo, então.

– Ele tentou esquivar-se, mas descrevi a ele tão exatamente quais tinham sido suas ações naquela manhã que ele se convenceu de que o tinha visto. Certamente você observou os bicos peculiarmente quadrados nas impressões, e que os sapatos dele correspondem exatamente a eles. Além disso, é claro, nenhum subordinado ousaria ter feito tal coisa. Descrevi a ele como, conforme seu costume, ao acordar antes de todos, percebeu um cavalo estranho vagando pelo urzal; como se dirigiu até ele, e seu espanto ao reconhecer pela testa branca que inspirara o nome do favorito que a sorte tinha colocado em suas mãos o único cavalo que poderia bater aquele em que ele tinha posto seu dinheiro. Então descrevi como seu primeiro impulso tinha sido o de conduzi-lo de volta a King's Pyland, e como o demônio tinha mostrado a ele como era possível esconder o cavalo até passar a corrida, e como ele o tinha conduzido de volta e escondido em Capleton. Quando descrevi todos os detalhes, ele se entregou e pensou apenas em salvar a própria pele.

– Mas seus estábulos foram revistados.

– Ora, um velho falsificador de cavalos como ele tem muitas artimanhas.

– Mas você não tem medo de deixar o cavalo em seu poder, já que ele tem todo o interesse em prejudicá-lo?

– Meu caro amigo, ele cuidará dele como de sua menina dos olhos. Ele sabe que sua única esperança de misericórdia é mantê-lo seguro.

– O coronel Ross não me parece ser um homem que mostre muita misericórdia.

– O caso não depende do coronel Ross. Segui meus próprios métodos e disse o que julguei necessário. Essa é a vantagem de não ser oficialmente detetive. Não sei se reparou, Watson, mas o coronel tem se comportado com frivolidade em relação a mim. Estou inclinado a me divertir um pouco a suas custas. Não diga nada sobre o cavalo.

– Certamente que não, sem sua permissão.

– E, é claro, esse é um caso menor comparado com a questão de quem matou John Straker.

– E você vai se dedicar a isso?

– Pelo contrário. Voltaremos ambos a Londres no trem da noite.

Fiquei chocado com as palavras de meu amigo. Era incompreensível para mim que, tendo estado por tão pouco tempo em Devonshire, ele fosse abandonar uma investigação que tinha começado tão brilhantemente. Não obtive dele nenhuma palavra até que estivéssemos de volta à casa do treinador. O coronel e o inspetor esperavam na sala.

– Meu amigo e eu retornaremos à cidade no expresso da meia-noite – disse Holmes. – Já respiramos um pouco do ar encantador da sua bela Dartmoor.

O inspetor arregalou os olhos, e os lábios do coronel encresparam-se num sorriso de escárnio.

– Então o senhor desiste de prender o assassino do pobre Straker – disse ele.

Holmes deu de ombros.

– Existem, certamente, graves dificuldades quanto a isso – ele falou. – Tenho toda a esperança, entretanto, de que o seu cavalo vai correr na quinta, e peço-lhe que apronte seu jóquei. Seria possível que eu obtivesse uma fotografia do senhor John Straker?

O inspetor pegou uma de um envelope no seu bolso e alcançou a ele.

– Meu caro Gregory, você antecipa todas as minhas vontades. Se eu pudesse pedir-lhe para esperar aqui por um instante, há uma pergunta que gostaria de fazer à criada.

– Devo dizer que estou desapontado com nosso conselheiro de Londres – disse o coronel Ross, áspero, enquanto meu amigo deixava a sala. – Não vejo qualquer progresso desde sua chegada.

– Pelo menos o senhor tem a garantia dele de que seu cavalo correrá – eu disse.

– Sim, eu tenho a garantia dele – disse o coronel, dando de ombros. – Preferiria ter o cavalo.

Estava a ponto de dar alguma réplica em defesa de meu amigo, quando ele entrou novamente na sala.

– Agora, senhores – disse ele –, estou pronto para Tavistock.

Enquanto entrávamos na carruagem, um dos rapazes do estábulo mantinha a porta aberta para nós. Uma ideia súbita pareceu ocorrer a Holmes, pois ele se inclinou e pegou na manga do rapaz.

– Você tem algumas ovelhas na pastagem? – perguntou ele. – Quem cuida delas?

– Eu, senhor.

– Notou algo de errado com elas ultimamente?

– Bem, senhor, nada de muito importante, mas três delas estão mancas.

Percebi que Holmes ficou extremamente contente, pois riu e esfregou as mãos.

– Uma bela tacada, Watson, uma belíssima tacada! – disse, puxando meu braço. – Gregory, recomendo atenção a essa epidemia singular entre as ovelhas. Em frente, cocheiro!

A expressão do coronel Ross ainda mostrava o baixo conceito que ele tinha formado da habilidade de meu companheiro, mas vi pelo rosto do inspetor que sua atenção subitamente despertara.

— O senhor considera esse fato importante? — perguntou ele.

— Muitíssimo importante.

— Há algum outro ponto para o qual o senhor queira chamar minha atenção?

— O curioso incidente do cão durante a noite.

— Mas o cão nada fez durante a noite.

— Esse é o curioso incidente — observou Sherlock Holmes.

Quatro dias depois, Holmes e eu estávamos de novo no trem rumo a Winchester, para ver a corrida pela Taça Wessex. O coronel Ross encontrou-nos, conforme combinado, do lado de fora da estação e fomos em seu carro para o hipódromo, fora da cidade. Seu rosto estava muito sério, e suas maneiras, extremamente frias.

— Não tive qualquer sinal do meu cavalo — disse ele.

— Mas o reconheceria se o visse? — perguntou Holmes.

O coronel ficou muito irritado.

— Estou no turfe há vinte anos e nunca me fizeram uma pergunta como essa — disse ele. — Uma criança reconheceria Silver Blaze com sua testa branca e a pata dianteira salpicada.

— Como estão as apostas?

— Bem, essa é a parte curiosa. Você conseguiria quinze para um ontem, mas o valor está diminuindo cada vez mais, e agora dificilmente se consegue três para um.

— Hum! — disse Holmes. — Alguém sabe de algo, isto é certo!

Conforme o carro se aproximava da cerca do estádio, dei uma olhada no placar de inscrições.

Placar Wessex. 50 soberanos cada com mil soberanos acrescentados para os de quatro e cinco anos. Segundo, 300 libras. Terceiro, 200 libras. Nova pista (dois quilômetros e seiscentos metros).

    1. O Negro, sr. Heath Newton (boné vermelho, jaqueta cinamomo).
    2. Pugilista, coronel Wardlaw (boné rosa, jaqueta azul e preta).
    3. Desborough, Lorde Blackwater (boné e mangas amarelos).
    4. Silver Blaze, coronel Ross (boné preto, jaqueta vermelha).
    5. Íris, Duque de Balmoral (listras amarelas e pretas).
    6. Rasper, Lorde Singleford (boné roxo, mangas pretas).

– Descartamos nosso outro cavalo e depositamos todas as nossas esperanças em sua palavra – rugiu o coronel. – O quê? O que é isso? Silver Blaze, favorito?

– Cinco a quatro contra Silver Blaze! – soou a campainha. – Cinco a quatro contra Silver Blaze! Quinze a quatro contra Desborough! Cinco a quatro no campo!

– Lá estão os competidores – gritei. – São seis.

– Seis! Então meu cavalo está correndo – gritou o coronel em grande agitação. – Mas eu não o vejo. Minhas cores não passaram.

– Só passaram cinco. Aquele deve ser ele.

Conforme eu falava, um poderoso cavalo baio deslizou do recinto de pesagem e passou galopando por nós, trazendo no dorso o célebre preto e vermelho do coronel.

– Esse não é o meu cavalo – gritou o dono. – Esse animal não tem nenhum pelo branco no corpo. O que foi que fez, senhor Holmes?

– Bem, bem, vejamos como ele se sai – disse meu amigo, imperturbável. Por alguns minutos ele observou com meu binóculo. – Soberbo! Uma excelente largada! – gritou ele subitamente. – Lá vão eles, fazendo a curva!

Do seu carro, tínhamos uma visão esplêndida dos cavalos vindo na reta. Os seis estavam tão próximos um do outro que um tapete os cobriria, mas, na metade do caminho, o amarelo do estábulo de Capleton tomou a frente. Antes de eles nos alcançarem, entretanto, a audácia de Desborough foi batida, e o cavalo do coronel, surgindo num disparo, passou a marca uns bons seis corpos na frente do rival, ficando em terceiro lugar Íris, do Duque de Balmoral.

– A corrida é minha, de qualquer forma – arfou o coronel, passando a mão na testa. – Confesso que não entendi coisa alguma. Não acha que já fez mistério por tempo suficiente, senhor Holmes?

– Certamente, coronel. O senhor ficará a par de tudo. Vamos dar uma volta e examinar juntos o cavalo. Aqui está ele – continuou, enquanto atravessávamos o recinto de pesagem, no qual eram admitidos somente os proprietários e seus amigos. – Basta que o senhor lave o rosto dele com vinho para descobrir que se trata do mesmo Silver Blaze de sempre.

– O senhor me deixa sem ar!

– Encontrei-o nas mãos de um falsificador e tomei a liberdade de fazê-lo correr assim como estava.

– Meu caro, o senhor fez maravilhas. O cavalo parece muito forte e saudável. Nunca na vida esteve tão bem. Devo-lhe milhares de desculpas por ter duvidado de sua habilidade. O senhor me fez um grande serviço, recuperando meu cavalo. Faria outro ainda maior se pudesse pôr as mãos no assassino de John Straker.

– Fiz isso – disse Holmes, calmamente.

O coronel e eu olhamos para ele com assombro.

– Você o pegou! Onde está então?

– Está aqui.

– Aqui! Onde?

– Junto comigo, neste momento.

O coronel corou de raiva.

– Reconheço que lhe sou devedor, senhor Holmes – disse ele –, mas hei de considerar o que o senhor acabou de dizer ou como uma piada de mal gosto ou como um insulto.

Sherlock Holmes riu.

– Asseguro-lhe que não o associo com o crime, coronel – disse ele. – O verdadeiro assassino está imediatamente atrás do senhor.

Ele deu um passo para trás e pousou a mão sobre o pescoço lustroso do puro-sangue.

– O cavalo! – gritamos eu e o coronel.

– Sim, o cavalo. E sua culpa pode ser atenuada se eu disser que ele agiu em autodefesa, e que John Straker era um homem inteiramente indigno de sua confiança. Mas vai soar a campainha, e como espero ganhar algo na próxima corrida, devo adiar uma explicação mais detalhada para um momento mais adequado.

Tínhamos todo o canto do vagão de passageiros para nós naquela tarde quando voltamos para Londres, e imagino que a viagem tenha sido tão curta para o coronel Ross quanto para mim, enquanto escutávamos a narrativa de nosso companheiro sobre os eventos que tinham ocorrido nos estábulos de Dartmoor naquela segunda à noite e os meios com os quais os tinha revelado.

— Confesso — disse ele — que todas as teorias que formei a partir das reportagens dos jornais estavam inteiramente incorretas. E já havia lá, no entanto, indícios, só que abafados por outros detalhes que escondiam sua verdadeira importância. Fui a Devonshire com a convicção de que Fitzroy Simpson era o verdadeiro culpado, embora, é claro, percebesse que a evidência contra ele não era de forma alguma completa.

— Foi enquanto eu estava na carruagem, exatamente quando chegamos na casa do treinador, que o imenso significado do carneiro ao *curry* me ocorreu. Vocês devem se lembrar de que eu estava distraído e que permaneci sentado depois que todos desceram. Estava imaginando como eu poderia ter desprezado uma pista tão óbvia.

— Confesso — disse o coronel — que mesmo agora não posso ver como isso nos ajuda.

— Foi o primeiro elo em minha cadeia de raciocínio. Ópio em pó não é de forma alguma insípido. O sabor não é desagradável, mas é perceptível. Se estiver misturado num prato comum, quem come sem dúvida o perceberá, e provavelmente não comerá mais. O *curry* disfarçaria esse gosto. Sob nenhuma hipótese poderia esse estranho, Fitzroy Simpson, fazer com que o *curry* fosse servido à família do treinador naquela noite, e seria uma coincidência muito monstruosa que ele trouxesse consigo ópio em pó exatamente naquela noite em que serviriam um prato que disfarçaria o seu sabor. Isso é absurdo. Portanto, Simpson estava eliminado do caso, e nossa atenção se centrou em Straker e sua esposa, as únicas duas pessoas que poderiam ter escolhido carneiro ao *curry* para a janta daquela noite. O ópio foi adicionado depois que o prato foi separado para o rapaz do estábulo, pois os outros jantaram a mesma coisa sem sofrer nenhum efeito. Qual deles, então, tinha acesso ao prato sem que a criada os visse?

"Antes de decidir essa questão, percebi o significado do silêncio do cão, pois uma inferência verdadeira invariavelmente sugere outras. O incidente com Simpson tinha me mostrado que um cão era mantido nos estábulos e, no entanto, embora alguém tivesse entrado e soltado um cavalo, ele não tinha latido o suficiente para acordar os dois rapazes do sótão. Obviamente, o visitante da meia-noite era alguém que o cão conhecia bem.

"Eu já estava convencido, ou quase convencido, de que John Straker tinha descido aos estábulos na calada da noite e soltado Silver Blaze. Com que propósito? Com um propósito desonesto, obviamente, senão, por que drogaria seu próprio empregado? E no entanto, eu não sabia qual era o propósito. Já houve casos em que treinadores conseguiram grandes somas de dinheiro apostando contra seus próprios cavalos, por meio de agentes, e então os impedindo de vencer por alguma fraude. Algumas vezes, é um jóquei enfreador. Outras vezes, os métodos são mais garantidos e sutis. O que fora feito dessa vez? Imaginei que o conteúdo de seus bolsos pudesse me ajudar a tirar uma conclusão.

"E assim foi. Vocês não devem ter esquecido a faca singular encontrada na mão do homem morto, uma faca que certamente nenhum homem teria escolhido como arma. Ela era, como nos informou o doutor Watson, um tipo de faca usada para as operações mais delicadas que se conhece em cirurgia. O senhor deve saber, com sua larga experiência no turfe, coronel Ross, que é possível fazer um leve corte nos tendões do jarrete de um cavalo, um corte subcutâneo, que não deixa nenhum traço. O cavalo desenvolveria uma leve claudicação que seria atribuída a um excesso de exercício ou a um início de reumatismo, mas nunca a uma desonestidade."

– Vilão! Miserável! – gritou o coronel.

– Temos aqui por que John Straker queria levar o cavalo até o urzal. Uma criatura tão vivaz teria certamente acordado qualquer um em sono profundo quando sentisse a lâmina da faca. Era absolutamente necessário realizar a operação ao ar livre.

– Que cego fui! – gritou o coronel. – Claro, para isso ele precisava da vela e acendeu o fósforo.

– Certamente. Mas ao examinar seus pertences, tive a felicidade de descobrir não apenas o método do crime, mas inclusive seus motivos. Como um homem vivido, coronel, o senhor sabe que ninguém traz nos bolsos contas de outras pessoas. Já não é fácil organizar as nossas. Imediatamente concluí que Straker estava levando uma vida dupla e mantendo um outro estabelecimento. A natureza da conta mostrava que uma senhora estava envolvida no caso, uma senhora com gostos caros. Por mais generoso que o senhor seja com seus empregados, é difícil imaginar que eles possam comprar vestidos de passeio de vinte guinéus para suas esposas. Questionei a senhora Straker quanto ao vestido, sem ela saber, e, descobrindo que ela nunca o vira, anotei o endereço da modista. Senti que indo até lá com uma fotografia de Straker eu poderia facilmente identificar o mítico Darbyshire.

"A partir de então tudo ficou claro. Straker tinha levado o cavalo a uma depressão em que sua luz ficasse invisível. Simpson, durante a fuga, deixara cair a gravata, e Straker a tinha apanhado talvez com a ideia de usá-la para prender a perna do cavalo. Uma vez na depressão, ele se colocara atrás do cavalo e acendera a luz, mas a criatura, assustada com o súbito clarão, e graças ao estranho instinto com que os animais pressentem alguma maldade, escoiceou, e a ferradura golpeou Straker bem no meio da testa. Ele já tinha, por causa da chuva, tirado o casaco a fim de realizar a delicada tarefa, e assim, quando caiu, a faca perfurou sua coxa. Estou sendo claro o suficiente?"

– Surpreendente! – gritou o coronel. – Parece que o senhor estava lá.

– Meu derradeiro golpe, confesso, foi bastante interessante. Eu me admiraria que um homem tão astuto quanto Straker não tivesse praticado um pouco antes de levar a cabo esse delicado corte de tendão. Em quem ele poderia se exercitar? Meus olhos caíram sobre as ovelhas, e fiz uma pergunta que, para minha surpresa, mostrou-me que eu estava certo.

– O seu relato deixa tudo perfeitamente claro, senhor Holmes.

– Quando retornei a Londres, fui até a modista, que reconheceu Straker como um excelente cliente, cujo nome era Darbyshire, e que tinha uma mulher muito bonita que gostava muito de vestidos caros. Não tenho dúvidas de que essa mulher o mergulhou até as orelhas em dívidas e, dessa forma, conduziu-o à miserável cena.

– O senhor explicou tudo, exceto uma coisa – gritou o coronel. – Onde estava o cavalo?

– Ah, ele escapou e foi cuidado por um de seus vizinhos. Devemos nos valer de uma anistia com relação a isso, penso. Essa é a estação de Capham Junction, se não estou enganado, e devemos estar na estação Victoria em menos de dez minutos. Se o senhor quiser fumar um cigarro em nossos aposentos, coronel, ficarei feliz em lhe fornecer quaisquer outros detalhes que possam ser do seu interesse.

# A FACE AMARELA

Ao publicar estes pequenos textos baseados nos diversos casos dos quais os talentos singulares de meu companheiro me fizeram ouvinte, e eventualmente participante de algum drama extraordinário, é natural que me detenha antes em seus êxitos do que em seus fracassos. E isso não por consideração à sua reputação – pois, de fato, era quando estava por perder a razão que sua energia e versatilidade eram as mais admiráveis –, mas porque onde ele falhava geralmente ninguém mais tinha êxito, e a história ficava para sempre sem conclusão. De vez em quando, entretanto, acontecia que mesmo quando ele errava a verdade era ainda descoberta. Tomei nota de meia dúzia de casos desse tipo; a aventura do ritual Musgrave e aquela que estou para narrar são as duas que trazem as características mais interessantes.

Sherlock Holmes era um homem que raramente se exercitava só por se exercitar. Poucos homens eram capazes de um esforço muscular maior, e ele era sem dúvida um dos melhores boxeadores que já vi na sua categoria; mas considerava o exercício corporal feito sem objetivo como desperdício de energia e poucas vezes se movimentava, exceto em função de algum objetivo profissional. Nesse caso, ele era absolutamente incansável. É notável que ele tivesse se mantido em forma sob tais circunstâncias, mas sua dieta era das mais frugais e seus hábitos, simples, quase austeros. Exceto pelo uso ocasional da cocaína, não tinha vícios, e só usava a droga como um protesto contra a monotonia da existência, quando os casos eram escassos e os jornais, desinteressantes.

Certo dia, no início da primavera, ele estava tão relaxado que saiu comigo para um passeio no parque, onde os primeiros tímidos rebentos de verde brotavam sobre os olmos e as viscosas pontas de lança das castanheiras recém irrompiam de suas folhas quíntuplas. Durante duas horas, caminhamos juntos, a maior parte do tempo em silêncio, como convém a dois homens que se conhecem intimamente. Já eram quase cinco, e ainda não tínhamos voltado a Baker Street.

– Esteve aqui um cavalheiro perguntando pelo senhor – disse nosso assistente enquanto abria a porta.

Holmes lançou-me um olhar reprovador.

– Acabaram-se nossos passeios! – ele disse. – Então, o cavalheiro já foi?

– Sim, senhor.

– Você não o fez entrar?

– Sim, ele entrou.

– Quanto tempo ficou esperando?

– Meia hora, senhor. Era um cavalheiro muito inquieto. Zanzou durante todo o tempo em que esteve aqui. Podia ouvi-lo do lado de fora, onde fiquei esperando. Por fim, dirigiu-se para o corredor e gritou:

"– Este homem não vai voltar? – Foram exatamente essas as palavras dele, senhor. – Espere só mais um pouco – eu disse. – Então esperarei ao ar livre, pois aqui estou sufocando – ele disse. – Voltarei logo. – E com isso se levantou e saiu, e nada do que eu pudesse dizer iria detê-lo."

– Está certo, você fez o que pôde – disse Holmes, enquanto se dirigia para a sala. – Entretanto, Watson, isso me aborrece muito. Eu precisava de um caso, e esse parece, pela impaciência do homem, importante. Opa!

Não é o seu cachimbo que está sobre a mesa. Ele deve ter esquecido o dele. Um velho e bom cachimbo de urze branca, com um longo tubo feito daquilo que os tabagistas chamam de âmbar. Gostaria de saber quantos bocais realmente de âmbar há em Londres. Uma mosquinha, para alguns, é sinal de que são genuínos. Bem, ele devia estar com a cabeça confusa para esquecer-se de um cachimbo ao qual evidentemente dá um alto valor.

– Como sabe disso?

– Bem, eu calcularia o preço original deste cachimbo em sete xelins e seis *pence*. Mas ele foi emendado, como você pode ver, no tubo de madeira e no de âmbar. Cada uma dessas emendas, feitas, como você pode ver, com liga de prata, deve ter custado mais do que o valor original do cachimbo. O homem deve gostar muito do cachimbo, pois mandou consertá-lo em vez de comprar outro novo pela mesma quantia.

– Algo além disso? – perguntei, pois Holmes virava o cachimbo na mão, olhando-o fixamente, do jeito pensativo que lhe era peculiar.

Ele o ergueu e, como um professor que desse uma preleção sobre um osso, bateu nele com seu indicador longo e fino.

– Cachimbos são, às vezes, extraordinariamente interessantes – disse. – Nada tem mais individualidade, exceto talvez relógios e cadarços. As indicações aqui, entretanto, não estão muito claras e nem são muito importantes. Seu dono é, obviamente, um homem musculoso, canhoto, com uma excelente dentadura, hábitos descuidados e que não tem necessidade de fazer economia.

Foi de uma forma brusca que meu amigo lançou toda aquela informação, mas reparei que ele me observava para ver se eu seguia seu raciocínio.

— Você acha que um homem é abastado se ele fuma um cachimbo de sete xelins? – perguntei.

— Isto é uma mistura de Grosvenor, que custa oito *pence* a onça* – respondeu Holmes, batendo de leve o cachimbo na palma da mão. – Uma vez que ele poderia ter comprado um fumo excelente por metade do preço, não tem necessidade de fazer economia.

— E o que mais?

— Ele tem o hábito de acender o cachimbo em lamparinas e bicos de gás. Você pode ver que o cachimbo está queimado de um lado. Evidentemente, fósforos não poderiam ter feito isso. Por que alguém seguraria um fósforo do lado do cachimbo? Mas é impossível acender um cachimbo em uma lamparina sem queimar o fornilho. E isso tudo está do lado direito do cachimbo, por isso concluí que o homem é canhoto. Leve o cachimbo até a lamparina e veja como, sendo destro, naturalmente mantém o lado esquerdo na chama. Você pode, eventualmente, fazer isso de outra forma, mas não sempre. Este aqui tem sido acendido sempre do mesmo jeito. Por fim, o âmbar está todo mordido. Só um sujeito forte, vigoroso, com uma boa dentadura poderia fazer isso. Mas se não estou enganado, escuto-o subindo a escada, de forma que teremos algo mais interessante do que este cachimbo para estudar.

Um instante depois, nossa porta foi aberta, e um jovem alto entrou na sala. Ele estava bem-vestido, mas modestamente, num traje cinza escuro, e tinha à mão um chapéu marrom. Eu lhe daria uns trinta anos, mas na verdade ele era um pouco mais velho.

— Peço-lhes desculpas – disse com certo embaraço –, deveria ter batido. É claro que eu deveria ter batido. O

---

* Medida de peso inglesa equivalente a 28,3 gramas. (N.T.)

fato é que estou um pouco agitado, e os senhores devem atribuir meu comportamento a isso – ele passou a mão sobre a testa, como se estivesse meio tonto, e então caiu, mais do que sentou-se, na cadeira.

– Posso ver que o senhor está sem dormir por uma ou duas noites – disse Holmes do seu jeito dócil, genial. – Isso põe à prova os nervos de um homem mais do que o trabalho, e inclusive mais do que o prazer. Posso lhe perguntar como fazer para ajudá-lo?

– Gostaria de um conselho, senhor. Não sei o que fazer e toda a minha vida parece ter se despedaçado.

– O senhor quer contratar meus serviços de detetive?

– Não só isso. Quero sua opinião de homem judicioso, de homem do mundo. Quero saber que passo devo dar. Peço a Deus que o senhor seja capaz de me dizer.

Ele falava em pequenas, afiadas e convulsivas explosões, e pareceu-me que falar lhe era bastante penoso e que durante todo o tempo a sua vontade reprimia suas inclinações.

– Trata-se de algo muito delicado – disse ele. – Ninguém gosta de falar de seus problemas familiares com estranhos. É terrível ter de discutir a conduta da própria esposa com dois homens que nunca vi antes. Mas cheguei no meu limite e preciso de um conselho.

– Meu caro sr. Grant Munro – começou Holmes.

Nosso visitante pulou da cadeira.

– O quê! – gritou. – O senhor sabe meu nome?

– Se quer se manter incógnito – disse Holmes, sorrindo –, sugiro que não escreva seu nome sobre o forro do chapéu, ou então que vire a copa dele para a pessoa a quem o senhor se dirigir. Eu ia dizer que meu amigo e eu temos ouvido inúmeros estranhos segredos nesta sala e temos tido a felicidade de levar paz a muitas almas inquietas. Creio que podemos fazer o mesmo pelo senhor. Poderia me relatar, já que o tempo pode ser importante, os fatos do seu caso, sem maiores delongas?

Nosso visitante passou mais uma vez a mão sobre a testa, como se aquilo fosse terrivelmente penoso. Em cada um de seus gestos e expressões eu podia ver que ele era um homem reservado e tímido, um pouco orgulhoso por natureza, e com uma tendência mais a esconder do que a expor suas feridas. Então, subitamente, com um gesto impetuoso de sua mão fechada, mandando a reserva às favas, ele começou:

– Os fatos são os seguintes, sr. Holmes – ele disse. – Sou um homem casado, há três anos. Durante esse tempo, minha esposa e eu temos nos amado e vivido tão felizes como qualquer outro casal que tenha algum dia se unido. Não temos diferenças, sequer uma, em pensamento, palavra ou ação. E agora, desde a última segunda-feira, levantou-se subitamente uma barreira entre nós, e eu descobri que há algo na vida e nos pensamentos dela do qual sei tão pouco quanto se se tratasse de uma desconhecida com quem eu cruzasse pela rua. Estamos afastados um do outro, e eu quero saber por quê.

"Entretanto, há algo que quero enfatizar antes de dizer mais qualquer outra coisa, sr. Holmes. Effie me ama. Que não haja qualquer engano quanto a isso. Ela me ama de todo o seu coração e alma, e hoje mais do que nunca. Sei disso. Não quero argumentar a respeito. Um homem pode dizer com facilidade quando uma mulher o ama. Mas existe esse segredo entre nós e não podemos ser os mesmos antes de ele ser esclarecido.

– Tenha a bondade de me apresentar os fatos, sr. Munro – disse Holmes com certa impaciência.

– Direi ao senhor o que sei sobre a história de Effie. Ela era viúva quando a conheci, embora muito jovem. Tinha somente 25 anos. Chamava-se então sra. Hebron. Ela tinha ido para a América quando jovem e vivido na cidade de Atlanta, onde casou-se com esse Hebron, um advogado de boa clientela. Eles tiveram um filho, mas a febre amarela irrompeu funestamente no lugar, e tanto o marido como a criança morreram. Vi o atestado de óbito. Isso fez com que ela se repugnasse da América, e ela voltou para viver com uma tia solteira em Pinner, Middlesex. Posso mencionar que seu marido a deixou em uma situação confortável e que ela tinha um capital de mais ou menos quatro mil e quinhentas libras, o qual tinha sido tão bem investido por ele que rendia uma média de sete por cento. Ela estava apenas há seis meses em Pinner quando a conheci; nos apaixonamos e casamos poucas semanas depois.

"Sou comerciante de lúpulo, e, como tenho uma renda de setecentas ou oitocentas libras, estávamos numa situação confortável e adquirimos uma linda casa de campo de oitenta libras ao ano em Norbury. Nosso sitiozinho era bastante rural, considerando que está tão próximo da cidade. Havia uma pousada e duas casas um pouco atrás, e um único chalé do outro lado do campo que ficava de frente para a nossa propriedade. Não havia outras casas além dessas até meio caminho da estação. Meus negócios me levavam à cidade em certas épocas, mas no verão eu estava menos atarefado, e então, em nossa casa de campo, minha esposa e eu éramos tão felizes quanto se poderia querer. Digo-lhe que não houve nunca uma sombra entre nós até o começo desta maldita história.

"Há uma coisa que tenho de lhe dizer antes de continuar. Quando casei, minha esposa passou todas as suas posses para mim – pode-se dizer que contra a minha vontade, pois eu via o quão embaraçoso seria se algo desse errado em meus negócios. Entretanto, ela quis assim, e isso foi feito. Bem, seis semanas atrás, ela veio conversar comigo.

"– Jack – disse ela –, quando você tomou posse dos meus bens, você disse que se eu precisasse de dinheiro era só lhe pedir.

"– Certamente – eu disse –, é tudo seu.

"– Bem – disse ela –, preciso de cem libras.

"Fiquei um pouco desconcertado diante do pedido, pois tinha imaginado tratar-se simplesmente de um vestido novo ou algo do gênero.

"– Mas por quê? – perguntei.

"– Oh! – disse ela brincando –, você disse que era apenas meu banqueiro, e banqueiros nunca fazem perguntas, você sabe.

"– Se você realmente quer essa quantia, é claro que a terá – eu disse.

"– Ah sim, preciso dela realmente.

"– E você não me dirá para que precisa dela?

"– Algum dia, talvez, mas não no momento, Jack.

"Tive de me contentar então com aquilo, posto que era a primeira vez que havia qualquer segredo entre nós. Dei a ela um cheque e nunca mais pensei sobre o assunto. Pode não ter nada a ver com o que aconteceu depois, mas achei que era correto mencioná-lo.

"Bem, acabei de lhe dizer que há um chalé não muito longe de nossa casa. Há somente um campo entre nós, mas para chegar até lá é preciso seguir pela estrada e depois descer um beco. Mais além, há um pequeno bosque, muito bonito, de abetos escoceses, e eu gostava muito de passear por lá, pois é sempre bom estar entre as árvores.

O chalé está vazio há oito meses, o que é uma pena, pois é um lugarzinho adorável de dois andares, com um velho pórtico e rodeado de madressilvas. Várias vezes parei diante dele, pensando que morada elegante ele não daria.

"Na tarde da última segunda-feira, eu estava passeando por ali quando cruzei com uma carroça subindo o beco e vi uma pilha de tapetes e outras coisas sobre o gramado, ao lado do pórtico. Era evidente que o chalé tinha por fim sido alugado. Eu passei por ele e então, como um homem desocupado, observei tudo e me perguntei que tipo de pessoa estaria vindo viver tão próximo de nós. E enquanto fazia isso, subitamente percebi que um rosto me cuidava de uma das janelas do andar de cima.

"Não sei o que havia com aquele rosto, sr. Holmes, mas ao vê-lo um arrepio desceu-me pelas costas. Eu estava um pouco afastado, de forma que não podia determinar seus traços, mas havia algo de sobrenatural e inumano naquele rosto. Essa foi a impressão que tive, e rapidamente me aproximei, para enxergar melhor a pessoa que estava me olhando. Mas assim que me movi, o rosto subitamente desapareceu. Tão subitamente quanto se tivesse sido arrancado para a escuridão do quarto. Fiquei estático por cinco minutos, refletindo sobre o ocorrido e tentando analisar minhas impressões. Eu não poderia dizer se o rosto era de um homem ou de uma mulher. Ele estava muito longe de mim. Mas sua cor era o que mais tinha me impressionado. Era de um branco lívido como giz, com uma rigidez que o tornava chocante e artificial. Eu estava tão perturbado que decidi conhecer um pouco mais os novos ocupantes do chalé. Aproximei-me e bati na porta, que foi aberta instantaneamente por uma mulher alta, esquelética, com uma cara severa e desagradável.

"– O que gostaria? –, perguntou ela, com um sotaque do norte.

"– Sou seu vizinho – disse eu –, indicando com a cabeça minha casa. – Vejo que acabam de se mudar, então pensei que poderia eu ser útil em alguma...

"– Certo, chamaremos quando precisarmos – disse ela, batendo com a porta na minha cara. Aborrecido com a resposta grosseira, dei as costas e voltei para casa. Durante toda a tarde, embora eu tentasse pensar em outras coisas, minha mente voltava para a aparição na janela e a indelicadeza da mulher. Eu estava determinado a não dizer nada daquilo à minha esposa, pois ela é uma mulher nervosa, altamente sensível, e eu não desejava que ela compartilhasse da impressão desagradável que tinha se produzido em mim. Observei a ela, entretanto, antes de pegar no sono, que o chalé estava agora ocupado, ao que ela nada respondeu.

"Normalmente, tenho um sono bastante profundo. Na minha família, frequentemente se faz piada com o fato de que nada é capaz de me acordar durante a noite. Mas de alguma forma, naquela noite específica, não sei se por causa da ligeira excitação produzida por minha pequena aventura, tive um sono muito mais leve do que o usual. Meio que sonhando, eu estava vagamente consciente de que algo ocorria no quarto, e aos poucos me dei conta de que minha esposa havia se vestido e furtivamente se esgueirava, vestindo a capa e o chapéu. Meus lábios tinham se aberto para murmurar algumas palavras sonolentas de surpresa ou protesto por aquele ato fora de hora, quando subitamente meus olhos semiabertos deram com sua face iluminada pela vela, e emudeci de assombro. Ela tinha uma expressão que eu nunca vira – que eu jamais pensava que ela poderia assumir. Ela estava pálida como morta e respirava de um modo ofegante, olhando furtivamente para a cama enquanto ajeitava a capa, a fim de ver se tinha me acordado. Então, pensando que eu ainda dormia, ela escapuliu silenciosamente do quarto, e um instante depois ouvi um rangido áspero que só podia ter vindo das dobradiças da porta da frente. Sentei-me na cama e bati com os nós dos dedos contra o parapeito da janela, a fim de ter certeza de que estava realmente acordado. Então peguei meu relógio debaixo do travesseiro. Eram três da manhã. Que diabo estaria minha esposa fazendo lá fora na estrada às três da manhã?

"Fiquei sentado por cerca de vinte minutos, ruminando o ocorrido e tentando encontrar alguma explicação possível. Quanto mais eu pensava, mais extraordinárias e inexplicáveis as coisas pareciam. Eu estava ainda perplexo, quando escutei a porta fechar mais uma vez, e os passos dela subindo as escadas.

"– Onde diabos você esteve, Effie? – perguntei, quando ela entrou.

"Ela levou um tremendo susto e soltou uma espécie de grito ofegante, e esse grito e esse susto me perturbaram mais do que qualquer outra coisa, pois havia algo de indescritivelmente culpado neles. Minha esposa tinha sempre sido uma mulher de índole franca, aberta, e deu-me um calafrio vê-la entrar furtivamente em seu próprio quarto, gritando e estremecendo enquanto seu próprio marido falava com ela.

"– Você, acordado, Jack? – ela exclamou com uma risada nervosa. – Pensei que nada pudesse acordá-lo.

"– Onde você esteve? – perguntei de forma mais ríspida.

"– Não me admira que esteja surpreso – disse ela, e eu podia ver que seus dedos tremiam enquanto ela desprendia as presilhas da sua capa. – Bem, não me lembro de ter feito algo parecido em minha vida. O fato é que me senti como que sufocando e ansiei por um sopro de ar fresco. Cheguei a pensar que eu fosse desfalecer, caso não saísse. Permaneci junto à porta por alguns minutos, e agora estou completamente refeita.

"Durante todo o tempo em que me contava essa história, ela não me olhou sequer uma vez, e sua voz estava completamente diferente do habitual. Eu tinha certeza de que ela estava mentindo. Não disse nada em resposta, mas virei meu rosto para a parede, nauseado, com minha mente cheia de dúvidas e suspeitas. O que a minha esposa estaria escondendo de mim? Onde ela teria ido durante aquela estranha excursão? Eu sabia que não teria paz antes de descobrir, e ao mesmo tempo me recusava a questioná-la novamente depois de ela ter me mentido. Durante o restante da noite, fiquei me revolvendo na cama, construindo teoria em cima de teoria, uma mais implausível do que a outra.

"Eu precisava ir até a cidade naquele dia, mas estava muito perturbado para conseguir dar atenção a assuntos de negócios. Minha esposa parecia tão abatida quanto eu. Pelos pequenos olhares questionadores que me lançava, eu percebia que ela estava desorientada e que tinha consciência de que eu não acreditara em sua história. Quase não nos falamos durante o café, e imediatamente saí para uma caminhada na tentativa de refletir sobre o ocorrido aproveitando o ar fresco da manhã.

"Fui até o Cristal Palace, passei uma hora pelos campos e estava de volta a Norbury por volta de uma hora. Aconteceu que meu trajeto passava pelo chalé, e parei por um instante para olhar as janelas e ver se podia apanhar de relance a face estranha que tinha me observado no dia anterior. Enquanto eu estava por ali, imagine minha surpresa, sr. Holmes, quando a porta se abriu de repente e minha esposa saiu.

"Fiquei mudo de espanto ao vê-la, mas minhas emoções não eram nada se comparadas àquelas que se estamparam em seu rosto quando nossos olhos se encontraram. Ela pareceu por um instante querer se esquivar novamente para dentro da casa; e então, percebendo como seria inútil qualquer tentativa de se esconder, moveu-se adiante com um rosto muito branco e olhos assustados que desmentiam o sorriso de seus lábios.

"– Oh! Jack! – disse ela –, acabo de entrar para ver se posso ser útil em alguma coisa aos nossos novos vizinhos. Por que está me olhando dessa maneira? Por acaso está irritado comigo?

"– Então! – disse eu –, foi aqui que você veio durante a noite.

"– Como assim? – gritou ela.

"– Você veio aqui. Estou certo disso. Quem são essas pessoas, que você precisou visitar numa hora daquelas?

"– Eu não estive aqui antes.

"– Como você pode me dizer o que sabe ser uma mentira? – gritei. – Sua própria voz se altera enquanto você fala. Quando foi que ocultei algum segredo de você? Entrarei no chalé e irei até o fundo desse mistério.

"– Não, não, Jack, pelo amor de Deus! – disse ela com a voz entrecortada por uma emoção incontrolável. Então, enquanto eu me aproximava da porta, ela agarrou-me pela manga e empurrou-me com uma força convulsiva.

"– Imploro que não faça isso, Jack – gritou ela. – Juro que lhe contarei tudo algum dia, mas sua entrada no chalé não trará nada além de nossa desgraça. – Então, quando tentei me desvencilhar dela, ela se aferrou a mim num frenesi de súplica.

"– Confie em mim, Jack! – ela gritou. – Confie em mim somente desta vez. Você nunca se arrependerá. Você sabe que eu não ocultaria um segredo de você, caso não fosse para o seu próprio bem. Nossas vidas estão em jogo. Se você for para casa comigo, tudo ficará bem. Se você insistir em entrar naquele chalé, tudo entre nós estará terminado.

"Havia uma tal gravidade, um tal desespero em seu comportamento que suas palavras me detiveram, e permaneci irresoluto diante da porta.

"– Confiarei em você sob uma condição, e uma condição somente – disse eu, por fim. – É a de que esse mistério se encerre a partir de agora. Você está livre para preservar o seu segredo, mas deve me prometer que não haverá mais visitas noturnas, nenhum ato que seja escondido de mim. Estou de acordo em esquecer o que passou, se você me prometer que não ocorrerão mais dessas coisas no futuro.

"– Eu estava certa de que você iria confiar em mim – gritou ela com um grande suspiro de alívio. – As coisas serão exatamente como você quer. Oh, vamos, oh! Vamos para casa.

"Ainda me puxando pela manga, ela me levou do chalé. Enquanto andávamos, dei uma olhada rápida para trás, e lá estava aquele rosto amarelo, lívido, nos olhando da janela do andar de cima. Que ligação haveria entre aquela criatura e minha esposa? Ou como poderia a mulher grosseira e rude que eu vira no dia anterior estar relacionada com ela? Era um estranho enigma, e eu sabia que minha mente não teria sossego antes que eu o resolvesse.

"Nos dois dias seguintes, fiquei em casa, e parecia que minha esposa se mantinha fiel ao nosso compromisso, pois, até onde sei, ela não deu um passo para fora de casa. No terceiro dia, entretanto, tive ampla evidência de que sua promessa solene não era suficiente para mantê-la longe dessa influência secreta que a afastava de seu marido e de suas obrigações.

"Eu tinha ido à cidade naquele dia, mas retornei às 2h40, em vez de às 3h36, horário do meu trem habitual. Quando entrei em casa, a criada correu ao *hall* com uma cara assustada.

"– Onde está sua patroa? – perguntei.

"– Acredito que ela saiu para dar uma volta – ela respondeu.

"Minha mente instantaneamente se encheu de suspeita. Subi em disparada as escadas para ter certeza de que ela não estava na casa. Enquanto eu fazia isso, aconteceu de eu olhar rapidamente para fora de uma das janelas superiores e ver a criada com quem eu acabara de falar correndo pelo campo na direção do chalé. Então, é claro, compreendi o que estava ocorrendo. Minha esposa tinha ido até lá e pedido à criada que a chamasse no caso do meu retorno. Tinindo de raiva, precipitei-me escada abaixo e saí às pressas, determinado a terminar de uma vez por todas com aquela história. Vi minha esposa e a criada voltando apressadas pelo beco, mas não parei para falar com elas. No chalé estava o segredo que lançava uma sombra sobre minha vida. Eu jurava que, acontecesse o que acontecesse, ele deixaria de ser um segredo. Eu sequer bati na porta quando a alcancei, mas virei a maçaneta e arremeti para dentro.

"Estava tudo parado e silencioso no primeiro andar. Na cozinha, uma chaleira chiava no fogo e um grande gato preto estava enrodilhado na cesta; mas não havia sinal da mulher que antes eu tinha visto. Corri para a outra peça, mas ela também estava vazia. Então, subi às pressas as escadas e encontrei dois outros quartos vazios e abandonados. Não havia absolutamente ninguém na casa. A mobília e os quadros eram do tipo mais comum e vulgar, exceto no aposento em cuja janela eu tinha visto a face estranha. Esse era confortável e elegante, e todas as minhas suspeitas vieram à tona num ardor amargo e violento quando vi que sobre o consolo da lareira estava uma cópia de uma fotografia ampliada de minha esposa, que tinha sido tirada por solicitação minha fazia apenas três meses.

"Fiquei tempo o suficiente para certificar-me de que a casa estava completamente vazia. Então fui embora, sentindo um peso em meu peito como nunca antes sentira. Minha esposa apareceu no *hall* assim que entrei em casa; mas eu estava muito magoado e zangado para falar com ela e, ignorando-a, fui direto ao escritório. Ela entrou, entretanto, antes que eu pudesse fechar a porta.

"– Lamento ter quebrado minha promessa, Jack – disse ela –, mas se você conhecesse todas as circunstâncias, estou certa de que iria me perdoar.

"– Conte-me tudo então – eu disse.

"– Não posso, Jack, não posso – gritou ela.

"– Até que me diga quem é que está vivendo naquele chalé e a quem você deu aquela fotografia, não poderá haver nenhuma confiança entre nós – eu disse e, escapando-me dela, deixei a casa. Isso foi ontem, sr. Holmes, e não a vi desde então, nem sei mais nada a respeito dessa estranha história. Essa foi a primeira sombra que se abateu sobre nós, e ela me abalou de tal maneira que não sei o que fazer. De repente, esta manhã, ocorreu-me que o senhor seria quem melhor poderia me aconselhar, e então vim às pressas procurá-lo, e ponho-me sem reservas em suas mãos. Se existe algum ponto que eu não tenha esclarecido, pode me perguntar. Mas, acima de tudo, diga depressa o que devo fazer, pois essa desgraça é maior do que posso suportar."

Holmes e eu tínhamos escutado com o maior interesse essa extraordinária narrativa, que tinha sido proferida à maneira convulsiva e entrecortada de um homem sob influência de uma emoção extrema. Meu companheiro sentou-se em silêncio por algum tempo, com o queixo apoiado na mão, perdido em pensamentos.

– Diga-me – falou ele por fim –, o senhor poderia jurar que era a face de um homem aquela que o senhor viu na janela?

– Sempre que a vi, eu estava a uma certa distância, de forma que não posso dizer com certeza.

– O senhor parece, entretanto, ter sido desagradavelmente impressionado por ela.

– Ela tinha uma cor sobrenatural e uma estranha rigidez de traços. Quando me aproximava, ela desaparecia imediatamente.

– Quanto tempo faz que sua esposa lhe pediu cem libras?

– Cerca de dois meses.

– O senhor já viu alguma fotografia do primeiro marido dela?

– Não, houve um grande incêndio em Atlanta logo depois de sua morte, e todos os documentos dela foram destruídos.

– Mas ela tem uma certidão de óbito. O senhor disse que a viu.

– Sim, ela tirou uma segunda via depois do incêndio.

– O senhor já foi apresentado a alguém que a tivesse conhecido na América?

– Não.

– Ela nunca quis voltar para visitar o lugar?

– Não.

– Nem recebeu cartas de lá?

– Não.

– Obrigado. Gostaria agora de refletir um pouco sobre o caso. Se o chalé está agora permanentemente abandonado, podemos ter alguma dificuldade. Se, por outro lado, como penso ser o mais provável, os moradores foram advertidos de sua vinda e deixaram o lugar antes que o senhor lá entrasse, então devem estar de volta agora, e poderemos esclarecer tudo facilmente. Aconselho-o, assim, a voltar a Norbury e examinar uma vez mais as janelas do chalé. Se tiver motivo para acreditar que está habitado, não o invada, mas envie um telegrama ao meu amigo e a mim. Tendo-o recebido, dentro de uma hora estaremos consigo, e aí chegaremos muito rápido ao fundo desse mistério.

– Mas e se estiver vazio ainda?

– Nesse caso, terei uma conversa com o senhor amanhã. Até logo e, acima de tudo, não se atormente antes de ter certeza de que há motivo para tanto.

– Temo que se trate de um caso aborrecido, Watson – disse meu companheiro, quando retornou depois de ter acompanhado o sr. Grant Munro até a porta. – O que acha?

– Tem algo nele que soa muito mal – respondi.

– Sim. Há chantagem envolvida, ou estou muito enganado.

– E quem é o chantagista?

— Bem, deve ser a criatura que vive no único quarto confortável do lugar e tem a fotografia dela sobre a lareira. Palavra de honra, Watson, há algo que me encanta naquela face lívida na janela, e por coisa alguma no mundo eu perderia esse caso.

— Você tem alguma hipótese?

— Sim, tenho uma provisória. Mas ficarei surpreso se ela não estiver correta. O primeiro marido dessa mulher está naquele chalé.

— Por que acha isso?

— De que outra forma seria possível explicar sua ansiedade frenética diante da entrada do segundo? Os fatos, como os entendo, são os seguintes: essa mulher era casada na América. Seu marido desenvolveu certas características odiáveis, ou talvez tenha contraído alguma doença repugnante, tornando-se leproso ou imbecil. Ela acaba fugindo dele, retorna à Inglaterra, muda de nome e começa sua vida, conforme imagina, do zero. Ela está casada há três anos e acredita que está completamente segura, quando de repente seu paradeiro é descoberto por seu primeiro marido ou, suponhamos, por alguma mulher inescrupulosa que se ligou ao inválido. Eles escrevem à esposa e ameaçam aparecer e expô-la. Ela pede cem libras ao marido e se esforça por comprá-los. Eles vêm mesmo assim, e quando o marido menciona casualmente à esposa que há recém-chegados no chalé, ela sabe de alguma forma que se trata de seus perseguidores. Ela espera até que seu marido durma, e então se precipita escada abaixo para tentar persuadi-los a deixá-la em paz. Não tendo sucesso, ela vai lá novamente na manhã seguinte, e seu marido a encontra, conforme nos disse, quando ela estava saindo. Ela promete então nunca mais voltar lá, mas dois dias depois, a esperança de se livrar daqueles vizinhos aterrorizantes torna-se muito forte, e ela faz uma nova tentativa, levando consigo a fotografia que provavelmente tinham exigido dela. No meio desse encontro, a criada aparece correndo para dizer que o patrão tinha voltado à casa. Sabendo que ele viria diretamente ao chalé, ela arrasta os inquilinos pela porta dos fundos, provavelmente para o bosque de abetos que foi dito existir ali perto. Por causa disso, ele encontra o lugar completamente vazio. Ficarei muito surpreso, entretanto, se ainda estiver assim quando ele o inspecionar essa tarde. O que você acha de minha teoria?

– Acho que são apenas suposições.

– Mas pelo menos ela dá conta de todos os fatos. Caso viermos a conhecer fatos novos que ela não possa explicar, teremos tempo de reconsiderá-la. Nada mais podemos fazer, até recebermos uma mensagem de nosso amigo em Norbury.

Mas não foi preciso esperar muito. Ela chegou na hora em que terminamos nosso chá. *O chalé ainda está ocupado* (ela dizia). *Vi novamente o rosto na janela. Estarei esperando-os no trem das sete e não farei nada até que cheguem.*

Ele estava esperando na plataforma quando desembarcamos, e podíamos ver à luz da estação que estava muito pálido e tremendo de agitação.

– Eles ainda estão lá, senhor Holmes – disse, segurando com força a manga de meu amigo. – Vi luzes no chalé quando desci. Devemos esclarecer isso de uma vez por todas.

– Qual é, então, seu plano? – perguntou Holmes, enquanto descíamos a estrada escura e cerrada de árvores.

– Vou forçar minha entrada e ver quem está na casa. Quero que ambos estejam lá como testemunhas.

– O senhor está completamente determinado a fazer isso, a despeito do aviso de sua mulher de que é melhor que o senhor não resolva esse mistério?

– Sim, estou determinado.

– Bem, creio que o senhor está certo. Qualquer verdade é melhor do que uma dúvida infinita. É melhor subirmos de uma vez. Claro, do ponto de vista legal, não estamos agindo bem, mas acho que vale a pena.

Era uma noite muito escura, e uma chuvinha fina começou a cair quando saímos da estrada principal e entramos num beco estreito, profundamente cavado e com muros de ambos os lados. O sr. Grant Munro avançava impacientemente, e nós andávamos aos tropeções atrás dele.

– Lá estão as luzes da minha casa – ele murmurou, apontando para um clarão entre as árvores – e aqui está o chalé no qual entrarei.

Viramos numa esquina, enquanto ele falava, e lá estava a construção, bem ao nosso lado. Um feixe de luz amarela sobre o degrau escuro mostrava que a porta estava semiaberta, e uma janela no andar superior estava brilhantemente iluminada. Quando olhamos, vimos um vulto movendo-se ao fundo.

– Lá está a criatura! – gritou Grant Munro. – Podem ver por si mesmos que há alguém lá. Sigam-me e logo saberemos de tudo.

Aproximamo-nos da porta, mas de repente uma mulher surgiu da escuridão e parou sobre a sombra dourada da luz da lamparina. Não era possível ver seu rosto na penumbra, mas seus braços estavam erguidos numa atitude de súplica.

– Pelo amor de Deus, Jack, não! – gritou ela. – Tive um pressentimento de que você viria esta tarde. Pense melhor, querido! Confie em mim de novo e jamais terá motivos para se arrepender.

– Já confiei demais, Effie – ele gritou duramente. – Saia da minha frente, não tente me deter. Eu e meus amigos vamos esclarecer este assunto de uma vez por todas. – Ele a empurrou para o lado e o seguimos de perto. Quando escancarou a porta, uma velha saltou na sua frente e tentou barrar sua passagem, mas ele a impeliu de volta, e no instante seguinte estávamos todos na escada. Grant Munro arremeteu para o quarto iluminado do andar de cima e entramos logo atrás dele.

Era um quarto confortável, bem mobiliado, com dois candeeiros ardendo sobre a mesa e dois sobre a lareira. No canto, debruçada sobre uma escrivaninha, estava sentada o que parecia ser uma menininha. Sua face estava virada para o lado quando entramos, mas eram visíveis seu vestidinho vermelho e as longas luvas brancas. Ao percebê-la movendo-se rápida em nossa direção, soltei um grito de surpresa e horror. A face que nos voltou era do matiz lívido mais estranho, e os traços estavam absolutamente destituídos de qualquer expressão. No instante seguinte, o mistério estava explicado. Holmes, com uma risada, passou a mão por trás da orelha da criança, uma máscara separou-se do rosto dela e lá estava uma negrinha preta como carvão, com os seus dentes brancos brilhando divertindo-se com nosso espanto. Explodi numa gargalhada, cheio de simpatia por sua alegria; mas Grant Munro ficou estático, a mão apertando o próprio pescoço.

– Meu Deus! – gritou. – O que significa isso?

– Eu lhe explicarei o que significa – gritou a mulher, entrando com ímpeto no quarto, com uma expressão orgulhosa e inflexível. – Você me forçou a contar-lhe, e agora devemos fazer o melhor que pudermos. Meu marido morreu em Atlanta. Minha filha sobreviveu.

– Sua filha?

Ela puxou um medalhão de prata do seio.

– Você nunca viu isso aberto.

– Não pensei que se abrisse.

Ela tocou uma mola e a tampa girou para trás. Dentro, havia o retrato de um homem surpreendentemente belo e de ar inteligente, mas trazendo sobre os traços sinais indubitáveis de sua descendência africana.

– Esse é John Hebron, de Atlanta – disse a mulher –, e jamais pisou sobre a terra homem mais nobre. Eu me separei de minha raça para casar com ele, e por nenhum instante, enquanto ele viveu, eu me arrependi. Foi nossa desgraça que nossa única filha puxasse mais ao seu povo do que ao meu. É frequentemente assim que acontece, e a pequena Lucy é muito mais negra do que foi seu pai. Mas negra ou loura, ela é minha filhinha querida, o mimo da sua mãe. – A pequena criatura, com essas palavras, correu para a senhora e aninhou-se em seu vestido. – Deixei-a na América – ela continuou – somente porque sua saúde era fraca, e a mudança poderia tê-la prejudicado. Ela ficou aos cuidados de uma mulher escocesa que tinha sido nossa criada e em quem eu confiava. Por nenhum instante sonhei em repudiá-la como filha. Mas quando o destino o colocou em meu caminho, Jack, e eu aprendi a amá-lo, tive medo de contar-lhe sobre ela. Deus me perdoe, tive medo de perder você e não tive a coragem de contar a verdade. Tive de escolher entre vocês, e em minha fraqueza eu me afastei de minha menininha. Por três anos, mantive sua existência escondida de você, mas era informada pela ama e sabia que tudo corria bem com ela. Por fim, entretanto, tive um desejo incontrolável de ver a criança mais uma vez. Eu lutei contra ele, mas em vão. Embora soubesse do perigo, decidi trazê-la, mesmo que fosse apenas por algumas semanas. Enviei cem libras para a ama e dei-lhe instruções sobre esse chalé, de forma que ela pudesse surgir como uma vizinha e nossa ligação não ficasse evidente de nenhuma maneira. Levei minhas precauções tão longe, a ponto de ordenar a ela que mantivesse a criança na casa durante o dia e cobrisse sua pequena face e mãos a fim de que mesmo os que a vissem pela janela não comentassem sobre o fato de haver uma criança negra na vizinhança. Se eu tivesse sido menos cautelosa, teria talvez sido mais sábia, mas estava quase louca de pavor de que você descobrisse a verdade.

"Foi você quem primeiro me contou que o chalé estava ocupado. Eu deveria ter esperado até a manhã, mas não pude dormir de ansiedade, e assim escapuli silenciosamente, sabendo o quão difícil é acordá-lo. Mas você me viu sair, e aí começaram meus problemas. No dia seguinte, meu segredo esteve à sua mercê, mas você nobremente se absteve de levar adiante a história. Três dias depois, entretanto, a ama e a criança mal tiveram tempo de escapar pela porta dos fundos quando você arremeteu pela da frente. E agora por fim você sabe de tudo, e pergunto-lhe o que acontecerá conosco, minha filha e eu? – ela juntou as mãos, entrelaçando os dedos, e ficou esperando por uma resposta.

Passaram-se longos dez minutos até que Grant Munro quebrasse o silêncio, e quando veio sua resposta, ela foi uma daquelas sobre as quais gosto de pensar. Ele levantou a pequena criança, beijou-a e então, ainda carregando-a, estendeu a outra mão para a esposa e voltou-se para a porta.

– Podemos conversar sobre isso mais à vontade em casa – ele disse. – Não sou um homem muito bom, Effie, mas acho que sou melhor do que você me julgava.

Holmes e eu descemos com eles até o beco, e meu amigo puxou-me pela manga para irmos embora.

– Creio – ele disse – que seremos mais úteis em Londres do que em Norbury.

Ele não disse mais nenhuma palavra a respeito do caso até tarde da noite, ao se retirar, com a vela acesa, para o seu dormitório.

– Watson – disse ele –, se alguma vez lhe ocorrer que estou ficando muito confiante em minhas forças, ou me dedicando menos a um caso do que ele merece, sussurre gentilmente "Norbury" em meu ouvido, e lhe agradecerei infinitamente.

# O ESCRITURÁRIO DA CORRETAGEM

Logo que casei, comprei uma clínica no distrito de Paddington. O velho Farquhar, de quem eu a adquirira, tivera ali uma excelente clientela; mas sua idade e uma doença da qual ele sofria, da natureza da Dança de São Vito\*, tinham-na feito minguar. O público, o que não deixa de ser natural, baseia-se no princípio de que aquele que cura os outros deve ser saudável e desconfia dos poderes curativos daquele cujo caso está além do alcance de suas próprias drogas. Assim, conforme meu predecessor enfraquecia, sua clientela declinava. Quando comprei dele a clínica, seus clientes tinham caído de mil e duzentos para pouco mais do que trezentos ao ano. Eu confiava, entretanto, em minha própria juventude e energia e estava convencido de que, em pouquíssimos anos, o negócio voltaria a florescer.

Por três meses, depois de assumir a clínica, fiquei muito absorvido pelo trabalho, e pouco vi meu amigo Sherlock Holmes, pois estava ocupado demais para visitar a Baker Street e ele próprio raramente ia a algum lugar exceto por questões profissionais. Surpreendi-me, portanto, quando, numa manhã de junho, ao me sentar para ler o *British Medical Journal*, depois da refeição matutina, ouvi tocarem a campainha e em seguida os tons altos e um pouco estridentes da voz de meu velho companheiro.

---

\* Dança de São Vito: Distúrbio do sistema nervoso central conhecido também por Coreia de Sidenham, o qual provoca movimentos musculares semelhantes aos de uma dança. (N.T.)

– Meu caro Watson – disse ele, avançando para dentro da sala –, estou muito contente de vê-lo! Espero que a sra. Watson já tenha se recuperado de todos os pequenos alvoroços relacionados à nossa aventura do Signo dos quatro.

– Não se preocupe, estamos ambos muito bem. – Disse eu, cumprimentando-o calorosamente.

– E também espero – continuou ele, sentando-se na cadeira de balanço – que as preocupações da prática médica não tenham obliterado completamente o interesse que você costumava ter por nossos pequenos problemas dedutivos.

– Pelo contrário – respondi. – Ontem mesmo estava dando uma olhada em minhas velhas anotações e classificando alguns de nossos resultados do passado.

– Espero que não tenha dado por encerrados os seus trabalhos.

– De forma alguma. O que mais desejo é ter mais dessas experiências.

– Hoje, por exemplo?

– Sim, hoje mesmo, se quiser.

– E tão longe quanto em Birmingham?

– Certamente, se assim deseja.

– E a clínica?

– Substituo meu vizinho, quando ele sai. Ele está sempre pronto a me retribuir.

– Nada poderia ser melhor! – disse Holmes, reclinando-se para trás na cadeira e olhando-me afiadamente sob suas pálpebras semicerradas. – Percebo que você não tem estado bem ultimamente. Resfriados de inverno são sempre um pouco difíceis.

– Fiquei confinado em casa por causa de um forte resfriado durante três dias na semana passada. Pensei, entretanto, que tivesse eliminado qualquer sinal dele.

– Sim, eliminou, e parece surpreendentemente forte.
– Como então percebeu?
– Meu caro amigo, você conhece meus métodos.
– Então você deduziu?
– Certamente.
– E do quê?
– Dos seus chinelos.

Olhei rapidamente para os novos chinelos de couro que eu estava usando.

– Que diabo – comecei, mas Holmes respondeu minha questão antes de eu pronunciá-la.

– Seus chinelos são novos – ele disse. – Você não pode tê-los usado por mais do que algumas semanas. O solado, que você agora me expõe, está levemente chamuscado. Por um momento, pensei que você os tivesse molhado e que os tivesse queimado ao secá-los. Mas perto do dorso do pé existe esse pequeno selo circular de papel com a marca do fabricante. A umidade o teria certamente removido. Você esteve, portanto, sentado com seus pés estendidos para o fogo, coisa que um homem dificilmente faria, mesmo em um junho tão úmido como este, se estivesse completamente são.

Assim como todos os raciocínios de Holmes, a coisa parecia simples uma vez que era explicada. Ele leu o meu pensamento em meus traços e seu sorriso tinha um quê de amargura.

– Receio esquecer alguma coisa quando me explico – disse ele. – Resultados sem causas são muito mais impressionantes. Você está pronto para ir a Birmingham, então?

– Certamente. Qual é o caso?

– Contarei tudo a você no trem. Meu cliente está lá fora esperando. Você pode vir agora?

– Em um instante – rabisquei um recado ao meu vizinho, corri até o andar de cima para explicar o que ocorria à minha mulher e juntei-me a Holmes na soleira da porta.

– Seu vizinho é um médico – disse ele, apontando com a cabeça a placa de bronze.

– Sim, ele comprou uma clínica como eu.

– Uma clínica antiga?

– Exatamente como a minha. Ambas existem desde que as casas foram construídas.

– E você pegou a melhor das duas.

– Creio que sim, mas como você sabe?

– Pelos degraus, meu rapaz. Os seus estão gastos cerca de cinco centímetros mais que os dele. Este cavalheiro no carro é o meu cliente, o sr. Hall Pycroft. Deixe-me apresentá-los. Arranque com os cavalos, cocheiro, pois estamos em cima da hora para pegar o trem.

O homem diante de mim era um belo jovem, bem-disposto, de expressão franca e honesta, e com um pequeno bigode amarelo e anelado nas pontas. Ele usava uma cartola reluzente e um terno elegante, de um preto sóbrio, que o fazia parecer o que era – um jovem da cidade, da classe dos chamados londrinos e que compõem os melhores regimentos voluntários, sendo melhores atletas e desportistas do que qualquer outro grupo de homens nestas ilhas. Seu rosto redondo e corado era naturalmente cheio de vida, mas os cantos da boca pareciam puxados para baixo numa tensão meio cômica. Entretanto, somente quando estávamos no vagão de primeira classe e começávamos nossa viagem para Birmingham foi que eu soube qual era o problema que o tinha levado até Sherlock Holmes.

– Faremos agora uma serena viagem de setenta minutos – observou Holmes. – Quero que conte, sr. Hall

Pycroft, a meu amigo sua interessantíssima experiência, exatamente como me contou, ou com mais detalhes, se possível. Será útil ouvir novamente a sucessão dos eventos. Trata-se de um caso, Watson, que pode conter algo de interessante ou não conter nada, mas pelo menos ele apresenta o seguinte: características raras e extravagantes que lhe são tão caras quanto o são a mim. Agora, sr. Pycroft, não devo mais interrompê-lo.

Nosso jovem companheiro olhou para mim com os olhos cintilando.

– O pior da história é que – disse ele – apareço como o mais completo idiota. É claro que tudo pode acabar bem, e não vejo como eu pudesse ter agido de outra forma; mas, se perdi meu emprego por nada, me darei conta do quão tolo eu fui. Não sou muito bom em contar histórias, sr. Watson, mas o seguinte me aconteceu:

"Eu estava empregado na firma Coxon & Woodhouse, em Draper Gardens, mas eles foram incorporados logo no início da primavera, por intermédio do empréstimo venezuelano, como sem dúvida o senhor se lembra, e sucedeu uma grave crise. Trabalhei com eles por cinco anos, e o velho Coxon me deu uma formidável carta de recomendação quando faliu, mas é claro que nós escriturários ficamos todos sem rumo; éramos 27. Tentei aqui e ali, mas havia vários outros camaradas na mesma situação que a minha, e por um longo período não pude encontrar nada. Na Coxon, eu recebia três libras por semana e tinha economizado cerca de setenta, mas não demorou muito para que gastasse tudo. Eu estava no meu limite e mal podia comprar selos e envelopes para responder os anúncios de emprego. Tinha gasto minhas botinas subindo e descendo escadas de escritórios e parecia mais distante de um emprego do que nunca.

"Finalmente, encontrei uma vaga na Mawson & Williams, uma grande empresa de corretagem da Lombard Street. Suponho que não esteja no seu ramo de atividades, mas posso lhe dizer que é uma das casas mais ricas de Londres. O anúncio deveria ser respondido somente por correspondência. Enviei minha carta de recomendação e o formulário preenchido, mas sem nenhuma esperança de ser chamado. Pelo correio veio a resposta, dizendo que, se eu aparecesse na segunda-feira seguinte, eu poderia assumir imediatamente minhas novas obrigações, desde que tivesse uma boa aparência. Ninguém sabe como essas coisas são feitas. Algumas pessoas dizem que o gerente apenas afunda a mão no monte de correspondências e pega a primeira que toca. De qualquer forma, aquela era a minha vez e eu não podia ter ficado mais contente. O salário era de uma libra com aumentos semanais, e o trabalho, quase o mesmo que na Coxon.

"E agora chego à parte estranha do negócio. Eu estava em meu quarto no número 17 da Potter's Terrace, em Hampstead. Naquela mesma tarde, depois que tinham me prometido a admissão, estava sentado enrolando um cigarro quando a proprietária subiu com um cartão impresso "Arthur Pinner, agente financeiro". Eu nunca tinha ouvido o nome antes e não fazia ideia do que ele queria de mim, mas pedi a ela, claro, que o fizesse subir. Entrou em meu quarto um homem de estatura mediana, cabelos escuros, olhos pretos, barba preta, de nariz um pouco reluzente. Tinha modos enérgicos e falava rapidamente, como alguém que conhecesse o valor do tempo.

"– Sr. Hall Pycroft, suponho? – disse ele.

"– Sim, senhor – respondi, oferecendo-lhe uma cadeira.

"– Esteve empregado recentemente na Coxon & Woodhouse?

"– Sim, senhor.

"– E agora faz parte do quadro de funcionários da Mawson.

"– Exatamente.

"– Bem – disse ele –, o fato é que tenho ouvido histórias realmente extraordinárias a respeito de suas habilidades financeiras. O senhor se lembra do Parker, gerente da Coxon? Ele nunca se cansa de falar sobre isso.

"É claro que fiquei lisonjeado de ouvir isso. Eu fora sempre muito esforçado no escritório, mas jamais imaginaria que falavam de mim dessa forma na cidade.

"– O senhor tem uma boa memória? – perguntou ele.

"– Bastante boa – respondi, com modéstia.

"– O senhor se manteve em contato com o mercado enquanto esteve desempregado? – ele perguntou.

"– Sim. Leio a tabela da bolsa toda manhã.

"– Isso demonstra um verdadeiro empenho! – gritou ele. – Assim é que se prospera! Você não se importaria se lhe testasse, se importaria? Como está Ayrshires?

"– Cento e seis e um quarto a cento e cinco e sete oitavos.

"– E a consolidada da Nova Zelândia?

"– Cento e quatro.

"– E a British Broken Hills?

"– Sete a sete e seis.

"– Fenomenal! – gritou ele, levantando as mãos. – Isso se encaixa com tudo o que tenho ouvido. Meu rapaz, meu rapaz, você é bom demais para ser um escriturário na Mawson!

"Essa explosão me espantou, como o senhor pode imaginar.

"– Bem – disse eu –, outras pessoas não me têm em tão alta estima quanto o senhor, sr. Pinner. Tive de lutar muito para conseguir essa colocação, e estou muito feliz por tê-la conquistado.

"– Bobagem. Você deve voar mais alto. Você não está onde deveria. Agora, vou lhe dizer o que penso. O que tenho a oferecer é muito pouco quando comparado à sua habilidade, mas está para a Mawson como a luz está para as trevas. Deixe-me ver... quando você irá para a Mawson?

"– Na segunda.

"– Ora, ora! Sou capaz de apostar que o senhor não irá realmente para lá.

"– Não ir para a Mawson?

"– Não, senhor. Nesse dia, você será o gerente comercial da Franco-Midland Hardware Company Ltda., com 134 filiais nas cidades e povoados da França, não mencionando uma em Bruxelas e outra em San Remo.

"Isso me tirou o fôlego.

"– Nunca ouvi falar dessa companhia – eu disse.

"– Muito provável que não. Tem sido mantida em silêncio, pois seu capital é todo privado, e é algo bom demais para tornar-se público. Meu irmão, Harry Pinner, é um dos seus organizadores e uniu-se ao quadro de funcionários como diretor depois da partilha. Ele sabia que eu estava a par da situação por aqui e pediu-me que escolhesse um bom homem que não lhe custasse muito caro. Alguém jovem, empreendedor, com bastante energia. Parker falou-me do senhor, e isso me trouxe aqui essa noite. Nós só podemos lhe oferecer a bagatela de quinhentas libras para começar.

"– Quinhentas libras por ano! – gritei.

"– Somente isso no início. Mas você terá uma comissão extra de um por cento sobre todos os negócios feitos por seus agentes, e dou minha palavra de que isso lhe renderá mais do que o seu salário.

"– Mas eu nada entendo de ferragens.

"– Ora, meu rapaz! Você entende de números.

"Minha cabeça zunia, e eu tinha dificuldade em permanecer sentado. De repente, senti um calafrio.

"– Devo ser franco com o senhor – eu disse. – A Mawson só me dá duzentas libras, mas neles posso confiar. Em verdade, sei tão pouco a respeito de sua companhia que...

"– Ah, que esperto, que esperto! – gritou ele numa espécie de êxtase de contentamento. – Você é exatamente o que procuramos. É do tipo que não será enrolado, e é bem honesto também. Eis aqui uma nota de cem libras, e se você acha que podemos trabalhar juntos, basta enfiá-la no bolso como um adiantamento de salário.

"– Isso é muita generosidade – eu disse. – Quando devo começar a trabalhar?

"– Esteja em Birmingham à uma hora – disse ele. – Tenho um bilhete aqui em meu bolso que deve entregar ao meu irmão. Você o encontrará no número 126B Corporation Street, onde estão situados os escritórios temporários da companhia. É claro que ele deve confirmar a sua admissão, mas entre nós está tudo acertado.

"– Sinceramente, sr. Pinner, nem sei como lhe agradecer – eu disse.

"– Não é preciso, meu rapaz. É tudo mérito seu. Há alguns pequenos detalhes – meras formalidades – que devo arranjar com você. Ali tem um pedaço de papel. Escreva sobre ele: 'Estou de pleno acordo em trabalhar como gerente comercial para a Franco-Midland Ltda., por um salário mínimo de quinhentas libras'.

"Fiz como ele pediu e coloquei o papel em seu bolso.

"– Há um outro detalhe – disse ele. – O que o senhor pretende fazer quanto à Mawson?

"Em minha empolgação, tinha esquecido completamente da Mawson.

"– Escreverei a eles abrindo mão da proposta – eu disse.

"– Precisamente o que não quero que faça. Tive uma briga com o gerente da Mawson por sua causa. Fui até lá para perguntar-lhe a seu respeito, e ele foi bastante ofensivo. Acusou-me de tentar afastá-lo do serviço na firma, e esse tipo de coisa. Por fim, acabei perdendo completamente o controle. 'Se vocês querem homens talentosos, devem pagar-lhes um bom preço', eu disse. 'Ele preferirá o nosso pequeno salário ao seu', ele disse. 'Aposto', disse eu 'que quando ele tiver minha oferta nunca mais ouvirão falar dele. 'Pois faça isso', retrucou ele. 'Nós o tiramos do fundo do poço e ele não nos deixará tão cedo'. Suas palavras foram exatamente essas.

"– Canalha insolente! – gritei. – Nunca vi tal tipo em minha vida. Por que devo ter alguma consideração por ele? Certamente não lhe escreverei se o senhor prefere que eu não o faça.

"– Ótimo. É um compromisso – disse ele, levantando da cadeira. – Estou contente de ter conseguido um homem tão eficiente para meu irmão. Aqui está o seu adiantamento de cem libras, e aqui está a carta. Tome nota do endereço, Corporation Street, 126B, e lembre-se de que sua entrevista é amanhã à uma hora. Boa noite, e tenha toda a sorte que merece!

"Isso foi tudo o que aconteceu entre nós, que eu me lembre. O senhor pode imaginar o quanto me alegrou esse extraordinário lance de boa sorte. Fiquei acordado metade da noite, felicitando-me, e no dia seguinte peguei um trem que iria me levar com tempo de sobra para a entrevista. Deixei minhas coisas em um hotel na New Street e dirigi-me para o endereço que tinham me dado.

"Faltavam quinze minutos para a minha hora, mas pensei que isso não iria fazer diferença. O número 126B era uma passagem entre duas grandes lojas, que levava a uma escada tortuosa de pedra que ia dar em inúmeras salas alugadas por companhias ou profissionais liberais. Os nomes dos ocupantes estavam pintados embaixo, na parede, mas não havia nenhuma Hardware Company Franco-Midland Ltda. Fiquei ali parado alguns minutos com o coração saltando pela boca, imaginando se tudo aquilo seria ou não uma peça que tinham me pregado, quando um homem me abordou. Ele era muito parecido com aquele que eu tinha visto na noite anterior, voz e tipo idênticos, mas tinha a barba feita e o cabelo era mais claro.

"– É o senhor Hall Pycroft? – ele perguntou.

"– Sim – eu disse.

"– Oh! Estava lhe esperando, mas o senhor está um pouco adiantado. Recebi um bilhete de meu irmão esta manhã, no qual ele muito exalta as suas qualidades.

"– Eu estava procurando pelos escritórios quando o senhor chegou.

"– Ainda não colocamos o nosso nome, pois conseguimos esses imóveis temporários apenas na semana passada. Venha comigo e resolveremos tudo.

"Eu o segui até o alto da escada íngreme, e lá, sob o telhado de ardósia, havia dois quartinhos vazios e empoeirados, sem carpete nem cortina, aos quais ele me conduziu. Eu tinha pensado num grande escritório com mesas envernizadas e filas de escriturários, tal como eu estava acostumado, e devo dizer que fiquei pasmo diante das duas cadeiras de pinho e uma mesinha que, junto com um livro-razão e uma cesta de lixo, compunham toda a mobília.

"– Não desanime, sr. Pycroft – disse meu novo conhecido, ao ver a expressão do meu rosto. – Roma não foi construída em um dia, e há bastante dinheiro nos assegurando, embora ainda não tenhamos investido muito nos escritórios. Por favor, sente-se e deixe-me ver sua carta.

"Eu a dei para ele, e ele a leu com muito cuidado.

"– Parece que o senhor impressionou muito meu irmão Arthur – disse ele –, e sei que ele é ótimo em julgar as pessoas. Ele prefere Londres, o senhor sabe, e eu, Birmingham, mas dessa vez devo seguir seu conselho. Por favor, considere-se definitivamente empregado.

"– Qual é o meu trabalho? – perguntei.

"– O senhor administrará o grande depósito de Paris, o qual vai derramar uma torrente de louças de barro nas lojas de 134 agentes na França. A compra estará completa em uma semana, e enquanto isso o senhor vai permanecer em Birmingham e ser útil.

"– Como?

"Para me responder, ele tirou de uma gaveta um grande livro vermelho.

"– Isto é um guia de endereços de Paris – disse ele –, com as ocupações depois dos nomes das pessoas. Quero que o leve para casa e tome nota de todos os vendedores de ferragens, junto com seus endereços. Esses dados me serão muito úteis.

"– Certamente. Há listas classificadas? – sugeri.

"– Sim, mas elas não são confiáveis. O sistema deles é diferente do nosso. Seja cuidadoso e entregue-me a lista na segunda-feira, às doze horas. Tenha um bom dia, sr. Pycroft. Se continuar a demonstrar zelo e inteligência, encontrará na companhia um bom patrão.

"Voltei ao hotel com o grande livro debaixo do braço e o peito carregado de sentimentos conflitantes. Por um lado, eu estava definitivamente empregado e tinha cem libras em meu bolso; por outro lado, o aspecto dos escritórios, a ausência de um nome na parede e outros pontos que chocariam um homem de negócios tinham deixado uma impressão ruim quanto à situação de meus empregadores. Entretanto, seja lá o que viesse a acontecer, eu tinha sido pago, então comecei a executar minha tarefa. Durante todo o domingo me mantive firme trabalhando, mas na segunda-feira, no entanto, não tinha passado da letra H. Retornei até meu chefe e encontrei-o na mesma sala desmantelada. Ele me disse para continuar o trabalho até quarta-feira e então voltar. Na quarta, eu ainda não tinha terminado o serviço, então continuei com afinco até sexta-feira, quer dizer, ontem. Aí o levei de volta ao sr. Harry Pinner.

"– Muito obrigado – disse ele. –Temo que eu tenha subestimado a dificuldade da tarefa. Esta lista será de uma utilidade muito concreta para mim.

"– Tomou um certo tempo – eu disse.

"– E agora – disse ele – quero que faça uma lista das lojas de móveis, pois todas elas vendem louças.

"– Certo.

"– E você pode aparecer amanhã às sete para me informar como está indo. Não se sobrecarregue. Umas horinhas no Day's Music Hall no início da noite, depois do trabalho, não lhe serão prejudiciais. – Ele sorria enquanto falava, e tive um arrepio ao constatar que seu segundo dente do lado esquerdo tinha sido muito impropriamente incrustado de ouro."

Sherlock Holmes esfregou as mãos, deleitado, e eu olhei com espanto para o nosso cliente.

– O senhor pode muito bem se surpreender, sr. Watson, mas as coisas aconteceram como estou contando. Quando estava falando com o outro homem em Londres, no momento em que ele riu por eu não ir à Mawson, aconteceu de eu observar que seu dente estava incrustado de um modo idêntico. O senhor pode ver que o brilho do ouro, em ambos os casos, captou meu olhar. Quando lembro que a voz e o tipo eram os mesmos, e que as únicas coisas diferentes poderiam ter sido modificadas por uma lâmina ou uma peruca, tenho certeza de que se tratava do mesmo homem. É claro que se espera que dois irmãos sejam parecidos, mas não que tenham o mesmo dente incrustado da mesma maneira. Ele me despachou e vi-me na rua, totalmente perdido. Voltei para o hotel, mergulhei a cabeça numa bacia de água fria e esforcei-me por resolver a charada. Por que ele tinha me enviado para Birmingham? Por que tinha chegado lá antes de mim? E por que tinha escrito uma carta para si mesmo? Essas coisas eram demais pra mim, e não conseguia dar-lhes sentido. E então me ocorreu que o que era nebuloso para mim poderia ser muito claro ao sr. Sherlock Holmes. Eu teria tempo de voltar à cidade no trem da noite para vê-lo nesta manhã, e para trazê-los comigo a Birmingham.

Houve uma pausa depois que o escriturário concluiu o relato de sua experiência surpreendente. Então Sherlock Holmes piscou o olho para mim, recostando-se na poltrona com uma expressão satisfeita e, não obstante, séria, como um *connoisseur* que tivesse tomado o primeiro gole de uma safra promissora.

– Excelente, não é mesmo Watson? – disse ele. – Há pontos que me agradam. Penso que concordará comigo que um encontro com o sr. Arthur Harry Pinner nos escritórios temporários da companhia Franco-Midland seria uma experiência interessante para nós dois.

— Mas como faremos isso? — perguntei.

— Ora, facilmente — disse Hall Pycroft. — Vocês são dois amigos meus que estão à procura de emprego, e o que seria mais natural do que levá-los para conhecer o diretor da empresa?

— Exatamente isso, é claro — disse Holmes. — Eu gostaria de dar uma olhada nesse cavalheiro e ver se consigo descobrir algo de seu joguinho. Que qualidades você tem, meu amigo, que tornariam seus serviços tão valiosos? Ou seria possível que... — Ele começou a roer as unhas e a fitar o vazio fora da janela, e não conseguimos mais tirar dele nenhuma palavra até que estivéssemos na New Street.

Às SETE HORAS DAQUELA tarde, estávamos descendo a Corporation Street rumo aos escritórios da companhia.

— Não é bom que cheguemos antes da hora — disse nosso cliente. — Ele, aparentemente, só aparece lá para me ver, pois o lugar fica deserto até o horário indicado por ele.

— Isso é sugestivo — observou Holmes.

— Por Deus, bem que eu disse! — gritou o escrivão. — Lá vai ele à nossa frente.

Ele apontou para um homem pequeno, moreno e bem-vestido, que irrompeu apressado do outro lado da rua. Enquanto o observávamos, ele se dirigiu a um garoto que vendia a mais recente edição do jornal vespertino e, correndo por entre carros de aluguel e ônibus, comprou-lhe um. Então, agarrando-o com firmeza, desapareceu por uma porta.

— Lá vai ele! — gritou Hall Pycroft. — Ali onde ele entrou são os escritórios da companhia. Venham comigo, e esclareceremos tudo tão facilmente quanto possível.

Seguindo seus passos, subimos cinco andares até que nos encontramos em frente a uma porta semiaberta, na qual nosso cliente bateu. Uma voz lá dentro pediu que entrássemos, e entramos numa sala vazia, mal mobiliada, tal como tinha descrito Hall Pycroft. À única mesa, estava sentado o homem que tínhamos visto na rua, com seu jornal vespertino espalhado diante de si. E, enquanto ele levantava os olhos para nós pareceu-me que eu nunca tinha visto uma face atravessada por tanta aflição, e algo mais que aflição – um horror que poucos homens sentem na vida. Suas sobrancelhas brilhavam de transpiração, suas bochechas eram de um branco triste e morto como o da barriga de um peixe, seus olhos eram selvagens e arregalados. Ele olhou para o seu escriturário como se não conseguisse reconhecê-lo, e pude perceber pelo espanto desenhado no rosto do nosso guia que de forma alguma essa era a aparência usual do seu empregador.

– Parece doente, sr. Pinner! – ele exclamou.

– Sim, não estou muito bem – respondeu o outro, fazendo esforços óbvios para se recompor e lambendo os lábios secos antes de falar. – Quem são estes senhores que trouxe consigo?

– Um é o sr. Harris, de Bermondsey, e o outro é o sr. Price, desta cidade – disse nosso escriturário com desembaraço. – São amigos meus e pessoas de experiência, mas ficaram sem emprego faz pouco tempo e têm a esperança de que o senhor possa encontrar um lugar para eles na companhia.

– Possivelmente! Possivelmente! – gritou o sr. Pinner com um sorriso medonho. – Sim. Tenho certeza de que poderemos fazer algo pelos senhores. Qual a sua área de atuação, sr. Harris?

– Sou contador – disse Holmes.

— Ah, sim. Devemos precisar de algo do gênero. E a sua, sr. Price?

— Sou escriturário – eu disse.

— Tenho muita esperança de que a companhia possa acolhê-los. Eu lhes informarei a respeito tão logo chegemos a alguma conclusão. E agora peço que se retirem. Deixem-me só, pelo amor de Deus!

Essas últimas palavras saíram dele qual um disparo, como se a bomba que ele tinha evidentemente armado para si tivesse, de repente, explodido em mil pedaços. Holmes e eu nos entreolhamos, e Hall Pycroft deu um passo em direção à mesa.

— O senhor se esquece, sr. Pinner, que venho aqui com hora marcada, para receber orientações suas – disse ele.

— Certamente, sr. Pycroft, certamente – retomou o outro, num tom mais calmo. – Espere aqui um pouco, e não há razão para que seus amigos não esperem consigo. Estarei ao seu dispor em três minutos, se posso abusar esse tanto de sua paciência. – Ele se levantou com um ar bastante cortês e, curvando-se para nós, saiu por uma porta do outro lado do quarto, que fechou atrás de si.

— E então? – murmurou Holmes. – Ele está fugindo de nós?

— Impossível – respondeu Pycroft.

— Por quê?

— Essa porta leva para um outro quarto.

— Não há saída?

— Nenhuma.

— Está mobiliado?

— Ontem, estava vazio.

— Mas então, que diabo estará ele fazendo? Há algo que não compreendo nisso. Se algum homem já enlouqueceu de terror, seu nome é Pinner. O que foi que lhe provocou calafrios?

– Ele suspeita que sejamos detetives – sugeri.

– É isso! – gritou Pycroft.

Holmes sacudiu a cabeça.

– Ele não ficou pálido. Ele *estava* pálido quando entramos na sala – disse ele. – É possível que...

Suas palavras foram interrompidas por um abrupto pam-pam-pam vindo da porta de dentro.

– Por que diabo está batendo na própria porta? – gritou o escriturário.

Mais uma vez, e mais alto, ouvimos o pam-pam-pam. Todos olhamos, ansiosos, para a porta fechada. Lançando um olhar para Holmes, vi sua face tornar-se rígida e ele inclinar-se para frente, agitado. Então, de repente, ouviram-se um som cavernoso, gorgorejante, e um tamborilar enérgico sobre o madeiramento. Holmes lançou-se furioso em direção à porta e forçou-a. Estava trancada pelo lado de dentro. Seguindo seu exemplo, jogamo-nos sobre ela com todo o nosso peso. Uma das dobradiças estalou, depois a outra, e a porta foi abaixo com um estrondo. Arrojando-nos sobre ela, vimos-nos dentro do quarto. Estava vazio.

Mas foi só por um momento que ficamos sem saber o que fazer. Num dos cantos, o canto mais próximo à sala que tínhamos deixado, havia uma segunda porta. Holmes lançou-se até ela e abriu-a. Um casaco e um colete estavam caídos no assoalho, e em um gancho atrás da porta, com os suspensórios enrolados no pescoço, estava dependurado o diretor da Franco-Midland Hardware Company. Tinha os joelhos encolhidos, a cabeça pendia num ângulo medonho sobre o corpo, e o som do salto do sapato de encontro à porta fazia o barulho que tinha interrompido nossa conversa. Em um instante eu peguei pela cintura e o levantei, enquanto Holmes e Pycroft desatavam as tiras de elástico desaparecidas entre as dobras da pele lívida. Carregamo-lo então para o outro quarto, no qual ele ficou com uma cara de argila, soprando os lábios roxos para dentro e para fora a cada inspiração – destroços de tudo o que ele fora havia apenas cinco minutos.

– O que pensa dele, Watson? – perguntou Holmes.

Debrucei-me sobre ele e examinei-o. Seu pulso estava fraco e intermitente, mas sua respiração estava ficando mais forte, e havia um pequeno tremor em suas pálpebras, que deixava ver debaixo delas uma tênue faixa branca do globo ocular.

– Por pouco não morreu – disse eu –, mas agora viverá. Abra aquela janela e me alcance a garrafa d'água. – Abri o seu colarinho, derramei água fria sobre seu rosto e levantei e sacudi seus braços até que ele inspirou natural e profundamente. – É apenas uma questão de tempo agora – disse eu, enquanto me afastava dele.

Holmes permanecia de pé ao lado da mesa, com as mãos afundadas nos bolsos das calças e o queixo apoiado no peito.

– Suponho que devemos chamar a polícia agora – disse ele. – E, no entanto, confesso que gostaria de passar a eles um caso resolvido quando chegassem.

– Para mim, é um maldito mistério! – gritou Pycroft, coçando a cabeça. – Seja qual for o motivo por que me trouxeram aqui, e...

– Basta! As coisas já estão claras o suficiente – disse Holmes com impaciência. – A questão é esse último gesto inesperado.

– Você entende o restante, então?

– É completamente óbvio. O que me diz, Watson?

– Devo confessar que não estou nos meus melhores dias – falei, encolhendo os ombros.

– Certamente, se você considerar os fatos, parece que só podem apontar para uma conclusão.

– O que inferiu deles?

– Bem, a coisa toda gira ao redor de dois pontos. O primeiro deles é terem feito Pycroft escrever uma declaração na qual era admitido por essa companhia grotesca. Você não vê o quanto isso é sugestivo?

– Temo não entender onde quer chegar.

– Bem, por que queriam que ele fizesse isso? Por nada relacionado aos negócios, pois esses arranjos são usualmente verbais, e não há nenhuma razão administrativa plausível para o caso ser uma exceção. Você não vê, meu jovem amigo, que eles estavam muito ansiosos por obter uma amostra da sua caligrafia, e não tinham outro meio de fazê-lo?

– Mas por que motivo?

– Boa pergunta. Por que motivo? Quando tivermos respondido a essa questão, teremos feito algum progresso em nosso pequeno problema. Por quê? Só pode haver uma resposta adequada. Alguém queria aprender a imitar sua caligrafia e tinha de primeiro procurar uma amostra dela. E agora, se passarmos ao segundo ponto, descobriremos que cada qual ilumina o outro. Esse ponto é a exigência feita por Pinner de que o senhor não desistisse do lugar, mas deixasse o gerente dessa companhia importante totalmente na expectativa de que um tal sr. Hall Pycroft, por ele nunca visto, estava pronto para comparecer ao escritório na segunda pela manhã.

– Meu Deus! – gritou nosso cliente. – Que estúpido eu fui!

— Agora o senhor compreende o ponto da caligrafia. Suponhamos que alguém aparecesse em seu lugar e tivesse uma caligrafia completamente diferente daquela com a qual o senhor solicitou a vaga: é claro que a tramoia seria descoberta. Mas no ínterim, o patife aprendeu a imitá-lo, e sua posição estava portanto segura, já que ninguém jamais o vira no escritório, presumo.

— Ninguém mesmo — gemeu Hall Pycroft.

— Muito bem. É claro que foi da maior importância evitar que o senhor pensasse melhor a respeito, e também impedir que entrasse em contato com alguém que pudesse lhe contar que seu duplo estava trabalhando no escritório da Mawson. Para tanto, eles lhe deram um belo adiantamento de salário e o apressaram para o interior, onde lhe deram trabalho suficiente para evitar que fosse a Londres, onde poderia ter descoberto a tramoia deles. Isso é mais do que óbvio.

— Mas por que esse homem mentiu ser seu próprio irmão?

— Bem, isso também é bastante evidente. Há certamente só duas pessoas envolvidas no caso. O outro está representando o papel do senhor no escritório. Este aqui atuava de forma a atraí-lo, e então se deu conta de que não poderia encontrar um empregador para o senhor sem fazer entrar uma terceira pessoa na trama. Isso ele não tinha nenhuma vontade de fazer. Então mudou sua aparência o máximo que pôde e acreditou que a semelhança, que o senhor não poderia deixar de observar, seria considerada como uma semelhança de família. Não fosse o feliz acaso do dente de ouro, o senhor provavelmente nunca teria suspeitado de nada.

Hall Pycroft agitou no ar as mãos unidas.

– Bom Deus! – gritou. – Enquanto vêm me enganando dessa maneira, o que terá feito esse outro Hall Pycroft na Mawson? O que devemos fazer, sr. Holmes? Diga-me o que fazer.

– Vamos telegrafar à Mawson.

– Eles fecham ao meio-dia, no sábado.

– Não tem problema, deve haver algum porteiro ou assistente.

– Ah, sim. Eles mantêm um guarda permanente por causa do valor dos títulos que eles detêm. Lembro-me de comentarem isso na cidade.

– Muito bem, vamos telegrafar para ele e ver se tudo está bem, e se um escriturário com seu nome está trabalhando lá. Isso está bastante claro, mas o que não está claro é por que, ao ver-nos, um dos patifes saiu instantaneamente da sala e tentou se enforcar.

– O jornal! – resmungou uma voz atrás de nós. O homem estava sentando-se, cadavérico, com a razão voltando aos seus olhos e mãos que esfregavam nervosamente a larga faixa vermelha que ainda circulava sua garganta.

– O jornal, é claro! – berrou Holmes num paroxismo de excitação. – Que idiota eu fui! Refleti tanto sobre nossa visita que o jornal não entrou em minha mente por nenhum instante. Certamente, o segredo deve estar ali. – Ele o abriu sobre a mesa e um grito de triunfo explodiu de seus lábios. – Olhe para isso, Watson – exclamou. – É um jornal de Londres, uma primeira edição do *Evening Standard*. Aqui está o que procuramos. Olhe para a manchete: "Crime na cidade. Assassinato na Mawson & Williams. Gigantesca tentativa de Roubo. Criminoso capturado". Aqui, Watson. Estamos todos ansiosos para ouvir a respeito, então leia, por favor, em voz alta para nós.

Pelo destaque dado pelo jornal, parecia ser o acontecimento mais importante na cidade, e o relato assim seguia:

"Uma tentativa desesperada de roubo, que culminou na morte de um homem e na captura do criminoso, ocorreu esta tarde na cidade. Há algum tempo, a Mawson & Williams, famosa casa de finanças, é guardiã de títulos que, reunidos, chegam à considerável soma de mais de um milhão de libras. Tanta consciência tem o gerente da responsabilidade que pesa sobre ele em consequência dos grandes interesses envolvidos que cofres dos mais modernos têm sido usados, e um vigia armado permanece dia e noite no prédio. Parece que, semana passada, um novo escriturário, Hall Pycroft, foi contratado pela firma. Essa pessoa não era senão Beddington, o famoso falsário e arrombador que, junto com seu irmão, acaba de sair de uma condenação de cinco anos de trabalhos forçados. De algum modo, que não foi esclarecido, ele ganhou, sob nome falso, essa posição no escritório, que utilizou de forma a conseguir os moldes de várias fechaduras e um conhecimento completo da posição da casa-forte e dos cofres.

"É um costume na Mawson que os escriturários saiam do serviço ao meio-dia, no sábado. O sargento Tuson, da polícia local, ficou surpreso, portanto, ao ver um senhor carregando uma mala descer as escadas da firma à uma e vinte da tarde. Tendo sido despertadas suas suspeitas, o sargento seguiu o homem, e com a ajuda do delegado Pollock conseguiu, depois de muita resistência, prendê-lo. Ficou logo evidente que um roubo gigantesco e arrojado tinha sido cometido. Cerca de cem mil libras em ações de ferrovias americanas, com uma grande quantidade de títulos de minas e outras companhias, foram descobertas na mala. Ao examinarem o prédio, o corpo do infeliz vigia foi encontrado dobrado e metido no cofre mais largo, onde só teria sido descoberto na segunda de manhã, não fosse a atuação expedita do sargento Tuson. O crânio do homem tinha sido quebrado pelo golpe com um atiçador, desferido pelas costas. Era certo que Beddington conseguira entrar ao mentir ter esquecido algo e, tendo assassinado o vigia, rapidamente roubou o cofre maior e então fugiu com o espólio. Seu irmão, que costuma trabalhar com ele, não participou dessa façanha até onde se sabe, embora a polícia esteja investigando ativamente o seu paradeiro."

– Bem, podemos aliviar o trabalho da polícia nesse sentido – disse Holmes, olhando de relance para a figura desvairada amontoada junto à janela. – A natureza humana é uma mistura estranha, Watson. Mesmo um canalha e assassino é capaz de inspirar uma afeição tal que seu irmão tente o suicídio quando lhe sabe sentenciado o pescoço. Entretanto, não temos escolha. O doutor e eu ficaremos de guarda, sr. Pycroft, se puder fazer a gentileza de ir chamar a polícia.

# O *Gloria Scott*

– Tenho alguns papéis aqui – disse meu amigo Sherlock Holmes, quando sentamos numa noite de inverno cada um de um lado do fogo –, Watson, nos quais realmente valeriam a pena que desse uma olhada. Estes são os documentos do caso extraordinário do *Glória Scott*, e esta é a mensagem que tanto horrorizou o juiz de paz Trevor quando ele a leu.

Holmes pegou de uma gaveta um rolinho manchado e, abrindo-o, alcançou-me um pequeno bilhete rabiscado em uma folha acinzentada:

A provisão de caça para Londres acabou. O guarda Hudson, bem orientado, contou os pedidos a dedo. Pegue todos os mosquitos, fuja a faisoa.

Quando tirei os olhos da enigmática mensagem, vi que Holmes ria da expressão do meu rosto.

– Você parece um pouco confuso – ele disse.

– Não percebo como uma mensagem como essa possa inspirar horror. Parece-me antes uma coisa ridícula.

– Claro. Mas é fato que o leitor, que era homem robusto e atilado, foi completamente derrubado por ela, como se levasse uma coronhada.

– Você me deixa curioso – eu disse. – Mas por que diz, agora, que há razões muito especiais para que eu tome conhecimento desse caso?

– Porque foi o primeiro em que me envolvi.

Eu me empenhara muitas vezes em saber de meu companheiro aquilo que tinha, pela primeira vez, atraído sua mente para a área da investigação criminal, mas nunca o apanhara num bom momento. Agora ele estava inclinado para a frente em sua poltrona e com os documentos espalhados sobre os joelhos. Acendeu então seu cachimbo e ficou algum tempo fumando e revirando-os.

– Nunca me ouviu falar de Victor Trevor? – ele perguntou. – Ele foi meu único amigo durante os dois anos em que estive na faculdade. Nunca fui muito sociável, Watson, preferia sempre me entediar em meu quarto, exercitando meus métodos de raciocínio, de forma que nunca me misturei muito com meus colegas. Tirando a esgrima e o boxe, pouco me interessava por esportes, e minha linha de estudo era completamente diferente da dos outros estudantes, por isso quase não tínhamos contato. Trevor era o único que eu conhecia, e somente pela eventualidade de seu *bull terrier* ter se aferrado ao meu calcanhar em uma manhã em que eu ia à capela.

"Foi uma forma prosaica, mas efetiva, de dar início a uma amizade. Fiquei de molho por dez dias, e Trevor costumava aparecer para ver como eu estava. Inicialmente, conversávamos poucos minutos, mas em pouco tempo suas visitas se alongaram, e antes que eu melhorasse tínhamos nos tornado amigos íntimos. Ele era um rapaz caloroso e robusto, cheio de disposição e energia, exatamente o meu oposto na maioria das coisas, mas tínhamos alguns interesses em comum, e formou-se um laço de união entre nós quando descobri que ele tinha tão poucos amigos quanto eu. Por fim, ele me convidou para conhecer a casa de seus pais em Donnithorpe, Norfolk, e aceitei sua hospitalidade durante um mês das férias de verão.

"O velho Trevor era, evidentemente, um homem de posses e prestígio, um juiz de paz e proprietário rural. Donnithorpe é um pequeno povoado ao norte de Langmere, na região de Broads. A casa era ampla e antiga, de vigas de carvalho, com uma bela avenida ladeada de tílias dando-lhe acesso. Havia charcos excelentes para se caçar patos selvagens, uma pescaria admirável, uma pequena mas seleta biblioteca, adquirida, conforme entendi, de um ocupante anterior, e um cozinheiro satisfatório, de forma que somente alguém rabugento não teria prazer de passar um mês ali.

"O senhor Trevor era viúvo, e meu amigo, seu único filho. Tivera uma filha, ouvi dizer, mas ela morrera de difteria durante uma visita a Birmingham. O pai muito me interessava. Era um homem de pouca cultura, mas com força considerável, tanto física quanto mental. Ele quase não conhecia nenhum livro, mas tinha viajado muito, visto muito do mundo e se lembrava de tudo o que tinha aprendido. Fisicamente era corpulento, com um penacho de cabelos grisalhos, uma cara morena, trigueira, e olhos de um azul afiado raiando à ferocidade. E no entanto na região ele era reputado como afável e caridoso e conhecido pela brandura de suas sentenças no tribunal.

"Uma tarde, logo em seguida à minha chegada, estávamos sentados, depois do jantar, tomando vinho do Porto, quando o jovem Trevor começou a falar sobre aqueles hábitos de observação e inferência que eu já tinha sistematizado, embora ainda não apreciasse o papel que eles iriam desempenhar em minha vida. O velho evidentemente pensou que seu filho estava exagerando em sua descrição de uma ou duas proezas realizadas por mim.

"– Vamos lá, senhor Holmes – disse ele, rindo bem-humorado. – Sou um excelente objeto de estudo, se for capaz de deduzir algo de mim.

"– Temo que não haja muito a ser deduzido – respondi. – Mas posso inferir que nos últimos doze meses o senhor tem temido sofrer algum ataque pessoal.

"O riso desapareceu de seus lábios, e ele me olhou fixamente, muito surpreendido.

"– Bem, essa é mesmo a verdade – disse ele. – Você sabe, Victor – disse voltando-se para o filho –, quando acabamos com aquela gangue de ladrões, eles juraram esfaquear-nos, e o senhor Edward Holly foi de fato atacado. Desde então sempre me mantive muito atento, embora não faça ideia de como o senhor esteja a par disso.

"– O senhor tem uma bengala muito bonita – respondi. – Pela inscrição, observei que a possui há menos de um ano. Mas empenhou-se em perfurar a cabeça dela e derramar chumbo derretido no buraco, de forma a torná-la uma arma excelente. Creio que o senhor não tomaria tais precauções se não tivesse nada a temer.

"– Algo mais? – perguntou ele, sorrindo.

"– O senhor lutou boxe em sua juventude.

"– Certo de novo. Como descobriu? Acaso deixaram meu nariz deslocado?

"– Não – respondi. – São suas orelhas. Têm o achatamento e a espessura peculiares aos boxeadores.

"– Algo mais?

"– O senhor deve ter passado um bom tempo nas minas, por causa de suas calosidades.

"– Fiz toda a minha fortuna nas minas de ouro.

"– O senhor esteve na Nova Zelândia.

"– Certo de novo.

"– O senhor visitou o Japão.

"– Isso mesmo.

"– E o senhor esteve intimamente ligado a alguém cujas iniciais são J. A., e a quem, posteriormente, quis a todo custo esquecer.

"O sr. Trevor ergueu-se devagar e fixou seus grandes olhos azuis em mim com um olhar selvagem, e então desabou pesadamente, com o rosto entre as cascas de nozes espalhadas na toalha, desmaiado.

"Você pode imaginar, Watson, o quanto ficamos chocados eu e seu filho. O ataque não durou muito, entretanto, pois quando lhe abrimos o colarinho e aspergimos a água de um dos vasos sobre o rosto, ele arquejou uma ou duas vezes e sentou-se.

"– Ah, rapazes! – disse ele, forçando um sorriso. – Espero não tê-los assustado. Pareço forte, mas meu coração é fraco, e não é preciso muito para me nocautear. Não sei como descobriu isso, sr. Holmes, mas me parece que todos os detetives de verdade e de mentira virariam crianças em suas mãos. Essa é a sua vocação, e o senhor deve valorizar a palavra de um homem que já viu alguma coisa do mundo.

"E essa recomendação, com a estima exagerada de minhas habilidades com que ele a prefaciou, foi, se você acreditar em mim, Watson, a primeira coisa que fez me sentir que eu poderia fazer uma profissão daquilo que até o momento tinha sido apenas um *hobby*. Naquela hora, entretanto, eu estava muito preocupado com o súbito mal-estar de meu anfitrião para pensar em qualquer outra coisa.

"– Espero não ter dito nada que o incomodasse – falei.

"– Bem, certamente você tocou num ponto delicado. Posso perguntar como sabe de tudo isso e o quanto sabe? – Ele falava como se estivesse brincando, mas uma expressão de terror se escondia no fundo de seus olhos.

"– É tudo muito simples – disse eu. – Quando o senhor descobriu o braço para trazer aquele peixe para o barco, vi que as iniciais J. A. tinham sido tatuadas na curva do seu cotovelo. As letras ainda estavam legíveis, mas era perfeitamente visível, por causa da sua aparência borrada e do aspecto manchado da pele ao redor, que um esforço fora feito no sentido de obliterá-las. Era óbvio, então, que essas iniciais foram, em algum momento, muito familiares ao senhor, e que mais tarde desejou esquecê-las.

"– Que olho você tem! – ele gritou com um suspiro de alívio. – É exatamente como diz. Mas não falemos disso. De todos os fantasmas, os de nossos antigos amores são os piores. Vamos à sala de bilhar fumar um charuto sossegadamente.

"A partir daquele dia, em meio a toda a sua cordialidade, havia sempre um quê de suspeita nas maneiras com que o senhor Trevor me tratava. Até seu filho reparou.

"– Você deu tal susto em meu pai – disse ele – que ele jamais terá certeza novamente do que você sabe e do que você não sabe.

"Ele não queria demonstrá-lo, estou certo, mas era algo tão forte em sua mente que irrompia em cada ação. Por fim, fiquei tão convicto de que estava lhe causando um constrangimento que pus fim em minha visita. Entretanto, exatamente um dia antes da minha partida, ocorreu um incidente que, na sequência, mostrou ser de grande importância.

"Estávamos sentados do lado de fora, no gramado, em cadeiras de jardim, aquecendo-nos ao sol e admirando a paisagem de Broads, quando uma criada veio dizer que havia um homem na porta que queria ver o senhor Trevor.

"– Qual o nome dele? – perguntou meu anfitrião.

"– Não quis dizer.

"– O que ele quer então?

"– Diz que o senhor o conhece e que tomará apenas um minuto.

"– Traga-o aqui.

"No instante seguinte, apareceu um homenzinho mirrado, com maneiras servis e um estilo de andar desajeitado. Ele vestia uma jaqueta aberta, manchada de alcatrão na manga, uma camisa xadrez vermelha e preta, calças grosseiras e botas pesadas completamente gastas. Seu rosto era magro, moreno e malicioso, estampado por um perpétuo sorriso, que mostrava uma linha irregular de dentes amarelos, e suas mãos enrugadas estavam meio fechadas, à maneira dos marinheiros. Conforme vinha cabisbaixo pelo gramado, ouvi o senhor Trevor soltar uma espécie de soluço gutural e, pulando de sua cadeira, ele correu até a casa. Voltou logo em seguida, e pude sentir um cheiro forte de conhaque quando ele passou por mim.

"– Bem, meu caro – disse ele –, o que posso fazer pelo senhor?

"O marinheiro ficou ali parado, olhando para ele, com os olhos franzidos e com o mesmo sorriso frouxo estampado no rosto.

"– Não me reconhece? – perguntou ele.

"– Meu Deus! É certamente Hudson – disse o senhor Trevor, num tom de surpresa.

"– É o Hudson, senhor – disse o marinheiro. – Faz mais de trinta anos que não o vejo. Aqui está o senhor em sua casa, e eu ainda pegando minha boia salgada do barril a bordo.

"– Ora, verá que não me esqueci dos velhos tempos – gritou Trevor e, caminhando na direção do marinheiro, disse algo em voz baixa. – Vá até a cozinha – continuou ele baixinho – e terá comida e bebida. Não tenha dúvida de que lhe arranjarei um emprego.

"– Obrigado, senhor – disse o marinheiro, mexendo em seu topete. – Acabo de sair de uma temporada de dois anos em um navio cargueiro movendo-se a oito nós, com falta de gente, e preciso de um descanso. Pensei que pudesse consegui-lo tanto com o senhor Beddoes como consigo.

"– Ah! – gritou o senhor Trevor. – Você sabe onde mora o senhor Beddoes?

"– Com a bênção de Deus, sei onde estão todos os meus velhos amigos – disse o homem com um sorriso sinistro, e saiu cabisbaixo seguindo a criada até a cozinha. O senhor Trevor nos resmungou algo sobre ter sido colega de navio do homem quando estava voltando para as minas e, então, deixando-nos no gramado, entrou na casa. Uma hora depois, quando entramos, o encontramos esticado, completamente bêbado sobre o sofá da sala de jantar. O incidente deixou em minha mente uma péssima impressão, e não fiquei triste no dia seguinte de deixar Donnithorpe para trás, pois sentia que minha presença devia ser uma fonte de constrangimento para meu amigo.

"Tudo isso ocorreu durante o primeiro mês das férias longas. Voltei para meu dormitório em Londres, onde passei sete semanas desenvolvendo alguns experimentos em química orgânica. Um dia, entretanto, quando o outono estava bem adiantado e as férias chegando ao fim, recebi um telegrama de meu amigo, implorando que retornasse a Donnithorpe e dizendo que precisava muito de conselhos e ajuda. É claro que larguei tudo e dirigi-me para o Norte mais uma vez.

"Ele me pegou de charrete na estação, e eu vi num relance que os dois últimos meses tinham sido muito desgastantes para ele. Estava magro e ansioso e tinha perdido as maneiras vivas e joviais pelas quais era conhecido.

"– Meu pai está morrendo – foram suas primeiras palavras.

"– Impossível! – gritei. – De que se trata?

"– Apoplexia. Choque dos nervos. Esteve perto do fim durante todo o dia. Duvido que o encontremos com vida.

"Como deve imaginar, Watson, fiquei horrorizado diante das surpreendentes notícias.

"– Qual foi a causa? – perguntei.

"– Ah! Esse é o ponto. Suba, e poderemos falar a respeito enquanto tocamos adiante. Lembra do homem que apareceu naquela tarde antes de você nos deixar?

"– Perfeitamente.

"– Sabe quem deixamos entrar na casa naquele dia?

"– Não faço a menor ideia.

"– O próprio demônio, Holmes – gritou ele.

"Arregalei os olhos, espantado.

"– Sim, era o próprio demônio. Não tivemos uma única hora de paz desde então. Meu pai nunca reergueu a cabeça depois daquela tarde, e agora a vida lhe foi arrancada, seu coração quebrado, tudo por causa desse maldito Hudson.

"– Mas que poder tem ele?

"– Ah! Muito eu daria para saber isso. Meu bondoso, caridoso, velho e nobre pai! Como pôde cair nas garras de tal rufião? Mas estou muito feliz que tenha vindo, Holmes. Confio muito em sua sagacidade e discrição, e sei que me dará um bom conselho.

"Corríamos pela estrada branca e plana, com a longa extensão dos Broads à nossa frente, brilhando na luz vermelha do sol poente. Acima de uma alameda à nossa esquerda, eu já podia enxergar as altas chaminés e o mastro da bandeira que assinalava a mansão do juiz de paz.

"– Meu pai fez do homem um jardineiro – disse meu amigo –, e então, como isso não o satisfez, foi promovido a mordomo. A casa pareceu ficar à sua disposição, e ele andava por todo o lado fazendo o que queria. As criadas se queixavam dos seus modos de bêbado e de sua linguagem vil. O pai aumentou-lhes o ordenado para recompensá-las da incomodação. O malandro pegava o bote e a melhor arma de meu pai e divertia-se em pequenas expedições de caça. E tudo isso com uma cara tão insolente, que eu o teria nocauteado vinte vezes se fosse um homem de minha idade. Digo a você, Holmes, tive de fazer força para me controlar durante todo esse tempo; e agora me pergunto se não teria sido mais esperto não me dominar tanto.

"– Bem, as coisas ficaram ainda piores, e o animal se tornou mais e mais desagradável, até que, ao dar uma resposta insolente a meu pai em minha presença, certo dia, peguei-o pelos ombros e expulsei-o do quarto. Ele se esquivou para longe com um rosto lívido e dois olhos venenosos que lançavam mais ameaças do que podia sua língua. Não sei o que se passou entre meu pobre pai e ele depois disso, mas meu pai veio até mim no dia seguinte e me perguntou se eu me importaria de pedir desculpas a Hudson. Recusei, como pode imaginar, e perguntei ao meu pai como ele podia permitir que um tal patife tomasse tais liberdades com ele e sua família.

"– 'Ah, meu filho' – disse ele –, 'é fácil falar, mas você não sabe em que estou metido. Mas saberá, Victor. Aconteça o que acontecer, ficará sabendo. Você não desejaria a desgraça do seu pobre pai, desejaria?' – Ele estava muito comovido e fechou-se no estúdio todo o dia, onde vi pela janela que ele escrevia sem parar.

"– Naquela tarde veio o que me pareceu ser um grande alívio, pois Hudson nos disse que estava nos deixando. Ele entrou na sala depois do jantar e anunciou sua intenção na voz pastosa de um homem meio bêbado.

"– 'Já tive o bastante de Norfolk' – disse ele. – 'Irei até o senhor Beddoes, em Hampshire. Ele ficará tão feliz em me ver quanto o senhor ficou, devo dizer.'

"– 'Espero que não esteja indo embora ofendido, Hudson' – disse meu pai, como uma falta de firmeza que fez meu sangue ferver.

"– 'Não me pediram desculpas', – disse ele birrento, relanceando em minha direção.

"– 'Victor, deve reconhecer que tratou este digno senhor de maneira rude' – disse meu pai, voltando-se para mim.

"– 'Pelo contrário, acho que ambos fomos de uma paciência extraordinária para com ele' – respondi.

"– 'Ah, você acha isso, então?' – ele rosnou. – 'Muito bem, rapaz. Veremos.'

"– Ele saiu cabisbaixo do quarto e meia hora depois deixou a casa, abandonando meu pai num nervosismo de dar pena. Uma noite depois, eu o ouvi perambulando em seu quarto, e foi exatamente quando ele estava recuperando a confiança que veio o golpe fatal.

"– E como foi? – perguntei ansioso.

"– Da maneira mais extraordinária. Uma carta chegou para meu pai ontem à tarde, com o carimbo postal de Fordingham. Meu pai a leu, pôs ambas as mãos na cabeça e começou a correr ao redor do quarto em círculos como se tivesse enlouquecido. Quando, por fim, conduzi-o até o sofá, sua boca e suas pálpebras estavam contraídas para um lado, e vi que tivera um derrame. Dr. Fordam veio imediatamente. Colocou-o na cama, mas a paralisia tinha se espalhado, ele não mostrava sinal de recuperar a consciência, e creio que dificilmente o encontraremos vivo.

"– Você me apavora, Trevor! – berrei. – O que poderia haver nessa carta para causar algo tão medonho?

"– Nada. Aí reside a parte inexplicável do caso. A mensagem era absurda e trivial. Oh, meu Deus! É como eu temia!

"Enquanto ele falava, passamos a curva da avenida, e vimos na luz esmaecida que todas as cortinas da casa tinham sido fechadas. Quando nos precipitamos até a porta, o rosto de meu amigo convulsionou-se de tristeza, um cavalheiro de preto emergiu de dentro dela.

"– Quando aconteceu, doutor? – perguntou Trevor.

"– Assim que o senhor saiu.

"– Ele recobrou a consciência?

"– Por um instante, antes do fim.

"– Alguma mensagem para mim?

"– Somente que os papéis estão na gaveta de trás do armário japonês.

"Meu amigo subiu com o doutor para o quarto fúnebre, enquanto eu permanecia no estúdio, pensando e repensando tudo, e tão desanimado como nunca me sentira na vida. Qual seria o passado desse Trevor, pugilista, aventureiro e mineiro de ouro, e como ele tinha se submetido a esse marinheiro mal-encarado? Por que, também, teria desmaiado por causa de uma alusão às semiapagadas iniciais sobre seu braço e morrido de medo ao receber uma carta de Fordingham? Lembrei-me, então, que Fordingham era em Hampshire e que esse senhor Beddoes, a quem o marinheiro tinha ido visitar e presumivelmente chantagear, também morava em Hampshire. A carta, portanto, seria ou de Hudson, o marinheiro, dizendo que ele tinha revelado o segredo criminoso que parecia existir, ou de Beddoes, alertando o antigo aliado de que tal traição era iminente. Isso parecia bastante claro. Mas então, como essa carta poderia ser trivial e grotesca, como descrita pelo filho? Ele precisava tê-la lido mal. Se era assim, devia tratar-se de um daqueles engenhosos códigos secretos que significam uma coisa enquanto parecem outra. Eu devia ver essa carta. Se houvesse um significado oculto nela, tinha convicção de poder decifrá-lo. Por uma hora, sentei ponderando o assunto no escuro, até que finalmente uma criada chorando trouxe uma lamparina, e atrás dela o meu amigo Trevor, pálido mas composto, agarrado exatamente a esses papéis que estão nos meus joelhos. Ele sentou de frente para mim, empurrou a lamparina para o canto da mesa e me alcançou uma pequena nota mal escrita, como pode ver, numa só folha de papel cinza.

A provisão de caça para Londres acabou. O guarda Hudson, bem orientado, contou os pedidos a dedo. Pegue todos os mosquitos, fuja a faisoa.

"Devo confessar que meu rosto pareceu tão perplexo quanto o seu, na primeira vez que li a mensagem. Li mais uma vez, com cuidado. Era evidentemente como eu tinha pensado, e algum significado secreto devia estar escondido naquela estranha combinação de palavras. Ou haveria um significado combinado para expressões como 'mosquitos' e 'faisoa'? Tal significado seria arbitrário e não haveria como deduzi-lo. Mas eu relutava em acreditar que esse fosse o caso, e a presença da palavra Hudson parecia mostrar que o assunto da mensagem era aquilo que eu tinha antevisto, e que ela fora escrita por Beddoes, e não pelo marinheiro. Tentei de trás para diante, mas a combinação 'faisoa a fuja' não era encorajadora. Tentei então palavras alternadas, mas nem 'a de para' nem 'provisão caça Londres' prometiam trazer qualquer luz sobre o assunto.

"E então, a chave do enigma instantaneamente caiu em minhas mãos, e eu vi que cada terceira palavra, começando com a primeira, formaria uma mensagem que poderia muito bem ter levado o velho Trevor ao desespero.

"O aviso era curto e grosso, como eu então lia a meu amigo:

A caça acabou. Hudson contou a todos. Fuja!

"Victor Trevor afundou a cabeça em suas mãos trêmulas.

"– Deve ser isso, suponho – disse ele. – Isso é pior do que a morte, pois significa a ruína. Mas qual é o significado de palavras como 'guarda' e 'faisoa'?

"– Não significam nada na mensagem, mas podem ter importância para nós se não tivermos outros meios de descobrir o remetente. Veja que ele começou escrevendo 'a provisão de caça...', e assim por diante. Depois, para completar o criptograma, ele precisou preencher os espaços com quaisquer duas palavras. Ele iria naturalmente usar as primeiras palavras que vinham à sua mente, e como muitas se relacionam com caça, é razoável deduzir que ele é ou um ardente caçador ou alguém interessado em criação. Você sabe alguma coisa desse Beddoes?

"– Agora que você mencionou isso – disse ele –, lembro que meu pobre pai costumava receber um convite dele para caçar em suas reservas todo outono.

"– Então é sem dúvida dele que vem o recado – eu disse. – Só nos resta descobrir que segredo era esse com o qual o marinheiro Hudson ameaçava as cabeças desses dois homens ricos e respeitáveis.

"– Ah, Holmes! Temo que seja uma desonra! – gritou meu amigo. – Mas não tenho segredos para você. Eis a declaração que foi escrita por meu pai quando ele soube que o perigo que vinha de Hudson tinha se tornado iminente. Encontrei-a no armário japonês, conforme ele avisara o doutor. Tome-a e leia para mim, pois não tenho nem força e nem coragem para fazer isso por mim mesmo.

"Estes são, Watson, exatamente os papéis que ele me deu, e os lerei para você, da mesma forma como os li aquela noite, para ele, no velho estúdio. Classifiquei-os como você pode ver:

Algumas particularidades da viagem do barco *Gloria Scott*, da sua partida em Falmouth em 8 de outubro de 1855, à sua destruição na lat. norte 15°20', long. oeste 25°14', em 6 de novembro.

É uma carta e diz o seguinte:

Meu caro filho, agora que a desgraça que se aproxima começa a escurecer os anos finais de minha vida, posso escrever com a franqueza e com toda a honestidade que não é o medo da justiça, nem da perda de minha posição, nem de minha queda aos olhos de todos que me conhecem que me confrange o coração, mas sim o pensamento de que eu envergonhe você – que me estima e que raramente, espero, teve razão senão para respeitar-me. Mas se desaba a tormenta que para sempre paira sobre minha cabeça, então desejo que você leia o que se segue, para que saiba diretamente de mim o quanto tenho de culpa. Por outro lado, se tudo acabar bem (o que está nas mãos do nosso Deus Todo-Poderoso), e se esse papel por algum acaso não for destruído e cair em suas mãos, conjuro-o, por tudo que considera sagrado, pela memória de sua querida mãe e pelo amor que existiu entre nós, a lançá-lo ao fogo e a esquecê-lo para sempre.

Se seus olhos acabarem por ler estas linhas, sei que já devo ter sido denunciado e levado de minha casa, ou, como é mais provável, pois sabe que meu coração é fraco, devo estar deitado com minha boca selada para sempre pela morte. Em qualquer desses casos, o tempo do segredo acabou, e cada palavra que eu lhe disser é a verdade nua e crua, e isso eu juro assim como espero ser perdoado.

Meu nome, caro filho, não é Trevor. Em minha juventude fui James Armitage, e você pode agora entender o choque que foi para mim, poucas semanas atrás, quando seu colega se dirigiu a mim com palavras que pareciam implicar que ele tinha descoberto meu segredo. Como Armitage, comecei a trabalhar num banco em Londres, e como Armitage fui preso por não respeitar as leis de meu país e sentenciado à deportação. Não seja muito duro comigo, meu filho. Era uma dívida de honra que eu tinha de pagar, e usei dinheiro que não era meu para fazê-lo, na certeza de que eu poderia substituí-lo antes de qualquer possibilidade de se darem conta de sua falta. Mas a sorte mais medonha perseguiu-me. O dinheiro que eu tinha usado não voltou, e um exame prematuro das quantias expôs meu déficit. O caso poderia ter sido tratado de forma mais leniente, mas as leis eram administradas com mais dureza trinta anos atrás do que agora, e no meu aniversário de 23 anos vi-me preso como um delinquente com 37 outros presos no convés do barco *Gloria Scott*, com destino à Austrália.

Era em 1855, quando a Guerra da Crimeia estava no auge, e os velhos navios de presos estavam sendo amplamente usados como transporte no Mar Negro. O governo fora obrigado, portanto, a usar embarcações menores e menos providas para despachar seus presos. O *Gloria Scott* fora utilizado no comércio de chá da China, mas era uma embarcação antiga, bojuda e muito larga, e novos navios mais velozes a tinham substituído. Ela pesava quinhentas toneladas; e além de seus 38 presos, carregava uma tripulação de 26 homens, dezoito soldados, um capitão, três pilotos, um doutor, um capelão e quatro carcereiros. Quase que cem almas estavam nela quando saímos de Falmouth.

As divisões entre as células dos presos, em vez de serem de carvalho maciço, como é o usual em navios de presos, eram muito finas e frágeis. O homem que ficava a meu lado, na direção da popa, era um em quem eu tinha particularmente reparado quando nos fizeram descer ao cais. Era jovem, de rosto liso e claro, nariz fino e comprido e mandíbula forte. Ele andava com a cabeça bastante erguida, tinha um estilo de caminhar arrogante e era, mais do que qualquer um, admirável por sua altura extraordinária. Acho que nenhum de nós alcançava seus ombros, e estou certo de que ele não media menos do que dois metros. Era estranho, em meio a tantos rostos tristes e cansados, ver um cheio de energia e resolução. Sua presença foi para mim como fogo numa tempestade de neve. Fiquei feliz, então, de descobrir que ele era meu vizinho, e mais ainda quando, na calada da noite, ouvi um cochicho próximo a meu ouvido e descobri que ele tinha conseguido fazer uma abertura na tábua que nos separava.

"Olá, colega!", disse ele, "qual é o seu nome, e por que está aqui?"

Respondi a ele, e perguntei, por minha vez, com quem eu estava falando.

"Sou Jack Prendergast", disse ele, "e por Deus!, aprenderá a abençoar-me o nome antes de se ver livre de mim."

Lembrei-me de ter ouvido falar do caso dele, pois causara uma imensa comoção em todo o país pouco tempo antes de minha própria detenção. Ele era um homem de boa família e de grande habilidade, mas com incuráveis vícios, que tinha, por um engenhoso sistema de fraude, obtido enormes quantias de dinheiro dos comerciantes mais importantes de Londres.

"Ha, ha, ha! Lembra-se do meu caso?", disse ele com orgulho.

"Lembro-me muito bem."

"Então talvez se lembre de algo estranho a respeito dele."

"De quê?"

"Eu tinha quase um quarto de milhão, não tinha?"

"Era o que se dizia."

"Mas nada foi recuperado."

"Não."

"Bem, onde você supõe que esteja o saldo?", ele perguntou.

"Não faço ideia", eu disse.

"Bem aqui, entre o meu indicador e o meu polegar", ele gritou. "Juro que tenho mais libras em meu nome do que você tem cabelos na cabeça. E se você tem dinheiro, meu amigo, e sabe como administrá-lo, pode fazer qualquer coisa. Agora, você não acha que um homem que pode tudo vai gastar suas calças numa prisão fedorenta sentado em um ataúde velho e bolorento, cheio de baratas e ratos, que viaja pelas costas da China? Não senhor, tal homem cuidará de si e de seus camaradas. Pode estar seguro disso! Confie nele e pode jurar pela Bíblia que ele o tirará daqui."

Esse era o seu estilo de falar, e inicialmente pensei que nada significasse, mas depois de um momento, quando ele tinha me testado e feito jurar com toda a solenidade possível, fez-me entender que existia realmente um plano para obter o controle do navio. Vários presos o tinham tramado antes de embarcar. Prendergast era o líder, e seu dinheiro, o motivo principal.

"Tenho um comparsa", disse ele, "um homem raro, fiel a mim como a coronha ao cano de um fuzil. Ele tem as cartas, tem sim, e onde pensa que ele está nesse momento? Bem, ele é o capelão desse navio – nada menos que o capelão. Embarcou com uma capa preta, seus papéis estão todos em ordem, e tem dinheiro suficiente em sua carteira para comprar a coisa toda da quilha até o mastro principal. A tripulação é dele, de corpo e alma. Ele pode comprá-los todos em conjunto, com desconto, e o fez antes que percebessem. Ele tem dois dos carcereiros e Meerer, o segundo-piloto, e terá o próprio capitão se achar que vale a pena."

"O que devemos fazer, então?", perguntei.

"O que você acha?", disse ele. "Tornaremos os casacos de alguns desses soldados mais vermelhos do que faria qualquer tintureiro."

"Mas estão armados."

"E também estaremos nós, meu caro. Há um par de pistolas para cada filho da mãe dos nossos; e se não pudermos levar esse navio, com o respaldo da tripulação, está na hora de nos enviarem a um pensionato para jovens senhoras. Fale com seu companheiro da esquerda esta noite e veja se ele é confiável."

Fiz isso, e descobri que meu outro vizinho era um jovem que estava numa posição muito parecida com a minha, cujo crime tinha sido falsificação. Seu nome era Evans, mas ele mais tarde o modificou, como eu, e é agora um homem rico e próspero no sul da Inglaterra. Ele estava pronto para se juntar à conspiração como o único modo de nos salvar, e antes de cruzarmos a baía havia somente dois presos que não sabiam do segredo. Um deles era um fraco, e não ousáramos confiar nele, e o outro sofria de icterícia e não nos podia ser útil.

Desde o início, realmente não havia nada que nos impedisse de tomar posse do navio. A tripulação era um grupo de rufiões, escolhidos a dedo para a tarefa. O suposto capelão veio a nossas celas para nos exortar, carregando uma mala preta que se pensava estar cheia de folhetos religiosos; e tão frequentemente ele aparecia que, no terceiro dia, cada um de nós tinha escondido ao pé da cama uma lima, um par de pistolas, quinhentos gramas de pólvora e vinte balas. Dois dos carcereiros eram agentes de Prendergast, e o segundo-piloto era o seu braço-direito. O capitão, os dois pilotos, dois carcereiros, o tenente Martin, seus dezoito soldados e o doutor eram tudo o que tínhamos contra nós. Mas por mais que as coisas estivessem seguras, não negligenciamos nenhuma precaução e nos determinamos a realizar o ataque durante a noite. Ele ocorreu, entretanto, mais rápido do que esperávamos, e do seguinte modo.

Uma tarde, três semanas depois de nossa partida, o doutor tinha descido para ver um dos presos que estava doente e, ao colocar a mão na parte de baixo do catre, sentiu o contorno das pistolas. Se tivesse permanecido em silêncio, poderia ter estragado tudo, mas era um homenzinho nervoso, de forma que soltou um grito de surpresa e ficou tão pálido que o homem percebeu o que tinha ocorrido e no mesmo instante o imobilizou. Estava amordaçado antes que pudesse alarmar os outros, e foi amarrado na cama. Ele tinha destrancado a porta que levava para o convés superior, e nos precipitamos por ela. Os dois sentinelas foram abatidos, e também um cabo que correra para ver o que acontecera. Havia mais dois soldados na porta do salão, e seus mosquetões pareciam não estar carregados, pois não atiraram nenhuma vez contra nós e foram alvejados quando tentavam fixar suas baionetas. Corremos para a cabine do capitão e, quando empurramos a porta, houve uma explosão do lado de dentro, e lá estava ele com seus miolos espalhados sobre um mapa do Atlântico afixado sobre a mesa, enquanto o capelão se mantinha de pé ao seu lado com uma pistola fumegante na mão. Os dois pilotos tinham sido aprisionados pela tripulação, e o negócio parecia ter se encerrado.

O salão era ao lado da cabine, e entramos nele e nos acomodamos nos bancos, falando todos ao mesmo tempo, pois estávamos enlouquecidos com a sensação de estarmos livres de novo. Havia armários por todos os lados, e Wilson, o suposto capelão, arrebentou um deles e dali arrancou doze garrafas de xerez. Quebramos os gargalos das garrafas, derramamos a bebida em copos grandes e sem pé, e estávamos já brindando quando em um instante, sem aviso, troaram mosquetões sobre nossos ouvidos, e o salão encheu-se de tal forma de fumaça que não enxergávamos do outro lado da mesa. Quando clareou de novo, o lugar era um matadouro. Wilson e mais oito se retorciam uns sobre os outros no chão, e a lembrança do sangue e do xerez misturados na mesa ainda me causa enjoo. Ficamos tão intimidados com o que vimos que acho que teríamos dado tudo por terminado se não fosse por Prendergast. Ele berrou como um touro e saiu desatinado pela porta com tudo o que ficara com vida atrás de si. Corremos para fora, e na popa estava o tenente e dez de seus homens. A claraboia suspensa sobre a mesa do salão tinha ficado um pouco aberta, e eles tinham atirado sobre nós através da fenda. Chegamos a eles antes que pudessem recarregar suas armas, e embora tivessem se mostrado corajosos, os dominamos. Em cinco minutos, estava tudo acabado. Meu Deus! Houve alguma vez um matadouro como aquele navio? Prendergast se portava como um demônio enfurecido e pegava os soldados como se fossem crianças e os jogava no mar, vivos ou mortos. Houve um sargento que, embora horrivelmente ferido, ainda assim nadou por um tempo surpreendente, até que alguém por misericórdia lhe estourou os miolos. Quando a luta estava terminada, não sobrara nenhum de nossos inimigos, exceto os carcereiros, os pilotos e o doutor.

Foi por causa deles que houve a grande discórdia. Vários de nós estavam já muito satisfeitos de ter de volta a liberdade e não queriam carregar mais mortes na alma. Uma coisa era ferir os soldados que tinham seus mosquetes nas mãos, outra coisa era testemunhar a morte de homens a sangue-frio. Oito de nós, cinco presidiários e três marinheiros, disseram que não aceitariam isso. Mas não havia nada que fizesse Prendergast e aqueles que estavam com ele mudarem de ideia. Nossa única chance de salvação estava em fazer um trabalho limpo, dizia ele, e ele não deixaria nenhuma língua capaz de depor no banco das testemunhas. Quase que partilhamos do destino dos prisioneiros, mas por fim ele disse que se quiséssemos podíamos pegar um bote e partir. Pulamos com a oferta, pois já estávamos doentes com todos aqueles atos sanguinários e víamos que as coisas iriam piorar ainda mais. Deram a nós um barril d'água, duas barricas, uma com carne seca, outra com biscoitos, uma bússola e uma farda de marinheiro cada. Prendergast nos atirou um mapa, disse que éramos marinheiros naufragados cujo navio tinha afundado a 15° de latitude norte e 25° de longitude oeste, e em seguida cortou a amarra e nos deixou partir.

E agora chego à parte mais surpreendente da história, caro filho. Os marinheiros tinham puxado a verga do traquete para trás durante o levante, mas no momento em que os deixamos, eles a colocaram de volta no lugar. Havia uma brisa suave do norte e do leste, e o barco começou a afastar-se vagarosamente de nós. Nosso bote permanecia, subindo e descendo, sobre os largos e mansos vagalhões, e Evans e eu, que éramos os mais bem-educados do grupo, estávamos sentados na escota estudando nossa posição e planejando para que costa devíamos nos dirigir. Era uma boa pergunta, pois Cabo Verde estava cerca de oitocentos quilômetros ao norte, e a costa africana cerca de setecentas ao leste. Em resumo, como o vento vinha do norte, pensamos que Serra Leoa poderia ser a melhor escolha e viramos nossa proa nessa direção, no momento em que o barco quase desaparecia no horizonte a estibordo. De repente, quando olhamos para ele, vimos uma nuvem densa e negra de fumaça, que se ergueu como uma árvore monstruosa na linha do horizonte. Poucos segundos depois, um som semelhante a um trovão irrompeu em nossos ouvidos, e conforme a fumaça desaparecia não havia nenhum sinal do *Gloria Scott*. Em um instante, viramos a proa novamente e remamos com todas as nossas forças para o lugar no qual a escuridão, pairando ainda sobre as águas, marcava a cena da catástrofe.

Foi preciso mais de uma hora para alcançá-la, e inicialmente temíamos que tivéssemos chegado muito tarde para salvar qualquer um. Um bote estilhaçado, vários engradados e fragmentos de mastro subiam e desciam ao movimento das ondas, mostrando onde a embarcação tinha afundado; mas não havia sinal de vida, e nos afastávamos desesperados quando ouvimos um grito de socorro e vimos a certa distância um destroço do navio com um homem estirado sobre ele. Quando o puxamos para bordo do bote, verificamos que era um jovem marinheiro chamado Hudson, tão queimado e exausto que só pôde nos fazer um relato do ocorrido na manhã seguinte.

Parece que depois de termos saído, Prendergast e sua gangue tinham dado prosseguimento ao plano de matar os cinco prisioneiros restantes. Os dois carcereiros tinham sido alvejados e jogados no mar, e também o terceiro-piloto. Prendergast desceu então ao convés inferior e com suas próprias mãos cortou a garganta do infeliz cirurgião. Só havia sobrado o primeiro-piloto, que era um homem ousado e decidido. Quando ele viu o preso se aproximar dele segurando a faca cheia de sangue, livrou-se das amarras, que tinha de alguma forma conseguido soltar, e, correndo para baixo, precipitou-se no porão. Cerca de doze presos, que desceram com pistolas atrás dele, encontraram-no sentado, com um fósforo na mão, ao lado de um barril de pólvora aberto, que era um dos cem carregados a bordo, jurando que faria tudo voar pelos ares se fosse molestado de algum modo. Um instante depois, a explosão ocorreu, mas na opinião de Hudson ela teria sido causada pela bala de um dos presos, e não pelo fósforo do piloto. Mas seja lá o que tenha ocorrido, foi o fim do *Gloria Scott* e da turba que o tinha dominado.

Essa, em poucas palavras, meu filho, é a história desse negócio terrível em que me envolvi. No dia seguinte, fomos resgatados pelo brique Hotspur, que ia para a Austrália, e cujo capitão acreditou facilmente que éramos sobreviventes de um navio de passageiros que tinha afundado. O navio de transporte *Gloria Scott* fora dado como perdido pelo Almirantado, e nenhuma palavra jamais foi publicada quanto ao seu verdadeiro destino. Depois de uma excelente viagem, o Hotspur nos deixou em Sydney, onde Evans e eu trocamos nossos nomes e nos encaminhamos para as minas. Aí, entre multidões reunidas de todas as nações, não tivemos dificuldade em deixar para trás nossas identidades anteriores. Quanto ao restante, não é necessário relatar. Prosperamos, viajamos, voltamos como colonos ricos à Inglaterra e compramos propriedades rurais. Por mais de vinte anos, levamos uma vida pacífica e útil, e pensávamos que nosso passado estivesse para sempre enterrado. Imagine quais foram meus sentimentos quando reconheci instantaneamente no marinheiro que veio a nós o homem que tínhamos apanhado no naufrágio. Ele tinha nos procurado por toda a parte e havia se determinado a viver à custa do nosso medo. Agora você entenderá por que lutei para ficar em paz com ele, e irá em certa medida compartilhar dos temores que tomam conta de mim, agora que ele se foi de mim para a outra vítima, carregando ameaças na alma.

"No final estava escrito numa caligrafia tão trêmula que quase não se podia ler:

Beddoes escreveu uma mensagem cifrada para dizer que H. contou a todos. Deus meu, tenha misericórdia de nossas almas.

"Essa foi a narrativa que li naquela noite ao jovem Trevor, e creio, Watson, que, dadas as circunstâncias, foi uma narrativa dramática. O bom rapaz teve o coração partido por ela e foi plantar chá em Terai, onde ouvi dizer que está prosperando. Quanto ao marinheiro e a Beddoes, não se ouviu mais falar de nenhum dos dois depois do dia em que a carta de advertência fora escrita. Ambos desapareceram total e completamente. Nenhuma queixa foi dada à polícia, de forma que Beddoes deve ter tomado uma ameaça pela realidade. Hudson foi visto à espreita, e a polícia acreditava que ele tivesse liquidado Beddoes e fugido. De minha parte, acredito que a verdade é exatamente o oposto. É mais provável que Beddoes, levado ao desespero e pensando já ter sido traído, tenha se vingado de Hudson e fugido do país com todo o dinheiro que pôde carregar. Esses são os fatos, doutor, e se são úteis para sua coleção, estão, de coração, ao seu dispor."

# O ritual Musgrave

Uma anomalia que sempre me espantou no caráter de meu amigo Sherlock Holmes era que, embora em seus métodos de pensamento fosse dos homens mais ordenados e metódicos, e embora também mostrasse um certo esmero discreto no vestir, ainda assim, em seus hábitos pessoais, ele era um dos homens mais desordenados, capaz de levar ao desespero seu colega de quarto. Não que eu mesmo seja muito convencional nessas questões. O trabalho rude e desordenado no Afeganistão, coroando uma disposição natural à boemia, fez-me mais descuidado do que é adequado a um médico. Mas tenho um limite, e quando descubro um homem que guarda os cigarros na caixa de carvão, o tabaco em um chinelo persa, a correspondência por responder presa por um canivete no consolo de madeira da lareira, então começo a dar a mim mesmo ares de virtuoso. Sempre achei também que a prática com armas deveria ser um passatempo ao ar livre, e quando Holmes, em uma de suas esquisitices, sentava em uma poltrona com sua pistola e uns cem cartuchos e punha-se a adornar a parede oposta com um patriótico V. R.* feito a buracos de bala, eu tinha certeza de que nem a atmosfera nem a aparência de nosso quarto ganhavam com isso.

Nossos aposentos estavam sempre cheios de produtos químicos e relíquias criminais, que acabavam indo parar onde menos se esperava, virados sobre a manteigueira

---

* V. R.: iniciais de Victoria Regina (1819-1901), que governou o Reino Unido de 1837 até sua morte. (N.E.)

ou em lugares ainda menos desejáveis. Mas minha cruz eram seus papéis. Ele tinha horror de destruir documentos, especialmente os que estavam conectados com seus casos passados, e somente uma vez ou duas a cada ano ele reunia energia para rotulá-los e organizá-los; pois, como mencionei em algum lugar nestas memórias incoerentes, as explosões de energia apaixonada que ocorriam quando ele realizava as notáveis façanhas às quais seu nome estava associado eram seguidas por reações de letargia, durante as quais ele se recolhia com seu violino e seus livros, raramente se movendo exceto do sofá para a mesa. Assim, mês após mês, seus papéis acumulavam-se até que cada canto do quarto ficasse cheio de pilhas de manuscritos que não se sabia quando seriam queimados e que não podiam ser postos de lado exceto por seu dono. Numa noite de inverno, enquanto sentávamos juntos à lareira, arrisquei-me a sugerir-lhe que, já que ele tinha terminado de colar recortes em seu livro de anotações, ele poderia dedicar as próximas duas horas a tornar nosso quarto um pouco mais habitável. Ele não podia negar a justiça do meu pedido, e, olhando-me com seriedade, foi até o seu dormitório e voltou arrastando uma grande caixa de zinco atrás de si. Colocou-a no centro da sala sobre o assoalho e, acomodando-se diante dela num tamborete, removeu sua tampa. Pude ver que um terço da caixa já estava cheio de papéis amarrados com uma fita vermelha em pacotes separados.

– Há casos o suficiente aqui, Watson – disse ele, olhando-me maliciosamente. – Penso que se você estivesse a par de tudo o que tenho nesta caixa, me pediria para tirar coisas dela, em vez de pôr outras dentro.

– São os registros de seus antigos trabalhos, então? – perguntei. – Sempre desejei ter anotações desses casos.

– Sim, meu caro. Tudo isso foi feito, antes que viesse meu biógrafo para me glorificar. – Ele levantou um pacote depois do outro de forma gentil e carinhosa. – Nem todos são sucessos, Watson – disse ele. – Há alguns problemas sutis entre eles. Eis o registro dos assassinos de Tarleton, e o caso de Vamberry, o mercador de vinho, e a aventura da velha senhora russa, e o caso singular da muleta de alumínio, bem como um relato completo de Ricoletti do pé virado e de sua abominável esposa. E aqui, agora, bem... isso é realmente uma descoberta.

Ele mergulhou o braço até o fundo da caixa e tirou para fora uma outra caixa de madeira de tampa corrediça, como as de guardar brinquedos de criança. De dentro dela, fez surgir um pedaço amarrotado de papel, uma velha chave de bronze, uma estaca de pau com uma bola de barbante enrolado e três discos velhos de metal enferrujado.

– Bem, meu rapaz, o que imagina ser essa bugiganga? – perguntou ele sorrindo diante de minha expressão.

– É uma coleção curiosa.

– Muito curiosa, e a história que se prende a ela o surpreenderá por ser ainda mais curiosa.

– Essas relíquias têm uma história, então?

– Tanto quanto elas são história.

– O que quer dizer com isso?

Sherlock Holmes pegou-as uma a uma e depositou-as no canto da mesa. Então, sentou-se novamente em sua cadeira e olhou para mim com um brilho de satisfação nos olhos.

– Isso – disse ele – foi tudo o que guardei para lembrar-me da aventura do ritual Musgrave.

Ouvira-o mencionar o caso mais de uma vez, embora nunca tivesse conseguido reunir os detalhes.

– Ficaria muito feliz se pudesse me fazer um relato dele.

– E deixar a sujeira tal como está? – gritou ele, maliciosamente. – Na verdade, seu gosto pelo asseio não aguenta muita pressão, Watson. Mas ficarei feliz que você adicione esse caso aos seus anais, pois há pontos nele que o tornam único entre os registros criminais deste ou, acredito, de qualquer outro país. Uma coleção de meus pequenos feitos estaria certamente incompleta se não tivesse um relato deste singularíssimo caso.

"Você deve se lembrar como o caso do *Gloria Scott*, e minha conversa com o triste homem cujo destino lhe contei chamaram pela primeira vez minha atenção em direção à profissão que veio a se tornar o trabalho de minha vida. Você está me vendo agora que meu nome se tornou famoso por todos os lados e que sou amplamente reconhecido tanto pelo público quanto pela força oficial como sendo a corte última de apelo em casos duvidosos. Mesmo quando me viu pela primeira vez, no tempo do caso que você comemorou em *Um estudo em vermelho*, eu já tinha estabelecido uma considerável clientela, embora não muito lucrativa. Você dificilmente se daria conta das dificuldades que passei no início e quanto tive de esperar até conseguir abrir caminho.

"Na primeira vez que vim a Londres, tinha um quarto na Montague Street, exatamente na esquina do Museu Britânico, e ali esperei, preenchendo meu abundante tempo ocioso com o estudo de todos os ramos da ciência que poderiam me tornar mais eficiente. Então novamente casos vieram a mim, principalmente por intermédio de antigos colegas, pois durante meus últimos dois anos na universidade muito se comentava sobre a minha pessoa e meus métodos. O terceiro desses casos foi o do ritual

Musgrave, e foi devido ao interesse provocado por aquela singular cadeia de eventos e pelas questões importantes envolvidas que dei meus primeiros passos na direção da posição que agora detenho.

"Reginald Musgrave tinha estudado na mesma faculdade que eu, e mantínhamos um certo contato. Ele não era muito popular entre os alunos, embora me parecesse que aquilo que era interpretado como orgulho era em verdade uma tentativa de encobrir uma desconfiança natural extrema. Em sua aparência, era um homem extremamente aristocrático, magro, de nariz nobre e olhos grandes, com maneiras lânguidas e ao mesmo tempo corteses. Ele era de fato um rebento de uma das famílias mais antigas do reino, embora seu ramo descendesse de um irmão mais novo que tinha se separado dos Musgraves do norte em alguma época do século 16 e se estabelecido no condado de West Sussex, onde o solar dos Hurlstone seja talvez a construção em uso mais antiga da região. Algo do seu nascimento parecia ter se fixado nele, e nunca consegui olhar para seu rosto pálido e esguio ou para a sua fronte sem associá-los com os arcos cinzentos, as janelas de mainéis e todos os destroços veneráveis de um domínio feudal. De vez em quando conversávamos, e me lembro que mais de uma vez ele expressou um vivo interesse pelos meus métodos de observação e inferência.

"Por quatro anos, nada soube dele, até uma manhã quando veio até o meu quarto na Montague Street. Ele tinha mudado um pouco, estava vestido como um jovem da moda – sempre fora um pouco dândi – e mantinha as mesmas maneiras calmas e suaves que anteriormente o distinguiam.

"– Como vão as coisas, Musgrave? – perguntei depois de termos nos cumprimentado cordialmente.

"– Deve ter ouvido falar, provavelmente, da morte de meu pobre pai – disse ele. – Foi levado faz dois anos. Desde então, é claro, tenho tido de administrar as propriedades Hurlstone, e como também sou membro de meu distrito, minha vida tem estado bastante atribulada. Mas, é verdade, Holmes, que você tem dado um fim prático àqueles poderes com que costumava nos surpreender?

"– Sim – eu disse –, decidi viver de meus talentos.

"– Fico muito contente de ouvir isso, pois um conselho seu, no momento, seria de um valor extraordinário para mim. Aconteceram coisas muito estranhas em Hurlstone, e a polícia não foi capaz de esclarecer o assunto. Trata-se realmente de algo inexplicável e fora do comum.

"Você pode imaginar com que ansiedade eu o ouvi, Watson, pois a verdadeira oportunidade pela qual eu estava suspirando durante todos aqueles meses de inação parecia estar ao meu alcance. No mais fundo do meu coração, eu acreditava que poderia ser bem-sucedido onde outros tinham falhado, e agora tinha a oportunidade de me testar.

"– Por favor, ponha-me a par dos detalhes – pedi a ele.

"Reginald Musgrave sentou-se na minha frente e acendeu o cigarro que eu passara para ele.

"– Você deve saber – disse ele – que embora eu seja solteiro, tenho de manter um considerável quadro de empregados em Hurlstone, pois se trata de um lugar grande e intricado e que exige muita atenção. Também tenho uma reserva e, na temporada do faisão, costumo dar uma festa na casa, de forma que não poderia ter falta de pessoal. No total, há oito criados, o cozinheiro, o mordomo, dois lacaios e um menino. O jardim e os estábulos, é claro, têm seu próprio pessoal.

"– Desses empregados, o que mais tempo está a nosso serviço é Brunton, o mordomo. Era um jovem professor desempregado quando foi contratado por meu pai, mas era um homem de grande energia e caráter, e logo se tornou inestimável para a casa. Era um homem bonito, bem desenvolvido, com uma esplêndida aparência, e, embora esteja conosco há mais de vinte anos, não pode ter mais de quarenta agora. Com suas características pessoais e seus dons extraordinários – pois fala várias línguas e toca quase todos os instrumentos musicais –, é surpreendente que tenha ficado satisfeito por tanto tempo em tal posição, mas suponho que estava confortável e que lhe faltava energia para qualquer mudança. O mordomo de Hurlstone é sempre algo lembrado por aqueles que nos visitam.

"– Mas esse exemplo de perfeição tem uma falha. Ele é meio Don Juan, e você pode imaginar que para um homem como ele esse não é um papel difícil de ser desempenhado num distrito tranquilo do interior. Quando estava casado, era correto, mas desde que se tornou viúvo, não se acabaram mais os problemas. Poucos meses atrás, tínhamos a esperança de que ele iria sossegar novamente, pois se comprometeu com Raquel Howells, nossa segunda criada, mas ele a deixou e uniu-se a Janet Tregellis, a filha do chefe dos guarda-caças. Raquel – que é muito boa moça, mas de um temperamento galês irritável – teve um agudo ataque de febre cerebral e agora anda pela casa – ou andava, até ontem – como uma sombra do que havia sido. Esse foi nosso primeiro drama em Hurlstone; mas veio um segundo para tirá-lo de nossas mentes, e ele foi antecedido pela desgraça e demissão de Brunton.

"– Foi assim que tudo aconteceu. Eu disse que o homem era inteligente, e foi essa mesma inteligência que causou sua ruína, pois ela parece tê-lo levado a uma insaciável curiosidade quanto a coisas que no mínimo não lhe diziam respeito. Eu não tinha ideia de quão longe essas coisas iriam levá-lo até que o mais insignificante acidente abriu meus olhos.

"– Eu disse que a casa é grande e intricada. Um dia, na semana passada – quinta-feira à noite, para ser mais exato –, eu não conseguia dormir, tendo tomado por imprudência uma xícara de café preto bem forte após o jantar. Depois de ter lutado contra a falta de sono até as duas da manhã, senti que nada poderia fazer, então levantei-me e acendi a vela com a intenção de continuar o romance que estava lendo. O livro, entretanto, tinha ficado no salão de jogos, então vesti meu roupão e saí para buscá-lo.

"– Para chegar ao salão de jogos, eu tinha de descer um lance de escadas e então cruzar o corredor que levava para a biblioteca e a sala de armas. Pode imaginar minha surpresa quando, ao olhar por esse corredor, vi o brilho de uma luz vindo da porta aberta da biblioteca. Eu mesmo a tinha apagado e fechado a porta antes de ir para a cama. Naturalmente, minha primeira reação foi pensar em ladrões. Os corredores em Hurlstone têm as paredes decoradas com troféus de armas antigas. De uma delas, peguei um machado de guerra e então, deixando minha vela para trás, desci na ponta dos pés e espiei pela porta aberta.

"– Brunton, o mordomo, estava lá. Ele estava sentado, completamente vestido, em uma cadeira espreguiçadeira, com uma folha de papel que parecia ser um mapa sobre os joelhos, com a fronte mergulhada nas mãos, absorto em pensamentos. Fiquei mudo de espanto, observando-o do escuro. Uma pequena vela no canto da mesa espalhava uma luz fraca que era suficiente para me mostrar que ele estava completamente vestido. De repente, ele se levantou da cadeira e, caminhando até uma escrivaninha ao lado, destrancou-a e puxou uma das gavetas. Dela ele pegou um papel e, retornando à sua cadeira, abriu-o ao lado da vela no canto da mesa e começou a estudá-lo com toda a atenção. Minha indignação diante desse calmo exame dos documentos de nossa família tomou conta de mim de tal maneira que dei um passo à frente, e Brunton, olhando para cima, me viu parado no limiar da porta. Ele se levantou de súbito, seu rosto tornou-se lívido de terror, e ele enfiou no peito o papel semelhante a um mapa que estivera anteriormente estudando.

"– 'Então!' – disse eu. – 'É assim que você retribui a confiança que temos em você? Deixará de trabalhar para mim amanhã.'

"– Ele se curvou como um homem que fora inteiramente esmagado e saiu dali sem dizer uma única palavra. A vela tinha ficado na mesa, e na sua claridade vi de relance qual era o papel que Brunton havia retirado da escrivaninha. Para minha surpresa, não era nada de importante, mas simplesmente uma cópia de questões e respostas de um velho rito singular chamado ritual Musgrave. É uma espécie de cerimônia particular da nossa família, pela qual cada Musgrave há séculos passa ao atingir certa idade – uma coisa de interesse privado e talvez de alguma importância para um arqueólogo, assim como nossos brasões e armas, mas nada com valor prático.

"– Devemos voltar depois a esses papéis – disse eu.

"– Se acha que é realmente necessário – respondeu ele com certa hesitação. Continuando, entretanto, a história: tranquei mais uma vez a escrivaninha, usando a chave que Brunton tinha deixado, e virava-me para ir embora quando fui surpreendido pelo retorno do mordomo, que estava parado diante de mim.

"– 'Senhor Musgrave' – exclamou ele, com uma voz rouca de emoção. – 'Não posso suportar essa desgraça, senhor. Tive sempre um orgulho acima de minha posição na vida, e essa desgraça me mataria. O senhor será responsável pela minha morte – de fato será –, se levar-me ao desespero. Se não pode continuar comigo depois do ocorrido, então pelo amor de Deus deixe-me dar-lhe um aviso prévio e sair em um mês, como se fosse por minha própria vontade. Posso suportar isso, senhor Musgrave, mas não ser despedido diante de toda a gente que conheço tão bem.'

"– 'Você não merece muita consideração, Brunton' – respondi. – 'Sua conduta foi a mais infame. Entretanto, como está há um bom tempo na família, não desejo desgraçá-lo publicamente. Um mês, por outro lado, é muito tempo. Vá embora em uma semana e dê o motivo que quiser para sua partida.'

"– 'Somente uma semana, senhor?' – gritou ele com uma voz desesperada. – 'Uma quinzena, diga pelo menos uma quinzena!'

"– 'Uma semana' – repeti –, 'e considere que foi tratado com muita indulgência.'

"– Ele se arrastou para fora, com a cara contra o peito, como um homem destruído, e eu apaguei a luz e voltei ao meu quarto.

"– Nos dois dias seguintes ao ocorrido, Brunton foi o mais atento possível aos seus deveres. Não fiz nenhuma alusão ao que tinha se passado e esperei com certa curiosidade para ver como ele iria encobrir sua desgraça. Na terceira manhã, entretanto, ele não apareceu, como era seu costume, depois do café da manhã, para receber minhas instruções para o dia. Quando saí da sala de jantar, por acaso encontrei Raquel Howells, a criada. Eu lhe contei que faz pouco que ela se recuperou de uma doença, e ela estava tão miseravelmente pálida e lívida que a censurei por estar trabalhando.

"– 'Você devia estar na cama' – eu disse. – 'Volte aos seus deveres quando estiver mais forte.'

"– Ela olhou para mim com uma expressão tão estranha que comecei a suspeitar que seu cérebro tinha sido afetado."

"– 'Sou forte o suficiente, senhor Musgrave' – disse ela.

"– 'Veremos o que diz o doutor' – respondi. – 'Pare de trabalhar agora, e quando descer, diga a Brunton que quero vê-lo.'

"– 'O mordomo se foi' – disse ela.

"– 'Se foi? Foi onde?'

"– 'Ele se foi. Ninguém o viu. Não está em seu quarto. Sim! Ele se foi, se foi!' – Ela caiu para trás, contra a parede, com um acesso de riso após outro, enquanto eu, horrorizado diante desse súbito ataque histérico, corri para a sineta pedindo socorro. A moça foi levada para seu quarto, ainda gritando e soluçando, enquanto eu perguntava por Brunton. Não havia dúvida de que tinha desaparecido. Não dormira em sua cama, não tinha sido visto por ninguém desde que se recolhera para o quarto na noite anterior, e por outro lado era difícil entender como ele poderia ter saído, já que tanto as janelas como as portas estavam fechadas pela manhã. Suas roupas, seu relógio e mesmo seu dinheiro estavam em seu quarto, mas o terno preto que ele costumava usar estava faltando. Seus chinelos também tinham desaparecido, mas suas botas tinham sido deixadas. Onde então poderia ter ido o mordomo durante a noite, e onde estaria agora?

"– É claro que revistamos a casa da adega ao sótão,

mas não havia nenhum traço dele. Como eu disse, é um velho casarão labiríntico, sobretudo a ala original, que está agora praticamente desabitada; mas vasculhamos cada quarto e cela sem descobrir o menor sinal do desaparecido. Eu não acreditava que ele pudesse ter ido embora deixando todos os seus pertences para trás, e onde estaria? Chamei a polícia local, mas sem sucesso. Tinha chovido na noite anterior, e examinamos o jardim e os caminhos ao redor da casa, mas em vão. As coisas estavam assim, quando um novo desdobramento desviou completamente nossa atenção do mistério original.

"– Por dois dias, Rachel Howells tinha estado tão doente, algumas vezes delirando, algumas vezes histérica, que empregamos uma enfermeira para passar a noite com ela. Na terceira noite depois do desaparecimento de Brunton, ao ver sua paciente dormindo tranquila, a enfermeira caiu no sono na poltrona e acordou na manhã seguinte encontrando a cama vazia, a janela aberta e nenhum sinal da inválida. Acordaram-me imediatamente, e com os dois lacaios saí em busca da desaparecida. Não era difícil dizer a direção que ela tinha tomado, pois, a partir da janela do seu quarto, podíamos seguir suas pegadas facilmente através do jardim até a beira do lago, onde elas desapareciam perto do caminho de cascalho que leva para o campo. O lago ali tem dois metros e meio de profundidade, e você pode imaginar o que sentimos quando vimos o rastro da pobre jovem demente terminar à beira dele.

"– É claro, fomos buscar as dragas e as colocamos em funcionamento a fim de recuperar o corpo, mas não encontramos nenhum traço dele. Por outro lado, trouxemos para a superfície um objeto inesperado. Tratava-se de um saco de linho contendo uma grande quantidade de metal enferrujado e descolorido e várias peças de vidro ou cristal opacas e sem cor. Esse estranho achado foi tudo o que tiramos do lago, e embora tenhamos feito todas as investigações e buscas possíveis ontem, nada sabemos do destino nem de Rachel Howells nem de Richard Brunton. A polícia da região não sabe o que fazer, e vim até você como meu último recurso.

"Você pode imaginar, Watson, com que ansiedade eu ouvi essa extraordinária sequência de eventos, e me empenhei em organizá-los e em divisar uma linha comum que pudesse conectá-los. O mordomo tinha desaparecido. A criada amara o mordomo, mas tivera, por fim, motivo para odiá-lo. Ela tinha um sangue galês, furioso e apaixonado. Ela ficara terrivelmente perturbada imediatamente após o seu desaparecimento. Tinha jogado no rio um saco contendo algumas coisas curiosas. Esses eram todos os fatos que tinham de ser levados em consideração, e nenhum deles indicava o âmago do problema. Qual seria o início dessa cadeia de eventos? Ali estava a ponta solta desse emaranhado.

"– Musgrave, preciso ver o papel – eu disse – que o mordomo de vocês considerou digno de ser estudado, mesmo sob o risco de perder o emprego.

"– É um negócio absurdo, esse nosso ritual – ele respondeu. – Mas tem pelo menos o mérito da antiguidade para desculpá-lo. Tenho uma cópia das questões e respostas aqui, se quiser dar uma olhada.

"Ele me alcançou o mesmo papel que tenho aqui, Watson, e este é o estranho catecismo ao qual cada Musgrave tinha de se submeter quando se tornasse homem. Lerei para você as questões e respostas tal como estão.

" 'De quem era?'

" 'Daquele que se foi.'

" 'Quem o terá?'

" 'Aquele que há de vir.'
" 'Onde estava o sol?'
" 'Sobre o carvalho.'
" 'Onde estava a sombra?'
" 'Sob o olmo.'
" 'Com que passos se media?'
" 'Ao norte por dez e dez, ao leste por cinco e cinco, ao sul por dois e dois, ao oeste por um e um, e então embaixo.'
" 'O que daremos por isso?'
" 'Tudo o que é nosso.'
" 'Por que devemos dar?'
" 'Pela confiança.'

"– O original não tinha data, mas está na grafia de meados do século 17 – observou Musgrave. – Temo, entretanto, que seja de pouca ajuda para resolver esse mistério.

"– Pelo menos – respondi – ele nos dá um outro mistério, e que é ainda mais interessante do que o primeiro. Pode ser que a solução de um leve à solução do outro. Desculpe-me, Musgrave, mas devo dizer-lhe que seu mordomo parece ter sido um homem muito esperto, e com uma intuição melhor do que dez gerações de seus patrões.

"– Não o compreendo – disse Musgrave. – O papel parece não ter nenhuma importância prática.

"– Mas para mim ele parece imensamente prático, e imagino que Brunton tenha tido a mesma visão. Ele provavelmente o viu antes da noite em que você o surpreendeu.

"– É bem possível. Não fazíamos questão de escondê-lo.

"– Ele simplesmente queria, imagino, refrescar a memória. Conforme entendo, ele tinha algum tipo de esquema ou mapa que comparava com o manuscrito e que colocou no bolso quando você apareceu.

"– Isso é verdade. Mas o que poderia ter a ver com esse nosso velho costume de família, e o que significa esse esquema?

"– Creio que não teremos muita dificuldade em determinar isso – eu disse. – Com sua permissão, tomaremos o primeiro trem para Sussex para nos aprofundarmos um pouco mais no assunto.

"Na mesma tarde, estávamos ambos em Hurlstone. Provavelmente, você já viu representações e descrições do famoso lugar, de forma que limitarei meu relato dizendo que foi construído na forma de um L, o braço longo sendo o mais moderno, e o menor, o núcleo antigo a partir do qual o outro se desenvolveu. Sobre a pesada porta de verga, no centro dessa parte antiga, está esculpida a data, 1607, mas especialistas concordam que os trabalhos de madeira e pedra são realmente muito mais antigos do que isso. As paredes muito espessas e as janelas estreitas dessa parte levaram a família, no último século, a construir a nova ala, e a velha é usada agora como armazém e adega, quando é de fato usada. Um parque esplêndido com um bonito bosque de velhas árvores rodeia a casa, e o lago, ao qual se referiu meu cliente, fica perto da avenida, a cerca de duzentos metros.

"Eu já estava firmemente convencido, Watson, de que não havia três diferentes mistérios aqui, mas somente um, e que se eu pudesse decifrar o ritual Musgrave, teria em mãos a chave que me levaria à verdade a respeito tanto do mordomo Brunton quanto da criada Howells. Voltei para isso todas as minhas energias. Por que esse empregado estava tão empenhado em decorar a velha fórmula? Evidentemente porque ele viu algo nela que tinha escapado a todas aquelas gerações de cavalheiros do condado, algo com o que ele esperava obter alguma vantagem pessoal. De que se tratava então, e como isso tinha afetado o seu destino?

"Era óbvio para mim, ao ler o ritual, que as medições deviam se referir a algum lugar ao qual o resto do documento aludia e que, se pudéssemos encontrar esse lugar, estaríamos prontos para descobrir que segredo era aquele que os velhos Musgraves tinham considerado necessário embalsamar de forma tão curiosa. Havia dois guias com os quais podíamos começar, um carvalho e um olmo. Quanto ao carvalho, não restava nenhuma dúvida. Bem na frente da casa, ao lado esquerdo da estrada, havia um patriarca entre os carvalhos, uma das árvores mais magníficas que já vi.

"– Estava aí quando seu ritual foi escrito – disse eu, quando passamos por ele.

"– Estava aí na conquista normanda, com toda a certeza – respondeu ele. – Tem uma circunferência de sete metros.

"Assim ficava assegurado um de meus pontos de partida.

"– Vocês têm algum olmo antigo? – perguntei.

"– Havia um bem antigo mais adiante, mas foi atingido por um raio dez anos atrás, e lhe cortamos o tronco.

"– Pode me dizer onde ficava?

"– Sim.

"– Não há outros olmos?

"– Nenhum antigo, mas várias faias.

"– Gostaria de ver onde ele ficava.

"Estávamos em uma charrete, e meu cliente seguiu imediatamente, sem que entrássemos na casa, para a cicatriz no gramado onde tinha estado o olmo. Era quase a meio caminho entre o carvalho e a casa. Minha investigação parecia estar progredindo.

"– Suponho que é impossível saber o quão alto era esse olmo – perguntei.

"– Posso lhe dizer agora: ele tinha dezenove metros.

"– Como sabe? – perguntei surpreso.

"– Quando meu antigo tutor me dava algum exercício em trigonometria, sempre era na forma de medir alturas. Quando era garoto, medi cada árvore e prédio nesta propriedade.

"Isso era uma sorte inesperada. Meus dados vinham mais rápido do que eu poderia ter razoavelmente esperado.

"– Diga-me – perguntei –, seu mordomo alguma vez lhe colocou tal questão?

"Reginald Musgrave me olhou atônito.

"– Agora que você aviva minha memória – ele respondeu –, lembro-me que Brunton perguntou-me sobre a altura da árvore alguns meses atrás, por causa de alguma discussão com o cavalariço.

"Essas eram novidades excelentes, Watson, pois mostravam que eu estava no caminho certo. Olhei para o sol. Estava baixo, e calculei que em menos de uma hora ele cairia exatamente acima dos ramos mais altos do velho carvalho. Uma das condições mencionadas no ritual seria então realizada. E a sombra do olmo devia significar o extremo mais distante dela, de outro modo, o tronco teria sido escolhido como referência. Eu tinha então de descobrir onde iria cair o extremo mais distante da sombra, quando o sol estivesse exatamente em cima do carvalho."

– Isso deve ter sido difícil, Holmes, já que o olmo não estava mais lá.

– Bem, pelo menos eu sabia que, se Brunton tinha conseguido, eu também poderia conseguir. E não havia de fato dificuldade. Fui com Musgrave até seu estúdio e preparei eu mesmo uma estaca, à qual atei um longo barbante com um nó a cada noventa centímetros. Então tomei duas medidas de uma vara de pescar, que tinha exatamente um metro e oitenta centímetros, e voltei com meu cliente para onde havia estado o olmo. O sol acabava de cintilar no topo do carvalho. Finquei a vara de pescar no solo, marquei a direção da sombra e a medi. Tinha dois metros e setenta centímetros de comprimento.

"Claro que depois disso o cálculo era muito simples. Se uma vara de um metro e oitenta centímetros fazia uma sombra de dois metros e setenta centímetros, uma árvore de dezenove metros iria fazer uma de vinte e oito metros e meio, e a direção de uma seria, é óbvio, a direção da outra. Medi a distância, a qual chegou quase até a parede da casa, e finquei a estaca no local. Você pode imaginar o quanto exultei, Watson, quando a cerca de dez centímetros da minha estaca vi uma depressão cônica no chão. Soube que era a marca feita por Brunton em suas medições e que eu estava ainda no seu rastro.

"Desse ponto de partida, comecei a andar, tendo primeiro tomado os pontos cardeais com minha bússola de bolso. Dez passos com cada pé me levavam em paralelo com a parede da casa, e de novo marquei meu lugar com uma estaca. Então cuidadosamente contei cinco passos ao leste e dois ao sul. Isso me levou exatamente ao limiar da velha porta. Dois passos para oeste significavam agora que eu devia descer dois passos a passagem de laje, e esse era o local indicado pelo ritual.

"Nunca tinha sentido um arrepio tão frio de decepção, Watson. Por um momento me pareceu que havia um engano radical em meus cálculos. O sol poente brilhava sobre o chão da passagem, e eu podia ver que as velhas pedras cinzentas e gastas com que ela era pavimentada estavam cimentadas com firmeza, e certamente não eram movidas havia anos. Burton não passara por ali. Bati sobre o chão, mas soava igual por todo o lado, e não havia sinal de qualquer fenda ou greta. Por sorte, Musgrave, que começava a apreciar meus procedimentos, e que estava agora tão entusiasmado quanto eu, pegou seu manuscrito para conferir meus cálculos.

"– E embaixo – gritou ele. – Você se esqueceu do 'embaixo'.

"Eu tinha pensado que isso significava que tínhamos de cavar, mas então, é claro, vi imediatamente que eu estava errado.

"– Existe uma adega aqui embaixo, então? – gritei.

"– Sim, tão antiga quanto a casa. Descendo aqui por essa porta.

"Fomos parar numa escada de pedra em espiral, e meu amigo, riscando um fósforo, acendeu uma grande lanterna que estava sobre um barril no canto. Num instante ficou óbvio que tínhamos pelo menos chegado ao lugar certo e que não tínhamos sido os únicos a fazê-lo recentemente.

"Era usado para guardar madeira, mas a lenha, que evidentemente ficava espalhada sobre o chão, estava agora empilhada dos lados, de forma a deixar um espaço livre no meio. Nesse espaço, havia uma laje larga e pesada com um anel de ferro enferrujado no centro, no qual estava enrolada uma manta de pastor.

"– Por Júpiter! – gritou meu cliente. – Essa é a manta de Brunton. Eu o vi com ela, posso jurar. O que fazia por aqui o vilão?

"À minha sugestão, policiais da região foram chamados, e então me empenhei em levantar a pedra, puxando-a pela manta. Só pude movê-la muito pouco, e foi com a ajuda de um dos policiais que consegui, por fim, carregá-la para um lado. Abaixo, escancarou-se um buraco negro, no qual todos espiamos, enquanto Musgrave, ajoelhando-se ao lado, baixou a lanterna.

"Uma pequena câmara de cerca de dois metros de profundidade e pouco mais de um metro quadrado de área estava aberta diante de nós. De um lado dela, havia uma caixa de madeira chata guarnecida de zinco, com a tampa aberta, de cuja fechadura se projetava uma chave curiosa e antiga. Era coberta por uma espessa camada de ferro, e a madeira tinha sido comida pela umidade e por caruncos, de forma que uma cultura de fungos vivos crescia em seu interior. Vários discos de metal – velhas moedas, aparentemente, como as que tenho aqui – estavam espalhados no fundo da caixa, mas ela não continha nada mais.

"Naquele momento, entretanto, não pensávamos na velha caixa, pois nossos olhos estavam cravados no que estava agachado atrás dela. Era um homem, vestido num terno preto, acocorado, com a cabeça sobre a beira da caixa e os braços lançados para os lados. Nessa posição, todo o sangue tinha estagnado no rosto, e ninguém seria capaz de reconhecer aquela fisionomia distorcida e cinzenta; mas sua altura, sua roupa e seu cabelo eram o suficiente para mostrar ao meu cliente, depois de erguermos o corpo, que ele era de fato o mordomo desaparecido. Fazia alguns dias que estava morto, mas não havia nenhum ferimento ou contusão que pudesse revelar como ele tinha encontrado esse terrível fim. Enquanto seu corpo era carregado da adega, ainda nos confrontávamos com um problema que era quase tão formidável quanto aquele com que tínhamos começado.

"Confesso que, até ali, Watson, estava desapontado com minha investigação. Calculara resolver o assunto quando encontrasse o lugar referido no ritual; mas agora eu estava ali e, aparentemente, mais longe do que nunca de saber o que a família tinha ocultado com tanta precaução. É verdade que lancei uma luz sobre o fim de Brunton, mas agora tinha de explicar como tal destino tinha caído sobre ele, e que papel tinha desempenhado na história a mulher desaparecida. Sentei sobre um barril num canto e refleti calmamente sobre tudo.

"Você conhece meus métodos em tais casos, Watson. Coloquei-me no lugar do homem e, tendo avaliado sua inteligência, tentei imaginar como eu teria procedido sob as mesmas circunstâncias. Nesse caso, foi simples, devido à inteligência excepcional de Brunton, de forma que não tive de considerar o tempo de reação, como dizem os astrônomos. Ele sabia que algo valioso tinha sido escondido. Ele tinha marcado o lugar. Ele descobrira que a pedra que o cobria era pesada demais para que um homem a movesse sozinho. O que faria então? Ele não poderia conseguir ajuda de fora, mesmo se tivesse alguém em quem pudesse confiar, sem ter de destrancar portas e correr risco de ser preso. Era melhor, se ele pudesse, ter um auxiliar de dentro da casa. Mas a quem ele iria pedir? Essa moça tinha se dedicado a ele. Um homem sempre teria dificuldade de enxergar quando finalmente perdeu o amor de uma mulher, seja como for que a tenha tratado. Ele tentaria, por meio de pequenas atenções, fazer as pazes com a moça, e então a engajaria como cúmplice. Juntos, eles viriam à noite para a adega e, unindo forças, seriam capazes de levantar a pedra. Até aí eu podia acompanhar suas ações, como se as tivesse visto realmente.

"Mas para duas pessoas, sendo uma delas uma mulher, deve ter sido um trabalho pesado levantar aquela pedra. Um corpulento policial de Sussex e eu não achamos fácil fazê-lo. O que teriam feito? Provavelmente o que eu mesmo faria. Levantei e examinei cuidadosamente as diferentes achas de madeira que estavam espalhadas ao redor. Quase imediatamente, encontrei o que procurava. Uma delas, com cerca de noventa centímetros de comprimento, tinha uma endentação bem marcada numa das extremidades, enquanto várias estavam achatadas dos lados, como se tivessem sido comprimidas por algum peso considerável. Evidentemente, conforme erguiam a pedra, iam introduzindo cunhas de madeira na greta até que a abertura estivesse ampla o suficiente para permitir passar por ela. Eles a manteriam aberta com uma tora colocada ao comprido, a qual ficaria marcada na parte inferior, já que todo o peso da pedra iria pressioná-la para baixo no canto dessa outra laje. Até aí, ainda estava em terra firme.

"E, então, como eu devia prosseguir para reconstruir esse drama da meia-noite? Certamente, só uma pessoa caberia no buraco, e essa pessoa era Brunton. A moça deve ter esperado fora. Brunton então destrancou a caixa, alcançou a ela o que havia dentro, presumivelmente – já que isso não fora encontrado –, e então... e então... o que teria acontecido?

"Que ardente fogo de vingança deve ter subitamente se acendido na alma céltica e apaixonada dessa mulher, quando ela viu o homem que a tinha prejudicado, talvez mais do que pensamos, em seu poder? Qual é a chance de a madeira ter escorregado e de a pedra ter calado Brunton naquilo que tinha se tornado o seu sepulcro? A única culpa que ela tinha era ter se mantido em silêncio sobre o seu fim? Ou teria algum golpe repentino de sua mão lançado o suporte para longe e enviado a laje direto para o seu lugar? Seja como for, eu parecia enxergar a figura daquela mulher ainda agarrada ao tesouro encontrado e voando selvagemente pela escada em caracol, com os ouvidos zunindo, quem sabe com os gritos abafados atrás de si e com batidas frenéticas contra a laje de pedra que tinha esmagado o seu amante infiel.

"Aí estaria o segredo do seu rosto pálido, de seus nervos agitados, suas risadas histéricas na manhã seguinte. Mas o que haveria na caixa? O que ela tinha feito com aquilo? É claro, deveria se tratar do velho metal e do cristal que meu cliente tinha dragado do lago. Ela os tinha lançado ali na primeira oportunidade, para remover o último traço do seu crime.

"Por vinte minutos, sentei-me imóvel, pensando no assunto. Musgrave continuava, com o rosto muito pálido, a agitar sua lanterna e espiar pelo buraco.

"– Estas são moedas de Carlos I – disse ele, pegando as poucas que tinham sobrado na caixa; – veja que tínhamos razão na data que fixamos para o ritual.

"– Podemos descobrir mais alguma coisa de Carlos I – gritei, quando o significado provável das primeiras duas questões do ritual surgiu de repente em minha mente. – Deixe-me ver o conteúdo do saco que você pescou da lagoa.

"Fomos ao seu estúdio, e ele despejou aqueles restos diante de mim. Quando os vi, pude entender que ele os considerasse de pouca importância, pois o metal estava quase preto e as pedras, opacas e sem brilho. Entretanto, esfreguei uma delas em minha manga, e ela brilhou como uma centelha na palma de minha mão. O metal tinha a forma de um duplo anel, mas fora de sua forma original, curvada e retorcida.

"– Você deve ter em mente – eu disse – que o Partido Real esteve à frente na Inglaterra mesmo depois da morte do rei, e que, quando por fim eles fugiram, provavelmente deixaram suas posses mais preciosas enterradas, com a intenção de retornar em tempos mais pacíficos.

"– Meu antecessor, Sir Ralph Musgrave, era um cavalheiro proeminente e o braço direito de Charles II em suas andanças – disse meu amigo.

"– Ah, de fato! – respondi. – Bem, creio que isso realmente nos dá a última ligação que buscávamos. Devo congratulá-lo por tomar posse, embora de uma forma trágica, de uma relíquia que tem em si mesma um grande valor, mas é de uma importância ainda maior enquanto curiosidade histórica.

"– O que é então? – arfou ele com espanto.

"– Nada menos do que a antiga coroa dos reis da Inglaterra.

"– A coroa!

"– Precisamente. Considere o que diz o ritual. Assim ele reza. *De quem era? Daquele que se foi.* Isso foi depois da execução de Charles. Depois disso, *quem o terá? Aquele que há de vir.* Esse era Charles II, cuja vinda era antecipada. Não há nenhuma dúvida, até onde percebo, de que esse diadema arruinado e sem forma já coroou as cabeças dos reais Stuarts.

"– E como foi parar naquele poço?

"– Bem, essa é uma questão que exigirá tempo para ser resolvida. – E dizendo isso, resumi a ele a longa cadeia de suposições e provas que eu tinha construído. O crepúsculo estava findo, e a lua brilhava intensamente no céu quando minha narrativa se encerrou.

"– E por que foi, então, que Charles não pegou sua coroa quando voltou? – perguntou Musgrave, colocando de volta a relíquia dentro do saco de linho.

"– Aqui você toca num ponto que provavelmente nunca conseguiremos esclarecer. – É provável que o

Musgrave que detinha o segredo tenha morrido nesse meio tempo e deixado inadvertidamente esse guia a seu descendente sem explicar o significado. Daquele dia até hoje, ele foi transmitido de pai para filho, até que por fim caiu nas mãos de um homem que lhe desvendou o segredo e perdeu a vida na aventura.

"E essa é a história do Ritual Musgrave, Watson. Eles têm a coroa em Hurlstone, embora tenha sido necessário fazer frente a dificuldades legais e pagar uma soma considerável antes de poder retê-la. Tenho certeza de que se mencionar o meu nome, eles vão mostrá-la a você de boa vontade. Da mulher, nada mais se soube, e é provável que tenha saído da Inglaterra e carregado consigo a memória de seu crime para alguma terra do além-mar."

# O enigma de Reigate

Foi necessário algum tempo para que a saúde de meu amigo Sherlock Holmes pudesse se restabelecer da tensão nervosa causada por seus imensos esforços na primavera de 1887. Todas as questões da companhia Netherland-Sumatra e dos esquemas colossais do barão Maupertuis estão ainda muito presentes na mente do público e dizem por demais respeito a questões políticas e financeiras para poderem servir a essa série de esboços. Elas levam, entretanto, de uma forma indireta, a um problema singular e complexo que deu a meu amigo a oportunidade de demonstrar o valor de uma arma nova entre as várias com que ele trava sua longa batalha contra o crime.

Recorrendo às minhas notas, vi que foi em 14 de abril que recebi o telegrama de Lyons, que me informava que Holmes estava doente no hotel Dulong. Em 24 horas, eu estava no quarto do enfermo, aliviado de saber que não havia nada de excepcional em seus sintomas. Mesmo sua constituição de ferro tinha, entretanto, ruído sob a tensão de uma investigação que se estendera por mais de dois meses, durante os quais ele nunca trabalhava menos do que quinze horas por dia e tinha mais de uma vez, conforme me assegurava, se dedicado à tarefa durante cinco dias sem interrupção. E nem o resultado triunfante dos seus empenhos o tinha salvo da reação consequente a um esforço tão terrível, e numa época em que a Europa estava zunindo com seu nome e em que seu quarto estava literalmente atulhado de telegramas congratulatórios, encontrei-o vítima da mais negra depressão. Mesmo a consciência de que tivera êxito onde a polícia de três países havia falhado e de que tinha derrotado por completo o maior vigarista da Europa era insuficiente para tirá-lo de tamanha prostração nervosa.

Três dias depois, estávamos de volta à Baker Street, mas era evidente que uma mudança de ares seria muito bem-vinda a meu amigo, e a ideia de uma semana de primavera no campo me atraía também. Meu velho amigo, o coronel Hayter, que tinha estado sob meus cuidados profissionais no Afeganistão, comprara uma casa perto de Reigate, em Surrey, e me convidava frequentemente para ir visitá-lo. Na última ocasião, ele tinha observado que se meu amigo chegasse a vir junto, ele ficaria feliz de estender também a ele sua hospitalidade. Uma pequena diplomacia se fez necessária, mas quando Holmes entendeu que a casa era de um celibatário, e que ele teria toda a liberdade, concordou com meus planos, e uma semana depois de nosso retorno de Lyons estávamos sob o teto do coronel. Haytes era um velho e bom soldado que tinha visto muito do mundo, e logo descobriu, como eu esperava, que tinha com Holmes muita coisa em comum.

Na tarde em que chegamos, estávamos sentados no quarto de armas do coronel depois do jantar; Holmes espreguiçava-se no sofá, e Hayter e eu examinávamos o seu pequeno arsenal.

– A propósito – disse ele subitamente –, creio que levarei uma dessas pistolas para cima comigo, em caso de algum sobressalto.

– Um sobressalto? – disse eu.

– Sim. Temos levado alguns sustos nestas cercanias ultimamente. O velho Acton, que é um dos magnatas de nosso condado, teve sua casa arrombada na última segunda-feira. Não houve grande prejuízo, mas os bandidos ainda estão soltos.

— Nenhuma pista? — perguntou Holmes, mirando fixamente o coronel.

— Nenhuma, por enquanto. Mas o caso é insignificante, um desses pequenos crimes do interior, que devem parecer muito pequenos aos seus olhos, senhor Holmes, depois do seu grande caso internacional.

Holmes acenou com a cabeça, recusando o cumprimento, embora seu sorriso mostrasse que o tinha apreciado.

— Não há nenhum aspecto interessante?

— Creio que não. Os ladrões saquearam a biblioteca e conseguiram muito pouco pelo trabalho. Reviraram todo o lugar de cima a baixo, gavetas abertas e armários derrubados. Um velho volume de Homero traduzido por Pope, dois candelabros de prata, um peso de marfim, um pequeno barômetro de carvalho e um rolo de barbante foi tudo o que levaram.

— Que coleção extraordinária! — exclamei.

— Evidentemente que levaram tudo o que conseguiram.

Holmes grunhiu do sofá.

— A polícia do condado tem que levar adiante o caso — disse ele —, pois é completamente óbvio que...

Mas ergui o dedo em advertência.

— Você está aqui para descansar, meu caro. Pelo amor de Deus, não se envolva em um novo problema quando seus nervos estão em frangalhos.

Holmes deu de ombros, com um olhar de cômica resignação em direção ao coronel, e a conversa se desviou para assuntos menos perigosos.

Todos os meus cuidados profissionais estavam, entretanto, destinados a nada, pois na manhã seguinte o problema se impôs a nós de tal forma que foi impossível ignorá-lo, e nossa visita ao interior tomou um rumo que não poderíamos ter previsto. Estávamos tomando o café da manhã quando chegou apressado o mordomo do coronel, deixando de lado qualquer etiqueta.

– O senhor ouviu as novas? – arfou ele. – Nos Cunninghams, senhor!

– Roubo? – gritou o coronel, com a xícara de café no ar.

– Assassinato!

O coronel assobiou.

– Por Júpiter! – disse ele. – Quem foi morto? O juiz de paz ou seu filho?

– Nenhum dos dois, senhor. Foi William, o cocheiro. Alvejado no coração e calado para sempre.

– Quem atirou?

– O ladrão, senhor. Fugiu como uma bala e desapareceu. Tinha recém invadido a copa quando William o viu e morreu ao salvar a propriedade do patrão.

– Quando?

– Na noite passada, senhor, por volta da meia-noite.

– Bem, depois iremos até lá – disse o coronel, retornando friamente ao café da manhã. – Trata-se de algum negócio sujo – acrescentou ele quando o mordomo tinha ido. – Ele é o homem mais importante daqui, o velho Cunningham, e muito honesto. Isso vai atingi-lo bastante, pois o homem trabalhou para ele por anos e era um bom empregado. Evidentemente são os mesmos patifes que invadiram a casa de Acton.

– E que roubaram aquela singular coleção – disse Holmes, pensativo.

— Precisamente.

— Hum! Pode ser que se trate da coisa mais simples do mundo, mas ainda assim, à primeira vista, é um pouco curioso, não é mesmo? Seria de se esperar que uma gangue de ladrões agindo no interior variasse o palco de suas operações, em vez de realizar dois furtos no mesmo distrito em poucos dias. Quando o senhor falou, na noite passada, em tomar precauções, lembro de ter pensado que essa era provavelmente a última paróquia na Inglaterra para a qual o ladrão ou ladrões fossem voltar – o que mostra que tenho ainda muito o que aprender.

— Imagino que seja um profissional local – disse o coronel. – Nesse caso, é claro, as residências dos Acton e dos Cunningham seriam justamente os lugares onde teria ido, já que são as maiores daqui.

— E as mais ricas?

— Bem, devem ser, mas por alguns anos eles tiveram uma demanda judicial que exauriu a ambos, imagino. O velho Acton tem direito a metade da propriedade de Cunningham, e os advogados agarraram-se a isso com unhas e dentes.

— Caso se trate de um patife daqui, não haverá muita dificuldade em pegá-lo, – disse Holmes, com um bocejo. – Certo, Watson, não pretendo me intrometer.

— O inspetor Forrester, senhor – disse o mordomo, abrindo a porta.

O oficial, um jovem com um olhar inteligente, e uma fisionomia vivaz, entrou na sala.

— Bom dia, coronel – disse ele. – Espero não estar incomodando, mas ouvimos dizer que o senhor Holmes, de Baker Street, está aqui.

O coronel moveu a mão na direção de meu amigo, e o inspetor inclinou-se.

— Pensamos que talvez quisesse participar, senhor Holmes.

— Os fatos estão contra você, Watson — disse ele, rindo. — Estávamos conversando sobre o assunto quando o senhor chegou, inspetor. Talvez possa nos pôr a par de alguns detalhes — e quando se inclinou para trás na cadeira, na atitude familiar que eu conhecia, soube que o caso estava perdido.

— Não conseguimos nenhuma pista por ocasião do incidente na casa do senhor Acton. Mas aqui temos várias para seguir, e não há dúvida de que é a mesma quadrilha nos dois casos. O homem foi visto.

— Ah!

— Sim, senhor. Mas fugiu como uma gazela depois de disparar o tiro que matou o pobre William Kirwan. O senhor Cunningham avistou-o da janela do dormitório, e o senhor Alec Cunningham o viu do corredor de trás. Eram quinze para meia-noite quando o incidente ocorreu. O senhor Cunningham tinha acabado de ir para a cama, e o senhor Alec estava fumando um cigarro no seu quarto de vestir. Ambos ouviram William, o cocheiro, clamando por ajuda, e o senhor Alec desceu correndo para ver o que estava havendo. A porta dos fundos estava aberta, e quando ele chegou ao pé da escada, viu dois homens lutando do lado de fora. Um deles disparou um tiro, o outro caiu, e o assassino correu pelo jardim e pulou a cerca. O senhor Cunningham, olhando pela janela, viu o rapaz enquanto ele ganhava a estrada, mas em seguida o perdeu de vista. O senhor Alec parou para ver se podia ajudar o moribundo, e dessa forma o patife desapareceu. Além de sabermos que era um homem de estatura mediana, vestido de preto, não temos nenhuma outra pista sobre sua pessoa, mas estamos fazendo interrogatórios, e, se ele for um estranho, logo o encontraremos.

— O que esse William fazia lá? Disse alguma coisa antes de morrer?

— Nenhuma palavra. Ele vive na casa do guarda com sua mãe, e, como era um rapaz muito fiel, imaginamos que tenha caminhado até a casa com a intenção de ver se estava tudo bem. O incidente na casa do senhor Acton deixou todos alarmados. O ladrão devia ter acabado de arrombar a porta – a fechadura tinha sido forçada – quando William o atacou.

— William não disse nada à sua mãe antes de sair?

— Ela é muito velha e surda, e não conseguimos obter dela nenhuma informação. O choque a deixou abobada, mas creio que ela nunca foi muito lúcida. Há uma circunstância bastante importante, entretanto. Olhe para isso!

Ele pegou uma pequena tira de papel rasgado de uma caderneta de notas e a abriu sobre o joelho.

— Isso foi encontrado entre o indicador e o polegar do homem morto. Parece ser um fragmento de uma folha maior. O senhor notará que a hora mencionada nele é exatamente aquela em que o pobre homem faleceu. O assassino deve ter arrancado o restante da folha dele, ou ele deve ter retirado esse fragmento do assassino. Parece tratar-se de um encontro marcado.

Holmes pegou o pedaço de papel, cujo fac-símile vai aqui reproduzido.

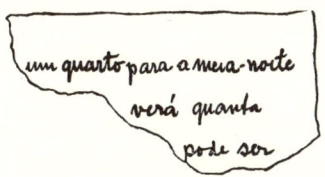

> *um quarto para a meia-noite*
> *verá quanta*
> *pode ser*

— Presumindo que se tratasse de um encontro – continuou o inspetor –, há certamente uma teoria plausível de que esse William Kirwan, embora com a reputação de ser um homem honesto, tivesse uma ligação com o ladrão. Ele pode tê-lo encontrado lá, e até mesmo ajudado a arrombar a porta, e pode ter ocorrido algum desentendimento entre eles.

– Esse escrito é de um interesse extraordinário – disse Holmes, que o examinara com intensa concentração. – São águas mais profundas do que eu tinha pensado. – Ele afundou a cabeça nas mãos, enquanto o inspetor ria do efeito que o caso tinha tido sobre o famoso especialista de Londres.

– Sua última observação – disse Holmes no mesmo instante –, sobre a possibilidade de ter havido alguma combinação entre o ladrão e o empregado e de essa ser a prova de um encontro entre ambos, é uma suposição genial e não inteiramente impossível. Porém, esse escrito começa... – Ele afundou novamente a cabeça nas mãos e permaneceu alguns minutos refletindo. Quando levantou o rosto novamente, fiquei surpreso ao ver que suas bochechas estavam coloridas, e seus olhos, brilhantes como antes da doença. Ele então se levantou com a energia de sempre.

– Gostaria de dar uma olhada silenciosa nos detalhes deste caso. Há algo nele que muito me fascina. Se o senhor me permite, coronel, deixarei meu amigo Watson e o senhor e darei uma volta com o inspetor para testar uma ou duas pequenas suposições. Estarei de novo com os senhores em meia hora.

Tinha se passado uma hora e meia, quando o inspetor retornou sozinho.

– O senhor Holmes está andando de um lado para o outro, lá fora, no campo – disse ele. – Ele quer que nós quatro subamos juntos até a casa.

– Até a casa do senhor Cunningham?

– Sim, senhor.

– Para quê?

O inspetor deu de ombros.

– Não sei muito bem, senhor. Cá entre nós, acho que o senhor Holmes ainda não se curou totalmente de sua doença. Ele tem se comportado de maneira muito estranha e está muito ansioso.

– Acho que o senhor não precisa se alarmar – eu disse. – Tenho visto, habitualmente, que há método em suas loucuras.

– Outros diriam que há loucura em seus métodos – murmurou o inspetor. – Mas ele arde de desejo por começar, coronel, de forma que devemos ir, se estão prontos.

Encontramos Holmes andando de um lado para outro no campo, o queixo enterrado no peito e as mãos metidas nos bolsos das calças.

– O assunto se torna interessante – disse ele. – Watson, sua aventura pelo interior revelou-se um acontecimento e tanto. Tive uma manhã encantadora.

– Esteve na cena do crime? – disse o coronel.

– Sim. O inspetor e eu fizemos um pequeno reconhecimento juntos.

– Algum resultado?

– Bem, vimos algumas coisas bastante interessantes. Contarei ao senhor o que fizemos enquanto andamos. Primeiro de tudo, vimos o corpo do infeliz. Certamente morreu de um ferimento a bala, como reportado.

– O senhor tinha duvidado disso, então?

– É bom verificar tudo. Nossa inspeção não foi tempo perdido. Tivemos então uma conversa com o senhor Cunningham e seu filho, que foram capazes de apontar exatamente o local onde o assassino pulou a cerca do jardim em sua fuga. Esse ponto foi de grande interesse.

— Naturalmente.

— Então demos uma olhada na mãe do pobre homem. Não obtivemos nenhuma informação dela, entretanto, já que está muito velha e doente.

— E qual foi o resultado de sua investigação?

— A convicção de que o crime é bastante peculiar. Talvez nossa visita agora possa fazer algo no sentido de que ele se torne menos obscuro. Creio que ambos concordamos, inspetor, que o fragmento de papel na mão do morto, o qual contém a hora exata de sua morte, é de extrema importância.

— Ele deve nos dar uma pista, senhor Holmes.

— Ele nos dá uma pista. Seja quem for que tenha escrito nesse papel, trata-se do homem que tirou William Kirwan de sua cama àquela hora. Mas onde está o resto dele?

— Examinei o chão cuidadosamente, na esperança de encontrá-lo – disse o inspetor.

— Ele foi arrancado da mão do morto. Por que alguém estava tão ansioso por tomar posse dele? Porque o incriminava. E o que ele faria com ele? Colocaria no bolso, muito provavelmente, sem perceber que seu canto tinha ficado entre os dedos do cadáver. Se pudéssemos pegar o resto daquela folha, é óbvio que teríamos feito um grande progresso em direção à solução do mistério.

— Sim, mas como podemos chegar ao bolso do criminoso antes de apanhá-lo?

— Bem, esse é um ponto que merece atenção. Mas há outro ponto óbvio. A nota foi enviada para William. O homem que a escreveu não poderia tê-la entregue, pois do contrário, é claro, ele teria falado, em vez de escrever. Quem então entregou a nota? Ou ela foi enviada pelo correio?

— Fiz investigações – disse o inspetor. – William recebeu uma carta pelo correio da tarde, ontem. O envelope foi destruído por ele.

— Excelente! – gritou Holmes, batendo nas costas do inspetor. – Falou com o carteiro. É um prazer trabalhar com o senhor. Bem, eis a casa, e se subirem conosco, coronel, lhes mostrarei a cena do crime

Passamos a pequena casinha na qual o morto tinha morado e subimos por uma avenida alinhada de carvalhos até a bonita casa do tempo da rainha Anne, que trazia a data de Malplaquet sobre a porta. Holmes e o inspetor levaram-nos ao redor dela, até que chegamos ao portão lateral, que é separado da estrada por um trecho de jardim e uma cerca. Um policial estava de guarda na porta da cozinha.

— Abra a porta, oficial – disse Holmes. – Foi então daquelas escadas que o jovem senhor Cunningham viu dois homens brigando exatamente onde estamos. O velho senhor Cunningham estava na janela – a segunda do lado esquerdo – e viu o homem fugir para a esquerda daquela moita. O filho também viu isso. Estão ambos seguros no que diz respeito à moita. Então o senhor Alec correu para fora e ajoelhou-se ao lado do homem ferido. O chão é bastante duro, como o senhor vê, e não há marcas que possam nos auxiliar. – Enquanto ele falava, dois homens desceram o caminho do jardim, rodeando o canto da casa. Um deles era idoso, com um semblante grave, vincado e olhos profundos; o outro era um jovem impetuoso, cuja expressão brilhante e sorridente e cujos trajes esplêndidos promoviam um estranho contraste com o assunto que ali nos levava.

— Ainda por aqui? – disse ele a Holmes. – Achei que vocês londrinos nunca falhassem. O senhor não me parece tão ligeiro, afinal.

— Ah! Deve dar-nos um tempinho — disse Holmes, bem-humorado.

— Precisará dele — disse o jovem Alec Cunningham —, pois não vejo nenhuma pista.

— Há apenas uma — respondeu o inspetor. — Se pudéssemos pelo menos encontrar... pelos céus, senhor Holmes! O que está havendo?

A face de meu amigo tinha subitamente assumido a mais assustadora expressão. Seus olhos viraram-se para cima, suas feições se contraíram em agonia, e com um gemido sufocado ele caiu com o rosto no chão. Horrorizados com a rapidez e a gravidade do ataque, o carregamos para a cozinha, onde ele se recostou em uma cadeira e respirou pesadamente por alguns minutos. Finalmente, desculpou-se por sua fraqueza, com o rosto vermelho de vergonha, e levantou novamente.

— Watson deve ter lhes dito que acabo de me recuperar de uma grave enfermidade — ele explicou. — Estou sujeito a esses súbitos ataques de nervos.

— Quer que o leve para casa de carro? — perguntou o velho Cunningham.

— Bem, visto que estou aqui, há um ponto sobre o qual gostaria de me certificar. Podemos facilmente verificá-lo.

— O que é?

— Bem, é possível que a chegada deste pobre homem, William, não tenha sido antes, mas depois da entrada do ladrão na casa. Os senhores parecem ter certeza de que, embora a porta tenha sido forçada, o ladrão não entrou.

— Imagino que isso seja óbvio — disse o senhor Cunningham com gravidade —, pois meu filho Alec ainda não tinha ido dormir, e ele certamente ouviria se houvesse alguém na casa.

— Onde ele estava sentado?

— Eu estava fumando em meu quarto de vestir.

— Que janela é a dele?

— A última do lado esquerdo, do lado do quarto de meu pai.

— Ambas as velas estavam acesas, é claro.

— Sem dúvida.

— Há aqui alguns pontos muito singulares — disse Holmes, sorrindo. — Não é extraordinário que um ladrão — e um ladrão com alguma experiência — invada deliberadamente uma casa numa hora em que poderia ver, pelas luzes, que dois membros da família ainda estavam de pé?

— Ele deve ter agido com audácia e frieza.

— Bem, é claro, se o caso não fosse estranho, não seríamos levados a pedir sua ajuda — disse o jovem Alec. — Mas quanto à sua suposição de que o homem tenha roubado a casa antes de William tê-lo atacado, acho que é absurda. Não teríamos encontrado o lugar bagunçado e dado falta das coisas por ele levadas?

— Depende de que coisas fossem — disse Holmes. — Você precisa lembrar que estamos lidando com um ladrão muito peculiar, que parece trabalhar com métodos próprios. Olhe, por exemplo, para as coisas estranhas que ele pegou de Acton. O que eram? Um rolo de barbante, um peso de cartas e não sei que outras bugigangas.

— Bem, estamos inteiramente em suas mãos, senhor Holmes — disse o velho Cunningham. — Tudo o que o senhor ou o inspetor possam sugerir será certamente seguido.

— Em primeiro lugar — disse Holmes —, gostaria de oferecer uma recompensa vinda do senhor mesmo, pois os oficiais podem demorar um pouco até chegarem a um acordo quanto à soma, e essas coisas não são feitas tão prontamente. Rascunhei uma carta aqui, se o senhor não se importa de assiná-la. Cinquenta libras são suficientes, acredito.

– De boa vontade daria quinhentas – disse o juiz de paz, tomando o pedaço de papel e a caneta que Holmes lhe alcançava. – Isso não está muito correto, entretanto – disse ele, olhando o documento.

– Eu o escrevi apressadamente.

– Veja, o senhor começa *cerca de um quarto para a uma, na madrugada de terça-feira, uma tentativa foi feita...* e assim por diante. Foi quinze para a meia-noite, para falar a verdade.

Doeu-me o equívoco, pois sabia o quanto Holmes ressentiria qualquer escorregão daquele tipo. Era a sua especialidade ser exato nos mínimos detalhes, mas sua recente enfermidade tinha mexido com ele, e esse pequeno incidente era o suficiente para me mostrar que ele ainda estava longe de se recuperar. Ele ficou obviamente constrangido por um instante, o inspetor levantou as sobrancelhas, e Alec Cunningham explodiu numa gargalhada. O velho senhor, entretanto, corrigiu o equívoco e alcançou o papel de volta para Holmes.

– Faça com que imprimam o mais breve possível – disse ele. – Penso que sua ideia é excelente.

Holmes guardou cuidadosamente o pedaço de papel em sua agenda.

– E agora – disse ele – seria recomendável darmos juntos uma olhada na casa para ter certeza de que esse ladrão excêntrico realmente não levou nada consigo.

Antes de entrarmos, Holmes examinou a porta que tinha sido forçada. Era evidente que um formão ou uma faca fora enfiado na fechadura, forçando-a para trás. As marcas na madeira eram visíveis.

– Os senhores não usam trancas, então?

– Nunca foi necessário.

– Não têm nenhum cachorro?

– Sim, mas ele está preso do outro lado da casa.

– A que horas os empregados se recolhem?

– Por volta das dez.

– O senhor William também se recolhia normalmente nesse horário?

– Sim.

– É estranho que nessa noite, particularmente, ele tenha ficado acordado. Bem, agora eu ficaria muito grato se pudesse fazer a gentileza de nos mostrar a casa, senhor Cunningham.

Um corredor pavimentado de laje, a partir do qual se ramificavam as cozinhas, levava por uma escada de madeira diretamente ao primeiro andar da casa. Ele ia dar num terraço de frente a uma segunda escada, mais ornamental, que vinha do *hall*. Desse terraço abriam-se o escritório e vários dormitórios, incluindo os do senhor Cunningham e seu filho. Holmes caminhava sem pressa, tomando nota da arquitetura da casa. Eu podia dizer por sua expressão que ele estava seguindo uma pista quente, mas não era capaz minimamente de imaginar em que direção suas inferências o levavam.

– Meu caro – disse o senhor Cunningham, com certa impaciência –, isso é completamente desnecessário, por certo. Aquele é o meu quarto, no final das escadas, e o de meu filho é o que está logo em seguida. Deixo para o senhor julgar se é possível que o ladrão tenha subido aqui sem que percebêssemos.

– O senhor deve buscar em outra parte uma nova pista, imagino – disse o filho com um sorriso malicioso.

– Ainda assim, devo pedir que tenham mais um pouco de paciência. Eu gostaria, por exemplo, de ver o quanto as janelas dos dormitórios dominam a frente. Este, pelo que entendi, é o quarto de seu filho – ele abriu a porta – e aquele, presumo, é o quarto de vestir em que ele fumava quando o incidente ocorreu. Para onde dá a janela daquele quarto? – atravessou o dormitório, abriu a porta e olhou ao redor do outro quarto.

– Espero que esteja satisfeito agora? – disse o senhor Cunningham, de mau humor.

– Obrigado, creio ter visto tudo o que queria.

– Então, se é realmente necessário, podemos ir ao meu quarto.

– Se não for muito incômodo.

O juiz de paz deu de ombros e conduziu-nos ao seu próprio quarto, que era vulgar e de mobília bastante comum. Conforme nos movíamos em direção à janela, Holmes foi ficando para trás até que ele e eu fomos os últimos do grupo. Próximo ao pé da cama havia uma mesinha sobre a qual repousava uma travessa com laranjas e uma garrafa d'água. Ao passar por ali, Holmes, para o meu impronunciável espanto, abaixou-se na minha frente e deliberadamente derrubou tudo. A garrafa espatifou-se em mil pedaços, e as frutas rolaram para todos os cantos do quarto.

– Veja o que conseguiu, Watson! – disse ele, friamente. – Olhe para a sujeira que fez no tapete.

Parei, confuso, e comecei a pegar as frutas, entendendo que, por alguma razão, meu companheiro queria que eu assumisse a culpa em seu lugar. Os outros fizeram o mesmo e colocaram a mesa novamente em pé.

– Oh! – disse o inspetor. – Onde foi ele?

Holmes tinha desaparecido.

– Esperem aqui um instante – disse o jovem Alec Cunningham. – O homem está fora de si. Venha comigo, pai, vejamos aonde foi!

Eles correram para fora do quarto, deixando o inspetor, o coronel e eu olhando um para o outro, espantados.

– Estou inclinado a concordar com o senhor Alec – disse o oficial. – Pode ser o efeito da doença, mas me parece que...

Suas palavras foram cortadas por um súbito grito de "socorro! socorro! assassino!". Com um estremecimento, reconheci a voz como sendo a de meu amigo. Disparei enlouquecido do quarto para o patamar. Os gritos, que tinham sido afogados num berreiro rouco e inarticulado, vinham do quarto em que tínhamos entrado primeiro. Precipitei-me para ele, e então para o quarto de vestir, mais adiante. Os dois Cunningham estavam inclinados sobre a figura prostrada de Sherlock Holmes, o mais jovem apertando sua garganta com ambas as mãos, enquanto o mais velho lhe torcia um dos pulsos. Em um instante, nós os afastamos dele, e Holmes cambaleou para frente, muito pálido e sem dúvida terrivelmente exausto.

– Prenda esses homens, inspetor – arfou.

– Sob que acusação?

– A de matar o cocheiro, William Kirwan.

O inspetor olhou fixamente para ele, confuso.

– Ora, por favor, senhor Holmes – disse ele, por fim –, tenho certeza de que o senhor realmente não tem a intenção de...

– Basta! Olhe para a expressão deles! – gritou Holmes, secamente.

Nunca, era certo, tinha eu visto uma confissão mais manifesta de culpa no semblante de alguém. O mais velho tinha um ar entorpecido e pasmo, com uma expressão pesada e abatida sobre o rosto vincado. O filho, por outro lado, abandonara toda a altivez e impetuosidade que o caracterizavam, e a ferocidade de um animal selvagem e perigoso brilhava no preto de seus olhos e desfigurava sua bela fisionomia. O inspetor nada disse, mas, dirigindo-se para a porta, soprou o apito. Dois de seus policiais atenderam ao chamado.

– Não tenho alternativa, senhor Cunningham – disse ele. – Acredito que tudo isso se revele um terrível engano, mas o senhor pode ver que... Ah, o senhor ousaria? Largue-o! – deu um golpe com a mão, e o revólver cujo gatilho o homem mais jovem estava prestes a puxar retiniu no piso.

– Guarde-o – disse Holmes, pisando calmamente sobre ele. – Será útil no julgamento. Mas é isso o que ele realmente queria. – E nos exibiu um pedaço amarrotado de papel.

– O restante da folha! – gritou o inspetor.

– Precisamente.

– E onde estava?

– Onde eu tinha certeza de que deveria estar. Esclarecerei ao senhor tudo agora mesmo. Creio, coronel, que o senhor e Watson podem retornar agora, e estarei com vocês novamente em uma hora no máximo. O inspetor e eu precisamos ter uma conversa com os prisioneiros, mas o senhor certamente me verá na hora do almoço.

Sherlock Holmes cumpriu sua palavra, pois cerca de uma hora depois nos reencontrou na sala de fumar do coronel. Estava acompanhado por um cavalheiro pequeno e idoso, que foi apresentado a mim como sendo o senhor Acton, cuja casa fora a cena do roubo original.

– Gostaria que o senhor Acton estivesse presente, no momento em que demonstro esse pequeno caso a vocês – disse Holmes –, pois é natural que ele tenha um vivo interesse pelos detalhes. Temo, meu caro coronel, que o senhor lamente a hora em que acolheu um causador de problemas como eu.

– Pelo contrário – respondeu o coronel calorosamente –, considero um grande privilégio ter tido a oportunidade de estudar seus métodos de trabalho. Confesso que eles ultrapassaram completamente minhas expectativas e que sou totalmente incapaz de explicar como o senhor chegou a um resultado. Até agora não vi nenhum vestígio de pista.

– Temo que minha explicação possa desiludi-lo, mas sempre tive o hábito de não ocultar meus métodos, seja de meu amigo Watson, seja de qualquer um que possa ter um interesse inteligente neles. Mas, primeiro, como estou bastante agitado pelo golpe que sofri no quarto de vestir, creio que um trago do seu conhaque deve me fazer bem, coronel. Minhas forças têm sido postas à prova.

– Espero que você não tenha tido mais daqueles ataques de nervos.

Sherlock Holmes riu calorosamente.

– Voltaremos a isso em um momento – disse ele. – Vou lhe expor um resumo do caso em sua devida ordem, mostrando os vários pontos que guiaram minha investigação. Por favor, interrompa-me caso haja alguma inferência que não lhe pareça perfeitamente clara.

"É da maior importância na arte da investigação criminal ter a habilidade de reconhecer, a partir de vários fatos, quais são incidentais e quais são vitais. De outro modo, sua energia e sua atenção podem ser dissipadas em vez de concentradas. Com relação a este caso, nunca tive a menor dúvida de que a chave para o mistério deveria ser procurada na tira de papel que segurava o moribundo.

"Antes de entrar nesse ponto, chamarei a atenção dos senhores para o fato de que, se o relato de Alec Cunningham estivesse correto, e se o assaltante, depois de alvejar William Kirwan, tivesse em seguida fugido, então ele não poderia obviamente ter arrancado o papel da mão do morto. Mas se não fora ele, devia ter sido o próprio Alec Cunningham, pois, na hora em que o velho desceu, vários empregados presenciavam a cena. O ponto é simples, mas o inspetor o ignorou porque partiu da suposição de que esses magnatas do mundo rural não tinham nada que ver com o assunto. No que me diz respeito, faço questão de não ter preconceitos e de seguir docemente qualquer fato que me oriente. Assim, no primeiro estágio da investigação, já comecei a me perguntar qual o papel desempenhado pelo senhor Alec Cunningham no crime.

"Examinei, então, detidamente o canto da folha que o inspetor tinha nos mostrado. Ficou claro, no primeiro momento, que ele fazia parte de um documento bastante representativo. Aqui está. Não notam algo muito sugestivo nele?"

– Tem uma aparência bastante irregular – disse o coronel.

– Meu caro senhor – gritou Holmes –, não resta a menor dúvida de que ele foi redigido por duas pessoas escrevendo palavras alternadas. Basta que prestem atenção nos fortes *tês* das palavras *quarto* e *meia-noite* e os comparem com o fraco de *quanto*, para instantaneamente reconhecerem o fato. Uma análise breve dessas palavras lhes permitiria dizer com total segurança que o *verá* e o *pode ser* foram escritos pela mão forte, e o *para a*, pela mão fraca.

– Por Júpiter! É tão claro quanto o dia! – gritou o coronel. – Por que motivo dois homens escreveriam desse jeito uma carta?

– Obviamente, tratava-se de algo sujo, e um dos homens, que desconfiava do outro, estava determinado a, seja lá o que acontecesse, dividir a responsabilidade igualmente entre ambos. Agora, dos dois homens, é claro que o que escreveu *o quarto* e *a meia-noite* era o cabeça da história.

– Como descobriu isso?

– Podemos deduzir do caráter de uma das mãos comparado com o caráter da outra. Mas temos razões mais fortes do que essa para supor isso. Se o senhor examinar essa tira com atenção, chegará à conclusão de que o homem com a mão forte escreveu primeiro todas as suas palavras, deixando espaços em branco para serem preenchidos pelo outro. Esses espaços nem sempre foram suficientes, e o senhor pode ver que o segundo homem quase não teve onde colocar o seu *para a* entre *quarto* e *a meia-noite*, o que prova que a carta já tinha sido escrita. O homem que escreveu todas as suas palavras primeiro é, sem dúvida, o homem que planejava o caso.

– Excelente! – gritou o senhor Acton.

– Mas bastante superficial – disse Holmes. – Chegamos, entretanto, a um ponto importante. Os senhores devem saber que a dedução da idade de um homem a partir de seus escritos é algo que tem sido feito com uma considerável exatidão por especialistas. Em casos normais, é possível colocar o homem em sua exata década com uma confiança tolerável. Digo em casos normais, porque a doença e a fraqueza reproduzem os sinais da velhice, mesmo quando o inválido é jovem. No caso presente, olhando para a mão forte e decidida do primeiro e para a aparência insegura da mão do outro, cuja escrita se mantém ainda legível embora os tês tenham começado a perder a força, podemos dizer que o primeiro era um jovem e que o outro tinha idade avançada, sem ser exatamente um decrépito.

– Excelente! – gritou novamente o senhor Acton.

– Há um último ponto, entretanto, que é mais sutil e de grande interesse. Há algo em comum entre essas mãos.

Elas pertencem a homens que são parentes consanguíneos. Isso lhes parecerá óbvio por causa dos esses, mas para mim há muitos pequenos pontos que indicam a mesma coisa. Não tenho nenhuma dúvida de que um maneirismo de família possa ser traçado nesses dois espécimes de escrita. Estou apenas, é claro, dando-lhes os principais resultados do exame que fiz do papel. Há 23 outras deduções que seriam de mais interesse para especialistas do que para os senhores. Todas elas tendem a dar mais peso à suposição que eu tinha de que os Cunninghams, pai e filho, haviam escrito essa carta.

"Tendo chegado tão longe, meu próximo passo era, claro, examinar os detalhes do crime e ver o quanto poderiam nos ajudar. Subi até a casa com o inspetor e vi tudo o que podia ser visto. A ferida no morto fora, como pude determinar com absoluta certeza, feita pelo tiro de um revólver a uma distância de um pouco mais de quatro metros. Não havia marca de pólvora nas roupas. Evidentemente, portanto, Alec Cunningham mentira ao dizer que os dois homens estavam lutando quando o tiro foi disparado. Mais uma vez, tanto o pai quanto o filho concordavam quanto ao exato local a partir do qual o homem fugira para a estrada. Existe naquele local, entretanto, uma poça com lama no fundo. Como não havia marcas de pegadas ao redor da grande poça, eu estava absolutamente convicto não apenas de que os Cunninghams tinham mais uma vez mentido, mas de que nenhum homem desconhecido estivera ali.

"E então tive de considerar o motivo desse crime singular. Para chegar a isso, tratei primeiro de descobrir a razão do roubo na casa do senhor Acton. Eu sabia, por algo que nos tinha dito o coronel, que uma questão judicial corria entre o senhor, sr. Acton, e os Cunninghams.

É claro, ocorreu-me instantaneamente que eles tinham invadido sua biblioteca com a intenção de pegar algum documento que poderia ser de importância para o caso."

– Precisamente isso – disse o senhor Acton. – Não há dúvida quanto às suas intenções. Tenho o mais legítimo direito sobre metade de suas propriedades, e se eles pudessem encontrar um pequeno papel que, por sorte, está no cofre dos meus advogados, teriam invalidado nosso caso.

– Aí está! – disse Holmes, sorrindo. – Foi uma tentativa perigosa e temerária, na qual vislumbro a influência do jovem Alec. Não tendo encontrado nada, tentaram desviar a suspeita fazendo com que parecesse se tratar de um roubo comum, e levaram tudo em que puderam pôr as mãos. Isso é bastante claro, mas muitas coisas ainda eram obscuras. O que eu queria, acima de tudo, era a parte que faltava da nota. Eu estava convicto de que Alec a tinha arrancado da mão do morto, e quase convicto de que ele a tinha metido no bolso do seu roupão. Onde mais a teria posto? A única questão era se ainda estava lá. Era válido um esforço no sentido de descobrir isso, e, com esse objetivo, fomos todos até a casa.

"Os Cunninghams se juntaram a nós, como sem dúvida os senhores lembram, do lado de fora da cozinha. Era da maior importância, é claro, que eles não fossem lembrados da existência desse papel, de outra forma iriam destruí-lo sem demora. O inspetor estava quase lhes contando sobre a importância que dávamos a ele quando, pela maior sorte do mundo, caí numa espécie de desmaio e acabei mudando o rumo da conversa."

– Pelos céus! – gritou o coronel, sorrindo –, o senhor quer dizer que nossa compaixão era injustificada e que seu desmaio foi uma impostura?

— Em termos profissionais, foi um feito admirável – disse eu, olhando surpreso para o homem que iria sempre me confundir com alguma nova faceta de sua astúcia.

— Trata-se de uma habilidade muitas vezes útil – disse ele. – Quando me recuperei, tratei, por meio de um artifício um pouco ingênuo talvez, de fazer com que o velho Cunningham escrevesse a palavra *meia-noite*, de forma que eu pudesse compará-la com a *meia-noite* da nota.

— Que asno fui! – exclamei.

— Posso ver que se apiedou de minha fraqueza – disse Holmes, sorrindo. – Peço desculpas por causar--lhe a comoção que sei que sentiu. Subimos as escadas juntos então e, tendo entrado no quarto e visto o roupão dependurado atrás da porta, dei um jeito de derrubar uma mesa e distrair sua atenção por um momento, desaparecendo para o quarto a fim de examinar os bolsos. Entretanto, eu tinha acabado de pegar o papel – que estava, conforme eu esperava, em um dos bolsos do roupão –, quando os dois pularam sobre mim, e iriam, acredito piamente, me assassinar naquela hora e naquele lugar se não fosse por sua pronta e amistosa ajuda. Sinto ainda agora os dedos do jovem em minha garganta, e o pai torceu-me o pulso na tentativa de pegar o papel de minha mão. Viram que eu saberia de tudo, e a mudança súbita da absoluta segurança para o completo desespero os fez perder a cabeça.

"Tive uma pequena conversa com o velho Cunningham, depois disso, quanto ao motivo do crime. Ele foi suficientemente educado, embora seu filho estivesse como um perfeito demônio, pronto para explodir seus próprios miolos ou os de qualquer outro se tivesse o seu revólver na mão. Quando Cunningham viu que as acusações contra ele eram pesadas, perdeu o ânimo e fez uma confissão completa de tudo. Parece que William tinha seguido secretamente os patrões na noite em que eles tinham feito sua incursão na casa do senhor Acton e passou a chantageá-los, ameaçando contar tudo. O senhor Alec, entretanto, era um homem perigoso para um jogo desse tipo. Foi um golpe genial de sua parte ver no medo de roubo que estava convulsionando o interior uma boa oportunidade de se livrar do homem que ele temia. William caiu na armadilha e foi morto, e se eles tivessem conseguido se apoderar de toda a nota e tivesse prestado mais atenção nos detalhes, é bem possível que nenhuma suspeita se levantasse.

– E a nota? – perguntei.

Sherlock Holmes colocou o papel diante de nós.

> Se você vier um quarto para a meia-noite ao portão oriental, verá quanta surpresa o espera, e isto pode ser de muito valor para você e também para Annie Morrison. Mas não diga nada a ninguém sobre o assunto.

– É exatamente o tipo de coisa que eu esperava – disse ele. – É claro, ainda não sabemos que relações podem ter havido entre Alec Cunningham, William Kirwan e Annie Morrison. O resultado mostra que a ratoeira foi habilmente armada. Estou certo de que não deixarão de se deleitar com os traços de hereditariedade mostrados nas letras *p* e *g*. A ausência dos pingos nos *is* na escrita do homem maduro é bastante característica. Watson, creio que nosso tranquilo descanso no interior foi um distinto sucesso, e devo certamente voltar bastante fortalecido a Baker Street amanhã.

# O CORCUNDA

Numa noite de verão, alguns meses depois do meu casamento, eu estava sentado perto da lareira, fumando um último cachimbo e cochilando sobre um romance, pois meu dia de trabalho tinha sido exaustivo. Minha mulher já tinha subido, e o som da tranca da porta do *hall* alguns momentos depois informou-me que os empregados também tinham se recolhido. Levantei de minha poltrona e estava despejando as cinzas do cachimbo quando subitamente ouvi o toque da campainha.

Olhei para o relógio. Eram quinze para a meia-noite. Não poderia ser um visitante tão tarde. Um paciente, com certeza, e possivelmente uma noite inteira sentado. Franzindo o cenho, fui até o *hall* e abri a porta. Para meu espanto, era Sherlock Holmes que estava no alpendre.

– Ah, Watson! – disse ele. – Espero não ser muito tarde para incomodá-lo.

– Caro amigo, por favor, entre.

– Você parece surpreso, e não é para menos! Aliviado também, imagino! Hum! Você ainda fuma a mistura Arcádia dos seus dias de solteiro, então! Não há como se enganar com a cinza no seu paletó. É fácil dizer que você se acostumou a usar um uniforme, Watson. Você jamais passará por um verdadeiro civil enquanto mantiver o hábito de carregar um lenço na manga. Pode alojar-me esta noite?

– Com prazer.

– Você tinha me dito que tinha quartos de solteiro, e vejo que nenhum cavalheiro lhe visita no momento. Seu porta-chapéus o atesta.

– Ficarei feliz em acolhê-lo.

– Obrigado. Vou ocupar o cabide vazio, então. É uma pena constatar que um operário britânico esteve por aqui. É um mau sinal. Nada com o esgoto, espero.

– Não, o gás.

– Ah! Ele deixou duas marquinhas de suas botas sobre o linóleo, exatamente onde reflete a luz. Não, obrigado, já ceei na estação Waterloo, mas fumarei com prazer um cachimbo com você.

Estendi a ele minha tabaqueira, e ele se sentou na minha frente e fumou por algum tempo em silêncio. Eu estava consciente de que nada senão alguma questão importante o teria trazido até mim numa tal hora, então esperei pacientemente até que ele tocasse no assunto.

– Vejo que está muito ocupado neste momento – disse ele, olhando vivamente para mim.

– Sim, tive um dia cheio – respondi. – Pode parecer muito tolo a seus olhos – acrescentei –, mas realmente não sei como deduziu isso.

Holmes divertiu-se.

– Tenho a vantagem de conhecer seus hábitos, meu caro Watson – disse ele. – Quando suas visitas são curtas, você vai a pé, e quando são longas, você usa um coche. Como percebo que suas botas, embora usadas, não estão nada sujas, não posso duvidar de que você anda ocupado o suficiente para justificar o uso do coche.

– Excelente! – gritei.

– Elementar – disse ele. – Esse é um daqueles exemplos em que aquele que pensa produz um efeito notável em seus vizinhos, por que estes deixaram passar um pequeno ponto que é a base da dedução. O mesmo pode ser dito, caro amigo, do efeito de alguns desses seus pequenos relatos, que é esmagador, já que você retém em suas mãos alguns fatos do problema que nunca são compartilhados com o leitor. No momento, estou na posição desses mesmos leitores, pois trago comigo diversas linhas de um dos casos mais estranhos já visto por um homem, e por outro lado me faltam uma ou duas linhas que são necessárias para completar minha teoria. Mas as terei, Watson! – Seus olhos inflamaram-se, e um leve rubor tomou conta de seu rosto. Por um instante, tinha se elevado o véu que cobria sua natureza viva e intensa, mas somente por um instante. Quando me voltei de novo para ele, seu rosto tinha assumido mais uma vez aquela impassividade de pele-vermelha que fazia com que tantos o olhassem como uma máquina mais do que como um homem.

– O problema apresenta aspectos interessantes – disse ele. – Devo mesmo dizer aspectos excepcionalmente interessantes. Já refleti sobre o caso, e cheguei, acredito, a uma solução. Se você puder me acompanhar no último passo, será de considerável utilidade para mim.

– Será um prazer.

– Você pode ir até Aldershot, amanhã?

– Tenho certeza de que Jackson se encarregaria de meus clientes.

– Muito bem. Quero partir de Waterloo às 11h10.

– Isso me daria tempo.

– Então, se não está com muito sono, vou fazer-lhe um esboço do ocorrido, e do que resta a ser feito.

– Estava com sono antes de você chegar. Agora estou completamente desperto.

– Tentarei resumir a história o máximo possível sem omitir nada vital ao caso. É possível que você já tenha até mesmo lido algum relato do assunto. Estou investigando o suposto assassinato do coronel Barclay, dos Royal Munsters, em Aldershot.

– Não ouvi nada sobre isso.

– Ainda não atraiu muita atenção, exceto localmente. Aconteceu há apenas dois dias. Em resumo, foi o seguinte:

"Os Royal Munsters são, como você sabe, um dos regimentos irlandeses mais famosos do exército britânico. Fizeram maravilhas tanto na Crimeia quanto no Mutiny\*, e têm desde aquele tempo se destacado em todas as ocasiões. Eram comandados até segunda-feira à noite por James Barclay, um valoroso veterano, que começou como soldado raso, foi elevado a oficial por sua bravura no tempo do Mutiny, e assim viveu comandando o regimento em que tinha uma vez carregado um mosquetão.

"O coronel Barclay tinha se casado na época em que era sargento, e sua esposa, cujo nome de solteira era Nancy Devoy, era filha de um antigo sargento do mesmo batalhão. Houve assim, como se pode imaginar, um certo atrito social quando o jovem casal (pois eram ainda jovens) entrou nesse novo ambiente. Entretanto, parece que rapidamente se adaptaram, e a senhora Barclay foi sempre, pelo que sei, popular entre as senhoras do regimento, assim como seu marido com seus colegas oficiais. Posso acrescentar que ela era uma mulher de grande beleza, e que mesmo agora, quando já faz mais de trinta anos que está casada, tem ainda uma aparência surpreendente e majestosa.

"A vida de família do coronel Barclay parece ter sido feliz. O major Murphy, que me pôs a par dos fatos, assegura que nunca se ouviu falar de qualquer desenten-

---

\* Episódio de rebelião indiana contra o domínio inglês ocorrido em 1857. (N.E.)

dimento entre o casal. Ele acha que a devoção de Barclay por sua esposa era maior do que a da dela por ele. Ficava terrivelmente inquieto caso se afastasse dela por um dia. Por outro lado, embora devotada e fiel, ela era menos abertamente afeiçoada. Mas eram vistos no regimento como o verdadeiro modelo de casal de meia-idade. Não havia nada em seu relacionamento que pudesse preparar as pessoas para a tragédia que estava por vir.

"O coronel Barclay tinha alguns traços singulares de caráter. Ele era um soldado jovial e impetuoso habitualmente, mas havia ocasiões em que ele se mostrava capaz de considerável violência. Esse lado de seu temperamento, entretanto, parece nunca ter se revelado contra sua mulher. Outro fato que surpreendia o major Murphy e três de outros cinco oficiais com quem conversei era a depressão em que por vezes ele caía. Como disse o major, o sorriso muitas vezes lhe desaparecia do rosto, como se levado por uma mão invisível, quando se divertiam na mesa do quartel. Por dias a fio, quando lhe sobrevinha a crise, ficava mergulhado na mais profunda escuridão. Isso e um certo laivo de superstição eram os únicos traços fora do comum observados em seu caráter por seus irmãos oficiais. A última peculiaridade era o desprazer de ser deixado sozinho, especialmente à noite. Essa característica pueril numa natureza que era conspicuamente varonil dera muito espaço a comentários e conjecturas.

"O primeiro batalhão dos Royal Munsters (que é o antigo 117º) estacionou em Aldershot há alguns anos. Os oficiais casados moram fora do quartel, e o coronel tem ocupado durante todo esse tempo uma casa de campo chamada Lachine, a cerca de oitocentos metros do campo norte. A casa está localizada em um bom terreno, mas o seu lado oeste não está a mais do que cerca de trinta metros da estrada. Um cocheiro e duas criadas formam o quadro dos empregados. Junto com o patrão e a patroa, são os únicos ocupantes de Lachine, pois os Barclays não têm filhos, nem é comum que recebam visitas.

"Agora, vejamos quanto aos eventos em Lachine, entre nove e dez da noite da última segunda.

"A senhora Barclay era, parece, membro da Igreja Católica Romana e envolveu-se bastante no estabelecimento do Grêmio de São Jorge, que se formou em conexão com a capela da Watt Street com o propósito de fornecer roupas usadas aos pobres. Um encontro do Grêmio tinha ocorrido naquela noite pelas oito horas, e a senhora Barclay jantara às pressas para poder estar presente. Ao deixar a casa, o cocheiro ouviu-a fazer alguma observação usual ao marido e garantir que não demoraria a voltar. Ela chamou então a senhorita Morrison, uma jovem que vive na casa ao lado, e as duas saíram para o encontro. O encontro durou quarenta minutos, e às 9h15 a senhora Barclay retornou à residência, tendo deixado a senhorita Morrison em casa no caminho.

"Há uma peça que é usada como sala matinal em Lachine. Está de frente para a estrada e tem uma ampla porta de vidro que dá para o jardim. O jardim tem cerca de trinta metros de largura e é separado da estrada por um pequeno muro com uma grade de ferro em cima. A senhora Barclay dirigiu-se a essa sala depois que voltou. As cortinas não estavam baixadas, pois a sala raramente era usada à noite, mas a senhora Barclay acendeu a lâmpada e então tocou a campainha, pedindo que Jane Stewart, a criada, lhe trouxesse uma xícara de chá, o que estava em completa contradição com seus hábitos. O coronel estava sentado na sala de jantar, mas, ao ouvir que sua esposa havia retornado, foi até ela na sala matinal. O cocheiro o viu atravessar o *hall* e entrar lá. Nunca mais foi visto vivo.

"O chá que tinha sido pedido fora levado em dez minutos; mas a criada, ao aproximar-se da porta, surpreendeu-se ao ouvir as vozes de seu patrão e patroa numa altercação furiosa. Ela bateu na porta sem receber qualquer resposta, e inclusive torceu a maçaneta, mas viu que a porta estava trancada por dentro. Naturalmente, ela desceu correndo para informar a cozinheira, e as duas mulheres, junto com o cocheiro, subiram ao *hall* e escutaram a discussão que prosseguia. Todos concordaram que só havia duas vozes, de Barclay e de sua esposa. As observações de Barclay eram contidas e abruptas, de forma que não era possível escutá-las. As da senhora, por outro lado, eram as mais amargas, e, quando ela levantava a voz, podia-se ouvi-las claramente. 'Covarde!', repetiu ela várias vezes. 'O que se pode fazer agora? O que se pode fazer agora? Devolva a minha vida. Nunca mais respirarei o mesmo ar que você! Covarde! Covarde!' Esses eram fragmentos da conversa, que terminou num súbito grito de pavor dado pelo homem, seguido do som de uma queda e do grito cortante da mulher. Convencido de que uma tragédia tinha ocorrido, o cocheiro abalou-se para a porta e forçou-a, enquanto gritos vinham de dentro. Ele foi incapaz, entretanto, de abri-la, e as criadas estavam muito assustadas para poder ajudá-lo. Um pensamento repentino lhe ocorreu, entretanto, e ele voou pela porta do *hall* fazendo a volta pelo jardim para o qual se abria a ampla janela francesa. Um lado da janela estava aberto, o que entendo ser natural no verão, e ele entrou sem dificuldade na sala. Sua patroa tinha parado de gritar e estava estirada e imóvel num canapé, enquanto, com o pé sobre o lado de uma poltrona e a cabeça no chão, próxima ao canto de um guarda-fogo, estava caído o infeliz soldado, morto como pedra numa poça de sangue.

"Naturalmente, o primeiro pensamento do cocheiro, ao ver que nada poderia fazer por seu patrão, foi abrir a porta. Mas aqui apresentou-se uma dificuldade inesperada. A chave não estava no lado de dentro da porta, nem pôde encontrá-la em lugar algum da peça. Ele saiu novamente, portanto, pela janela e, pedindo a ajuda de um policial e de um médico, retornou. A senhora, contra quem naturalmente caía a mais forte suspeita, foi levada para o quarto, ainda desfalecida. O corpo do coronel foi colocado sobre o sofá, e um cuidadoso exame foi feito na cena da tragédia.

"O ferimento do qual o infeliz veterano tinha padecido era um corte profundo de algumas polegadas na parte de trás da cabeça, o qual fora evidentemente causado por um violento golpe de um objeto não cortante. Também não foi difícil adivinhar que arma poderia ter sido. Sobre o chão, próximo ao corpo, estava caído um pesado e singular bastão de madeira e com um cabo de osso. O coronel possuía uma variada coleção de armas trazidas de diferentes países em que ele tinha lutado, e a polícia crê que esse bastão estava entre seus troféus. Os empregados negam tê-lo visto antes, mas, entre as numerosas curiosidades que existem na casa, é possível que ele tenha passado despercebido. Nada mais de importante foi descoberto no local, exceto o fato inexplicável de que nem com a senhora Barclay, nem com a vítima, nem em parte alguma da sala foi encontrada a chave desaparecida. A porta teve de ser aberta por um chaveiro de Aldershot.

"Esse era o estado das coisas, Watson, quando, na terça-feira de manhã, a pedido do major Murphy, desci até Aldershot para suplementar os esforços da polícia. Você há de admitir que o problema já era interessante, mas minhas observações logo me fizeram perceber que ele era muito mais extraordinário do que parecia à primeira vista.

"Antes de examinar a sala, interpelei os empregados, mas só obtive o relato que já referi. Um outro detalhe interessante foi lembrado por Jane Stewart, a caseira. Você lembra que, ao ouvir o som da briga, ela desceu e retornou junto com os outros empregados. No início, quando ainda estava sozinha, ela disse que as vozes de seu patrão e de sua patroa estavam tão baixas que dificilmente as ouvia, e foi antes pelo tom com que se dirigiam do que pelas palavras que pronunciavam que ela percebeu que estavam se desentendendo. Ao pressioná-la, entretanto, lembrou-se de ter ouvido uma ou duas vezes a palavra 'David' dita pela senhora. O ponto é da maior importância para nos dar o motivo da súbita discussão. O nome do coronel, você lembra, é James.

"Há uma coisa no caso que deixou a mais profunda impressão, tanto nos empregados quanto na polícia. Trata-se da contorção no rosto do coronel. De acordo com o relato deles, era a expressão mais terrível de medo e horror que um semblante humano é capaz de assumir. Mais de uma pessoa desfaleceu pelo simples fato de olhá-lo, tão medonho era o efeito. É certo que ele anteviu seu fim, e que isso lhe causou o maior horror. Isso, é claro, se encaixaria muito bem com a teoria da polícia, se o coronel tivesse visto sua mulher atacando-o mortalmente. Também não seria uma objeção fatal o fato de o golpe ter sido desferido na parte de trás da cabeça, já que ele poderia ter se virado para evitar o ataque. Não foi possível obter nenhuma informação da própria senhora, que está temporariamente insana por causa de um ataque agudo de febre cerebral.

"Da polícia, soube que a senhorita Morrison, que como você se lembra tinha saído aquela tarde com a senhora Barclay, negava ter conhecimento do que quer que fosse que tivesse causado o mau humor com o qual sua amiga voltara para casa.

"Tendo reunido esses fatos, Watson, fumei diversos cachimbos, tentando separar o que era crucial do que era apenas incidental. Não havia dúvida de que o ponto mais distinto e sugestivo no caso era o desaparecimento da chave. Uma busca cuidadosa fora incapaz de encontrá-la na sala. Portanto, ela fora levada dali. Mas nem o coronel nem a sua mulher poderiam tê-la pegado. Isso é claro. Portanto, uma terceira pessoa teria entrado na sala. E essa terceira pessoa só poderia ter entrado pela janela. Parecia-me que um exame cuidadoso da sala e do jardim possivelmente revelaria alguns traços desse indivíduo misterioso. Você conhece meus métodos, Watson. Não houve nenhum deles que eu não tivesse aplicado à investigação. E acabou que descobri indícios, mas muito diferentes daqueles que eu esperava descobrir. Um homem tinha estado na sala e atravessara o jardim vindo da estrada. Eu obtive cinco impressões muito claras de suas pegadas: uma na estrada, no ponto em que ele tinha pulado o pequeno muro, duas no jardim e duas muito fracas sobre as tábuas manchadas, perto da janela por onde entrou. Ele tinha aparentemente corrido pelo jardim, pois as marcas dos dedos dos pés eram muito mais profundas do que as dos calcanhares. Mas não foi o homem que me surpreendeu. Foi o seu companheiro."

– Seu companheiro!

Holmes puxou uma grande folha de papel de seda do bolso e abriu-a cuidadosamente sobre os joelhos.

– O que você acha disto? – perguntou.

O papel estava coberto com as pegadas de algum pequeno animal. Ele tinha cinco rastros bem marcados, uma indicação de unhas compridas, e tudo isso devia ser quase do tamanho de uma colher de sobremesa.

– É um cão – disse eu.

– Já ouviu falar de um cão subindo por cortinas? Encontrei indícios bem claros de que essa criatura fez isso.

– Um macaco, então?

– Mas essa não é a pegada de um macaco.

– O que pode ser, então?

– Nem cão, nem gato, nem macaco, nem nenhuma criatura com a qual tenhamos familiaridade. Tentei reconstruí-lo a partir de suas medidas. Aqui estão quatro impressões de onde o animal esteve parado. Você pode ver que não tem menos do que quarenta centímetros das patas dianteiras às traseiras. Acrescente a isso o comprimento do pescoço e da cabeça, e você terá uma criatura não muito menor do que cinquenta centímetros de comprimento – provavelmente maior se houver uma cauda. Mas agora observe isto. O animal estava se movendo, e temos o tamanho de suas passadas. Em todas é apenas de sete centímetros e meio. Você tem a indicação, como pode ver, de um corpo longo com patas muito pequenas em relação a ele. O bicho não foi gentil o suficiente conosco para deixar algum pelo atrás de si. Mas o seu tamanho deve ser aquele que indiquei, ele é capaz de escalar uma cortina e é carnívoro.

– Como você deduz isso?

– Porque subiu a cortina. A gaiola de um canário estava dependurada na janela, e seu objetivo parece ter sido alcançar o pássaro.

– Então que bicho é esse?

— Ah, se eu pudesse dar-lhe um nome teria feito muito progresso na solução do caso. Levando tudo em conta, era provavelmente uma criatura da espécie da doninha ou arminho – no entanto, é maior do que qualquer um que eu já tenha visto.

— Mas o que tem ele a ver com o crime?

— Isso também ainda é obscuro. Mas descobrimos muita coisa, você pode perceber. Sabemos que um homem esteve na estrada observando a discussão entre os Barclays – as cortinas estavam levantadas, e a sala, iluminada. Sabemos também que ele correu pelo jardim, entrou na sala, acompanhado por um estranho animal, e que ou golpeou o coronel ou, o que é igualmente possível, o coronel caiu de susto ao vê-lo e bateu a cabeça no canto do guarda-fogo. Por fim, temos o fato curioso de que o intruso levou a chave consigo quando saiu.

— Suas descobertas parecem ter deixado o negócio ainda mais obscuro do que era antes – eu disse.

— Totalmente correto. Elas sem dúvida mostram que o ocorrido foi muito mais profundo do que se pensou inicialmente. Refleti sobre tudo e cheguei à conclusão de que devo abordar o caso por outro ângulo. Mas, agora, Watson, estou mantendo-o acordado, e posso muito bem contar-lhe tudo isso durante nossa ida para Aldershot amanhã.

— Obrigado, mas você foi longe demais para parar.

— É certo que, quando a senhora Barclay deixou a casa às sete e meia, ela estava de bem com o marido. Como creio ter mencionado, ela nunca demonstrava ostensivamente sua afeição, mas o cocheiro a viu conversar com o coronel amigavelmente. É também certo que, logo após seu retorno, ela foi à peça em que com menos probabilidade encontraria o marido, pediu um chá como faria uma mulher nervosa e, finalmente, quando ele se dirigiu a ela, explodiu em recriminações violentas. Assim, ocorreu algo entre as sete e meia e as nove horas que alterou completamente seus sentimentos com relação a ele. Mas a senhorita Morrison esteve com ela durante aquela hora e meia. Seria absolutamente certo, portanto, que ela soubesse algo, embora negue.

"Minha primeira conjectura foi a de que tivesse havido algumas trocas de confidências entre essa jovem senhorita e o velho soldado, as quais ela tivesse agora confessado à esposa. Isso explicaria o retorno raivoso e também a negativa da moça de que algo tivesse ocorrido. Nem seria isso inteiramente incompatível com a maioria das palavras ouvidas. Mas havia a referência ao nome David e a conhecida afeição do coronel por sua esposa pesando contra isso, para não falar da trágica intrusão do outro homem, que poderia, é claro, não ter absolutamente nenhuma relação com o que tinha ocorrido antes. Não era fácil seguir todos os passos, mas eu estava inclinado a desfazer-me da ideia de que tivesse ocorrido algo entre o coronel e a senhorita Morrison. No entanto, mais do que nunca, estava convencido de que a jovem senhorita detinha a pista sobre o que levara a senhora Barclay a odiar o marido. Tomei, portanto, a atitude óbvia de ir atrás da senhorita Morrison, explicar a ela que eu estava completamente seguro de que ela conhecia os fatos e assegurar-lhe de que sua amiga, a senhora Barclay, poderia acabar no banco dos réus sob uma acusação de homicídio, a menos que o assunto fosse esclarecido.

"A senhorita Morrison é uma jovenzinha etérea, loira e de olhos tímidos, mas não lhe falta, de modo algum, perspicácia e bom senso. Ela se sentou pensativa por algum tempo, depois de eu ter falado, e então, voltando-se para mim com um ar de resolução, irrompeu num notável depoimento, que resumo para o seu benefício.

"– Prometi à minha amiga que eu nada diria sobre o assunto, e uma promessa é uma promessa – disse ela. – Mas se posso ajudá-la quando uma acusação tão séria recai contra ela, e quando sua própria boca, pobre querida, está fechada pela doença, então creio que estou livre da promessa. Direi ao senhor exatamente o que ocorreu na segunda à noite.

"– Retornávamos da Watt Street cerca de quinze para as nove. No caminho, tínhamos de passar pela Hudson Street, que é uma viela muito deserta. Há apenas uma lâmpada, no lado esquerdo, e, quando nos aproximamos dela, vi um homem caminhando em nossa direção, com as costas muito curvadas e algo como uma caixa dependurada sobre seus ombros. Ele parecia ser deformado, pois trazia a cabeça muito baixa e caminhava com os joelhos curvos. Passávamos ao seu lado, quando ele levantou o rosto para olhar-nos no círculo de luz projetado pela lâmpada e, ao fazer isso, parou e gritou numa voz medonha: 'Meu Deus, é Nancy!'. A senhora Barclay ficou branca como morta e teria desmaiado se não fosse ajudada pela criatura de terrível aparência. Eu ia chamar a polícia, mas, para minha surpresa, ela falou civilizadamente com o homem. 'Pensei que estivesse morto nesses trinta anos, Henry', disse ela, com a voz trêmula. 'Mas estive', disse ele, e o tom de sua voz era espantoso. Ele tinha um rosto escuro, assustador, e um brilho nos olhos que assombra os meus sonhos. Seu cabelo e sua barba eram grisalhos, e a pele do rosto era toda enrugada e cheia de pregas, como uma maçã murcha. 'Vá dar uma voltinha, querida', disse a senhora Barclay. 'Quero ter uma palavra com este homem. Não há nada a temer.' Ela tentou falar de forma decidida, mas estava ainda mortalmente pálida e tinha dificuldade de pronunciar as palavras com os lábios trêmulos.

"– Fiz conforme ela me pediu, e eles conversaram por alguns minutos. Então ela desceu a rua com os olhos vermelhos, e eu vi o pobre inválido parado ao lado do poste de luz, sacudindo o punho cerrado no ar, como se estivesse louco de raiva. Ela não disse nenhuma palavra até que chegamos aqui na porta, então tomou-me pela mão e me pediu para não contar a ninguém o que tinha acontecido.

"– 'É um velho conhecido meu que decaiu na vida' – disse ela. – Quando prometi que não diria nada, ela me beijou e não mais a vi desde então. Contei-lhe agora toda a verdade, e se a ocultei da polícia foi porque não me dei conta do perigo que ameaçava minha querida amiga. Compreendo que só pode beneficiá-la o fato de tudo vir a ser conhecido.

"Esse foi o depoimento dela, Watson, e para mim, como você pode imaginar, foi como uma luz nas trevas. Tudo o que antes estivera conectado começava imediatamente a tomar seu lugar verdadeiro, e eu pressenti sombriamente toda a sequência de eventos. Meu próximo passo, obviamente, foi procurar o homem que tinha produzido tamanha impressão sobre a senhora Barclay. Se ele ainda estivesse em Aldershot, não seria muito difícil encontrá-lo. Não há um número tão grande de civis ali, e um homem deformado certamente chamaria atenção. Passei um dia procurando e, à noite, Watson, eu o encontrei. O nome dele é Henry Wood, e ele vive em um alojamento na mesma rua em que as senhoras o encontraram. Faz apenas cinco dias que chegou. Disfarçado de agente de registros, tive uma conversa muitíssimo interessante com sua estalajadeira. Ele é mágico e ator e circula pelas cantinas à noite, fazendo pequenas performances. Ele carrega uma criatura dentro de uma caixa, em relação à qual a estalajadeira estava bastante perturbada, pois nunca tinha visto um animal parecido. Ele o usa em alguns de seus truques, de acordo com o relato dela. Tudo isso ela me disse, e também comentou que era espantoso ele estar vivo, torcido daquela maneira, e que ele falava numa língua estranha às vezes, e que nas duas últimas noites ela o tinha ouvido gemer e chorar dentro do quarto. Quanto ao dinheiro, tudo ia bem, mas ele tinha dado a ela o que parecia ser um falso florim. Ela o mostrou a mim, Watson, e era uma rúpia indiana.

"Assim, meu amigo, agora você consegue ver exatamente como estão as coisas, e por que é que preciso da sua ajuda. Está muito claro que, após as senhoras terem deixado o homem, ele as seguiu à distância, viu a discussão entre marido e mulher através da janela, correu até eles, e a criatura que carregava na caixa se soltou. Tudo isso é muito certo. Mas ele é a única pessoa no mundo que pode nos dizer o que aconteceu naquela sala."

– E você tem a intenção de perguntar-lhe?

– Certamente, mas em presença de uma testemunha.

– E eu sou a testemunha?

– Se me fizer essa grande gentileza. Se ele puder esclarecer tudo, ótimo. Se ele se recusar, não teremos alternativa senão pedir uma ordem de prisão.

– Mas como você sabe que ele estará lá quando retornarmos?

– Pode ter certeza de que tomei algumas precauções. Coloquei como vigia um dos meus rapazes da Baker Street que vai se agarrar a ele como um carrapicho, por onde ele for. Devemos encontrá-lo na Hudson Street, amanhã,

Watson, e enquanto isso serei eu mesmo um criminoso se mantiver você fora da cama por mais tempo.

Era meio-dia quando nos encontramos na cena da tragédia, e, sob a orientação de meu companheiro, fomos imediatamente para a Hudson Street. A despeito de sua capacidade de esconder as emoções, eu poderia facilmente dizer que Holmes estava em um estado de ansiedade contida, enquanto eu tinia com aquele prazer meio esportivo e meio intelectual que invariavelmente sentia quando o acompanhava em suas investigações.

– Esta é a rua – disse ele, quando entramos numa viela curta alinhada de casas simples de tijolos e dois andares. – Ah, aqui está Simpson para nos manter informados.

– Ele está em casa, sem dúvida, senhor Holmes – gritou o pequeno árabe, correndo para nós.

– Muito bem, Simpson! – disse Holmes, dando-lhe um tapinha na cabeça. – Venha Watson, esta é a casa. – Holmes mandou entregar seu cartão de visitas, com uma mensagem de que viera por um motivo importante, e um momento depois estávamos face a face com o homem que tínhamos ido ver. Apesar do clima quente, ele estava perto do fogo, e o pequeno quarto parecia um forno. O homem sentava-se torcido e amontoado em uma cadeira, de um modo que causava uma impressão indescritível; mas o rosto que ele virou para nós, embora envelhecido pelo sol, deve ter sido, em alguma época, notável por sua beleza. Agora, fitava-nos desconfiado com seus olhos amarelos de bílis e, sem falar ou se levantar, apontou para duas cadeiras.

– Senhor Henry Wood, recém-chegado da Índia, creio – disse Holmes afavelmente. – Viemos por causa desse pequeno incidente, da morte do coronel Barclay.

– O que tenho eu a ver com isso?

– É o que quero verificar. A menos que o assunto seja esclarecido, a senhora Barclay, que é uma velha amiga sua, será com toda probabilidade condenada por assassinato.

O homem levou um susto violento.

– Não sei quem é o senhor – gritou – nem como veio a saber do que sabe, mas jura que é verdade isso que me diz?

– Sim. Estão apenas esperando que ela recupere os sentidos para prendê-la.

– Por Deus! O senhor também é da polícia?

– Não.

– No que trabalha, então?

– É dever de todo mundo ver a justiça ser feita.

– Dou minha palavra de que ela é inocente.

– Então o senhor é culpado.

– Não, não sou.

– Quem matou o coronel James Barclay, então?

– Foi a Providência que o matou. Mas saiba o senhor que se tivesse lhe estourado os miolos, como tinha o desejo de fazer, ele não teria recebido nada além do que merecia de minhas mãos. Se sua própria consciência pesada não o tivesse derrubado, é provável que eu carregasse o seu sangue em minha alma. Quer que lhe conte a história. Bem, não há motivos para que eu não o faça, pois não tenho nada do que me envergonhar.

"Assim ocorreu. Os senhores me veem agora com as costas curvadas como o lombo de um camelo e as costelas todas retorcidas, mas houve um tempo em que o cabo Henry Wood foi o homem mais esperto do regimento 117. Estávamos então na Índia, acantonados num lugar que chamaremos de Bhurtee. Barclay, agora falecido, era sargento na mesma companhia que eu, e a beldade do regimento, a mais bela moça que já teve entre os lábios o sopro da vida, era Nancy Devoy, a filha do sargento porta-bandeira. Havia dois homens que a amavam, e um que ela amava, e o senhor vai rir quando olhar para esta pobre coisa amontoada diante do fogo e me ouvir dizer que foi por minha bela aparência que ela me amou.

"Embora ela me amasse, seu pai estava resolvido a casá-la com Barclay. Eu era um rapaz irresponsável e inconsequente, e ele era educado e já estava designado para o talim. Mas a jovem era fiel a mim, e tudo indica que ela seria minha, quando o motim estourou, e o país se transformou num inferno.

"Ficamos sitiados em Bhurtee: nosso regimento, com metade de uma bateria de artilharia, uma companhia de Sikhs e muitos civis e mulheres. Havia dez mil rebeldes ao nosso redor, e estavam tão nervosos quanto um bando de *terriers* ao redor de uma gaiola de ratos. Por volta da segunda semana, nossa água acabou, e não tínhamos certeza de que conseguiríamos nos comunicar com a coluna do general Neil, que estava entrando no país. Era nossa única chance, pois não podíamos lutar para abrir nosso caminho com todas aquelas mulheres e crianças; dessa forma, apresentei-me como voluntário para ir alertar o general Neil sobre o perigo que corríamos. Minha oferta foi aceita, e conversei com o sargento Barclay, que se supunha conhecer o terreno melhor do que ninguém e que desenhou uma rota através da qual eu poderia atravessar as linhas rebeldes. Às dez horas da mesma noite, saí em minha jornada. Havia milhares de vidas para salvar, mas era em apenas uma que eu pensava quando pulei o muro naquela noite.

"Meu caminho seguia um curso d'água seco, o qual, eu esperava, me ocultaria dos sentinelas dos inimigos; mas ao rodear o canto desse curso, fui parar direto nas mãos de seis homens, que estavam agachados no escuro me esperando. Em um instante, levei um golpe que me atordoou, e tive meus pés e mãos amarrados. Mas o verdadeiro golpe foi dado em meu coração quando ouvi o que falavam. Ouvi o suficiente para compreender que meu camarada, o próprio homem que tinha determinado o caminho que eu devia tomar, tinha me traído valendo-se de um servo nativo.

"Bem, não tenho necessidade de me demorar nessa parte. Os senhores já sabem do que James Barclay era capaz. Bhurtee foi liberado por Neil no dia seguinte, mas os rebeldes levaram-me com eles em sua fuga, e só depois de muitos anos eu vi de novo um rosto branco. Fui torturado e tentei escapar, fui capturado e torturado de novo. Podem ver por si mesmos o estado em que me deixaram. Alguns dos que fugiram para o Nepal levaram-me consigo, e então, por fim, fui transferido para Darjeeling. Os montanheses de lá mataram os rebeldes que me detinham, e eu me tornei escravo deles até que escapei; mas em vez de ir para o sul, segui para o norte, até me encontrar entre os afegãos. Lá, andei por cerca de um ano, até que finalmente voltei a Punjab, onde vivi a maior parte do tempo entre nativos e me sustentei com os truques de mágica que tinha aprendido. Em que seria útil para mim, um náufrago aleijado como eu, retornar à Inglaterra ou me revelar a meus velhos camaradas? Mesmo meu desejo de vingança não me levaria a fazer isso. Preferia que Nancy e meus velhos amigos pensassem em Henry Wood como alguém que morreu com as costas perfeitas, em vez de o verem se arrastando com uma bengala como um chimpanzé. Nunca duvidaram de que eu estivesse morto, e não queria que duvidassem. Ouvi dizer que Barclay tinha se casado com Nancy e que estava subindo rápido no regimento, mas mesmo isso não me levava a falar.

"Mas quando envelhecemos, sentimos saudades da pátria. Por anos, sonhei com os campos verdes e brilhantes e as sebes da Inglaterra. E decidi vê-los antes de morrer. Guardei dinheiro suficiente, e então vim para onde estão os soldados, pois conheço seus modos e sei como diverti--los, e posso ganhar o suficiente para me manter."

– Sua narrativa é muito interessante – disse Sherlock Holmes. – Já ouvi sobre o seu encontro com a senhora Barclay e sobre o seu mútuo reconhecimento. O senhor então, pelo que entendo, seguiu-a até em casa e viu pela janela uma altercação dela com o marido, na qual ela sem dúvida questionou a conduta dele para consigo. A emoção tomou conta do senhor, e o senhor correu pelo jardim e irrompeu sobre eles.

– Fiz isso, senhor, e ao me ver, o olhar de Barclay ficou como nunca vi outro, e ele caiu e bateu com a cabeça no guarda-fogo. Mas estava morto antes de cair. Li a palavra morto em seu rosto tão claramente quanto a posso ler naquele texto sobre a lareira. A mera visão de minha pessoa era como uma bala atravessando seu coração culpado.

– E então?

– Então Nancy desmaiou, e eu peguei a chave da porta de sua mão, pretendendo destrancá-la e pedir ajuda. Mas quando fazia isso, pareceu-me melhor deixá-la sozinha e fugir, pois a coisa poderia ficar preta para o meu lado, e meu segredo se revelaria se eu fosse pego. Em minha pressa, enfiei a chave no bolso e deixei cair minha bengala enquanto procurava Teddy, que tinha subido pela cortina. Quando o coloquei em sua caixa, da qual tinha escapado, saí tão rápido quanto pude.

– Quem é Teddy? – perguntou Holmes.

O homem abaixou-se e abriu uma espécie de coelheira que estava no canto. Em um instante, escapou dela uma bonita criatura marrom-avermelhada, magra e flexível, com as pernas de um arminho, um nariz longo e esguio e os olhos vermelhos mais belos que já vi em um animal.

– É um mangusto – gritei.

– Bem, alguns o chamam assim, e outros o chamam de icnêumone – disse o homem. – Pegador de serpentes, é como eu os chamo, e Teddy é surpreendentemente rápido com cobras. Tenho uma sem as presas aqui, e Teddy a captura todas as noites para agradar o pessoal da cantina.

– Alguma outra coisa, senhor?

– Bem, talvez tenhamos que contar com o senhor se a situação jurídica da senhora Barclay ficar muito difícil.

– Nesse caso, é claro, me apresentarei.

– Do contrário, não há sentido de fazer um escândalo quanto a um homem morto, por pior que tenha agido. Pelo menos o senhor tem a satisfação de saber que, durante trinta anos de sua vida, a consciência dele reprovou-o amargamente pela fraqueza. Ah, lá vai o major Murphy do outro lado da rua. Adeus, Wood. Quero saber se há alguma novidade desde ontem.

Chegamos a tempo de alcançar o major antes que ele fizesse a curva.

– Olá, Holmes! – disse ele. – Suponho que ficou sabendo que todo esse rebuliço não deu em nada.

– O que aconteceu?

– O inquérito está acabado. A autópsia mostrou de forma conclusiva que a morte foi causa da apoplexia. Era um caso bastante simples, afinal.

– Oh! Notavelmente simples – disse Holmes, sorrindo. – Vamos, Watson, creio que não somos mais necessários em Aldershot.

– Há uma coisa – disse eu, enquanto caminhávamos para a estação. – Se o nome do marido era James, e o do outro era Henry, o que significou aquela conversa sobre David?

– Aquela palavra singular, meu caro Watson, deve ter me revelado toda a história se eu fosse o pensador ideal que você tanto gosta de descrever. Tratou-se evidentemente de um termo de reprovação.

– De reprovação?

– Sim; David* se perdeu algumas vezes, você sabe, e numa dessas ocasiões, na mesma direção que o sargento James Barclay. Você se lembra do pequeno incidente de Urias e Betsabé? O conhecimento que tenho da Bíblia está um pouco enferrujado, mas você encontrará a história no primeiro ou segundo livro de Samuel.

---

* David: forma inglesa para Davi, personagem da Bíblia. (N.E.)

# O PACIENTE RESIDENTE

Ao passar os olhos sobre a coletânea um tanto incoerente de memórias com as quais me esforcei por ilustrar alguma das peculiaridades mentais de meu amigo Sherlock Holmes, esbarrei em dificuldades que tenho tido ao colher exemplos que correspondam inteiramente ao meu propósito. Pois nos casos em que Holmes realizou algum *tour de force* do raciocínio analítico e mostrou o valor de seus métodos peculiares de investigação, os fatos muitas vezes tinham sido tão vulgares e sem importância que eu não me sentia justificado em apresentá-los para o público. Por outro lado, frequentemente ele se interessou por investigações cujos fatos se mostraram dos mais notáveis e dramáticos, mas a participação dele foi menos pronunciada do que eu, como seu biógrafo, podia desejar. O pequeno caso que narrei sob o título de *Um estudo em vermelho*, e mais tarde aquele outro relacionado com a perda do *Gloria Scott*, podem servir de exemplo dessas Cila e Caribdes\* que estão constantemente ameaçando seu historiador. Pode ser que, no caso que agora estou por escrever, a atuação de meu amigo não seja suficientemente acentuada; todavia, são tão notáveis as circunstâncias envolvidas que não posso me permitir omiti-lo desta série.

Era um dia chuvoso de agosto. Nossas vidraças estavam meio abertas, e Holmes estava deitado no sofá, lendo

---

\* Na mitologia grega, Cila e Caribdes eram dois monstros que, em lados opostos de um estreito na costa da Sicília, provocavam redemoinhos e portanto simbolizavam os perigos da navegação. (N.E.)

e relendo uma carta que recebera pela manhã. Quanto a mim, o período de serviço na Índia havia me treinado para suportar melhor o calor do que o frio, e a temperatura de 35°C não era incomodativa. Mas o jornal estava desinteressante. O Parlamento suspendera as sessões. Todos tinham saído da cidade, e eu ansiava pelas clareiras da New Forest ou pelos seixos de Southsea. Uma conta bancária estourada me obrigou a adiar as férias, e quanto ao meu companheiro, nem o interior nem o mar o atraíam. Gostava de ficar exatamente no centro de cinco milhões de pessoas, com suas antenas em funcionamento e correndo por elas, responsivo a qualquer rumor ou suspeita de crime insolúvel. O gosto pela natureza não encontrava lugar entre os seus vários dons, e a única mudança que fazia era quando voltava sua mente do malfeitor da cidade para seguir a pista de seu irmão do interior.

Achando que Holmes estava muito absorto para conversar, atirei o jornal estéril para o lado, reclinei-me na cadeira e caí numa meditação profunda. De repente, a voz de meu amigo invadiu meus pensamentos.

– Você está certo, Watson – disse ele. – Parece uma maneira muito despropositada de se resolver um problema.

– Muito despropositada! – exclamei, e então, dando-me conta subitamente de como ele tinha ecoado o mais íntimo de meus pensamentos, levantei e olhei para ele muito assustado.

– O que foi isso, Holmes? – bradei. – Está além de tudo o que eu poderia imaginar.

Ele riu satisfeito de minha perplexidade.

– Você se lembra – disse ele –, algum tempo atrás, de quando eu lia uma passagem de Poe na qual um pensador atento segue os pensamentos não enunciados de seu companheiro? Você se inclinou a considerar um mero *tour de force* do autor. Quando lhe observei que eu tinha muitas vezes o hábito de fazer a mesma coisa, você não pareceu acreditar.

– Oh! Não!

– Talvez não com a língua, meu caro Watson, mas certamente com suas sobrancelhas. Assim, quando o vi atirar o jornal para um lado e mergulhar numa cadeia de pensamentos, fiquei feliz por ter a oportunidade de lê-los e eventualmente surpreender você, como prova de que estamos em harmonia.

– Mas ainda estou longe de ficar satisfeito. No exemplo que você me leu – eu disse –, o intérprete tirou conclusões a partir dos atos do homem que ele observava. Se bem me lembro, ele tropeçou num monte de pedras, olhou para as estrelas e assim por diante. Mas eu estou sentado quieto na minha poltrona. Que indícios posso ter lhe dado?

– Você não é justo consigo mesmo. Os traços fisionômicos são dados ao homem como meios de expressar suas emoções, e os seus são servos fiéis.

– Quer dizer que leu meus pensamentos pela minha fisionomia?

– Sua fisionomia e especialmente seus olhos. Talvez você não consiga recordar o início do seu devaneio.

– Não, não consigo.

– Então eu lhe direi. Depois de atirar para o lado o jornal, que foi o ato que me despertou a atenção, você se deixou ficar por meio minuto com uma expressão vaga. Em seguida, seus olhos fixaram-se num quadro recém-emoldurado do general Gordon, e vi, pela alteração de sua fisionomia, que uma série de pensamentos encadeados tinha começado. Mas não foi muito longe.

Seus olhos dirigiram-se para um retrato sem moldura de Henry Ward Beecher, que está sobre os seus livros. Então, correu o olhar pela parede, o que tinha, sem dúvida, um claro significado. Você estava pensando que se o retrato tivesse moldura, cobriria exatamente o espaço vazio e corresponderia ao do Gordon, que esta lá.

– Você me acompanhou admiravelmente! – exclamei.

– Até aí, eu dificilmente teria me perdido. Mas então seus pensamentos se voltaram para Beecher, e seu semblante se endureceu, como se estivesse estudando-lhe o caráter a partir dos traços. Em seguida, seus olhos deixaram de franzir, mas você continuou encarando-o, e seu semblante era pensativo. Estava invocando os incidentes da carreira de Beecher. Eu tinha certeza de que você não podia fazer isso sem lembrar da missão empreendida por ele pela causa do Norte durante a Guerra Civil, porque me lembro de você expressando sua indignação com relação à maneira como ele foi recebido pelos mais turbulentos de nosso povo. Você sofreu tanto com isso que percebi que não podia pensar em Beecher sem pensar também nesse episódio. Quando, no momento seguinte, vi seus olhos perdidos no retrato, suspeitei que sua mente tinha voltado para a Guerra Civil e, quando observei que seus lábios tinham se congelado, seus olhos cintilavam e seus punhos estavam cerrados, tive certeza de que você estava pensando na bravura demonstrada por ambos os lados nessa disputa desesperada. Mas, então, seu rosto ficou de novo mais triste e você sacudiu a cabeça. Estava refletindo sobre a tristeza, o horror e o desperdício inútil de vidas. Sua mão escorregou de leve para a sua própria antiga cicatriz, e um sorriso tremeu nos seus lábios, o que me mostrou que o lado ridículo desse método de resolução de questões internacionais tinha invadido sua mente.

Nesse ponto concordei com você que era despropositado, e fiquei feliz por descobrir que todas as minhas deduções tinham sido corretas.

— Exatamente! – disse eu. – E agora que você explicou, confesso estar tão perplexo quanto antes.

— Foi muito superficial, meu caro Watson, eu lhe asseguro. Eu não teria chamado sua atenção sobre isso, se você não tivesse demonstrado incredulidade outro dia. Mas o anoitecer trouxe uma brisa. Que acha de um breve passeio por Londres?

Eu estava cansado de nossa salinha de estar, e com alegria concordei. Andamos seguramente três horas juntos, observando o caleidoscópio da vida em perpétua mudança, conforme ele flui e reflui na Fleet Street e na Strand. A conversa característica de Holmes, com as suas observações cheias de detalhe e seu poder de inferência, me subjugava e deixava pasmo.

Eram dez horas quando chegamos de volta à Baker Street. Uma carruagem esperava em nossa porta.

— Hum! Um médico. Um clínico geral, percebo – disse Holmes. – Não está há muito tempo clinicando, mas tem muito o que fazer. Vem consultar-nos, creio! Que sorte termos voltado!

Eu já estava bastante familiarizado com os métodos de Holmes para poder seguir seu raciocínio e ver que o tipo e o estado dos vários instrumentos médicos na cesta de vime pendurada à luz da lâmpada do lado de dentro da carruagem tinham lhe fornecido os dados necessários para sua rápida dedução. A nossa janela iluminada mostrava que a visita estava, com efeito, à nossa procura. Um pouco curioso quanto ao motivo que trazia um colega a tal hora, segui Holmes para nosso santuário.

Um homem pálido, de rosto delgado e com barba avermelhada levantou-se de uma cadeira ao lado do fogo quando entramos. Não podia ter mais do que 33, 34 anos, mas sua pele macilenta e seu colorido doentio falavam de uma vida que tinha sido despojada de sua juventude. Suas maneiras eram nervosas e acanhadas, como as de um cavalheiro sensível, e a fina mão branca que apoiou no aparador da lareira, quando se levantou, era mais a de um artista que a de um cirurgião. Sua roupa era triste e comum, uma sobrecasaca preta, calças escuras e apenas um toque de cor na gravata.

– Boa noite, doutor – disse Holmes, jovialmente. – Estou contente por ver que o senhor nos espera há poucos minutos.

– Conversou com o meu cocheiro, então?

– Não, foi a vela sobre a mesa auxiliar quem me disse. Mas, por favor, retome seu assento e me diga em que posso servi-lo.

– Chamo-me doutor Percy Trevelyan – disse nosso visitante – e moro na Brook Street.

– O senhor não é autor de uma monografia sobre lesões nervosas obscuras? – perguntei.

Suas bochechas pálidas coraram de prazer, quando viu que eu conhecia sua obra.

– É tão raro eu ouvir falar nessa obra, que a julgava inteiramente acabada – disse ele. – Meus editores fizeram-me o relato mais desencorajador de suas vendas. O senhor é médico?

– Cirurgião aposentado do exército.

– Meu *hobby* sempre foram as doenças nervosas. Gostaria de ter feito delas realmente uma especialidade, mas um homem, por certo, tem de pegar o que pode alcançar primeiro. Entretanto, nada disso vem ao caso, senhor Holmes, e devo considerar quão precioso é o seu tempo. O caso consiste numa singular sequência de acontecimentos que recentemente ocorreram em minha casa, na Brook Street, e esta noite chegaram a tal ponto que senti ser inteiramente impossível esperar para lhe pedir conselho e ajuda.

Sherlock Holmes sentou-se e acendeu o cachimbo.

– Sua visita muito nos agrada – disse ele. – Apresente, por favor, uma narrativa detalhada dos acontecimentos que lhe perturbam.

– Um ou dois deles são tão triviais – disse o dr. Trevelyan – que realmente fico envergonhado de mencioná-los. Mas a coisa toda é tão inexplicável, e a forma recente que assumiu é tão intricada, que exporei tudo e o senhor julgará o que é essencial e o que não é.

"Inicialmente, sou obrigado a dizer algo sobre a minha carreira universitária. Cursei a Universidade de Londres, e tenho certeza de que não vai achar que estou exaltando indevidamente meus próprios louvores se lhe disser que minha carreira de estudante foi considerada uma promessa pelos meus professores. Depois de me diplomar, continuei a dedicar-me às pesquisas, ocupando um cargo secundário no hospital do King's College. Fui bastante feliz ao despertar considerável interesse com minha pesquisa sobre a catalepsia e acabei ganhando o prêmio e a medalha Bruce Pinkerton, pela monografia sobre lesões nervosas a que seu amigo acaba de aludir. Não creio exagerar se disser que nessa época se pensava que eu teria uma bela carreira.

"Mas meu grande obstáculo foi a falta de capital. Como o senhor compreenderá prontamente, o especialista que sonha alto tem de começar numa das doze ruas da Cavendish Square, o que lhe acarreta enormes despesas de aluguel e mobília. Além desses gastos preliminares, ele deve estar preparado para se sustentar por anos e alugar uma carruagem apresentável. Fazer isso estava muito além de minhas forças, e só me restava esperar que economizando por uns dez anos eu conseguisse o suficiente para me estabelecer. Entretanto, de modo repentino, um incidente me abriu uma perspectiva inteiramente nova: foi a visita de um cavalheiro chamado Blessington, que me era um completo desconhecido. Ele entrou em minha sala uma manhã e foi direto ao assunto.

"– O senhor é o mesmo Percy Trevelyan que teve uma brilhante carreira e ganhou um grande prêmio faz pouco? – disse ele.

"Eu inclinei a cabeça, afirmativamente.

"– Responda-me com franqueza – continuou ele –, pois verá que é de seu interesse fazê-lo. O senhor tem a inteligência necessária para o sucesso. Mas tem a habilidade?

"Não podia senão rir com a precipitação da pergunta.

"– Eu conto com isso – disse eu.

"– E seus hábitos? Nenhuma inclinação para o álcool?

"– Por favor, senhor! – protestei.

"– Tudo bem, tudo bem, mas fui obrigado a perguntar. Com todas essas qualidades, por que não está clinicando?

"Dei de ombros.

"– Bem! – disse ele na sua maneira afoita. – É a velha história. Mais no cérebro do que no bolso, hein? O que diria se eu lhe colocasse na Brook Street?

"Olhei para ele com espanto.

"– Oh! É por minha causa, não por sua! – exclamou ele. – Serei muito franco: se ficar bem para o senhor, ficará muito bem para mim. Tenho algumas mil libras para investir, e quero aplicá-las no senhor.

"– Mas por quê? – arfei.

"– Ora, é como qualquer outra especulação, e mais segura do que a maioria.

"– Mas o que é preciso que eu faça?

"– Eu lhe direi. Vou alugar a casa, mobiliá-la, pagarei os empregados e arrumarei tudo. O senhor tem apenas de usar sua cadeira no consultório. Colocarei dinheiro no seu bolso, tudo. Então o senhor passará para mim três quartos do que ganhar e guardará o restante para si.

"Essa foi a proposta estranha, senhor Holmes, com a qual esse Blessington me procurou. Não o entediarei com a narrativa dos ajustes e negociações que fizemos. Acabei mudando-me para a casa perto do Lady Day e comecei a clinicar nas condições em que ele me havia sugerido. Ele veio morar comigo como se fosse um paciente internado. Seu coração era fraco, parece, e necessitava de constante cuidado médico. Ele transformou os dois melhores apartamentos do primeiro andar em sala de estar e dormitório para si. Era um homem de hábitos singulares, evitava companhia e saía muito raramente. Sua vida era irregular, mas num ponto especial era a própria regularidade. Toda tarde, no mesmo horário, ele entrava no consultório, examinava os livros e deixava cinco xelins e três pence para cada guinéu que eu tinha ganho. O resto ele levava para a caixa-forte de seu quarto.

"Posso dizer com confiança que ele nunca teve motivo para lamentar o negócio. Desde o princípio meu consultório foi um sucesso. Alguns bons casos, bem como a reputação que eu conquistara no hospital, trouxeram-me sucesso rapidamente. E em um ou dois anos fiz dele um homem rico.

"Já falei muito, senhor Holmes, a respeito de meu passado e de minhas relações com esse senhor Blessington.

Agora falta dizer-lhe o que ocorreu para me trazer aqui esta noite.

"Há algumas semanas o senhor Blessington veio até mim, num estado de profunda agitação. Falou de um roubo que, segundo ele, tinha sido cometido no West End. Lembro-me de que estava inteira e desnecessariamente ansioso, declarando que não passaria um dia sem colocarmos ferrolhos mais fortes em nossas janelas e portas. Continuou por uma semana nesse estado peculiar de inquietude, espiando continuamente pelas janelas e evitando o curto passeio que dava todos os dias antes do jantar. Chocaram-me os seus modos, porque ele estava com pavor mortal de alguma coisa ou de alguém. Mas quando o interpelei sobre o assunto, ficou tão bravo que me calei. Gradualmente, com o passar do tempo, seus receios pareciam diminuir, e seus hábitos originais retornavam, quando um novo acontecimento o reduziu ao mais lamentável estado de prostração, no qual agora se encontra.

"O que aconteceu foi o seguinte: há dois dias, recebi uma carta que vou ler para o senhor agora. Não tem nem endereço nem data.

Um nobre russo que agora reside na Inglaterra ficaria alegre em poder ser assistido profissionalmente pelo doutor Trevelyan. Ele tem sido, há alguns anos, vítima de ataques catalépticos, no que, como bem se sabe, o doutor Trevelyan é uma autoridade. Ele propõe procurá-lo às seis e quinze da tarde de amanhã, se o doutor Trevelyan puder ficar em casa.

"A carta me interessou profundamente, porque a principal dificuldade no estudo da catalepsia é a raridade da moléstia. Pode apostar, então, que eu estava no meu consultório quando, na hora marcada, o criado me apresentou o paciente.

"Era um homem envelhecido, magro, modesto e vulgar – de modo algum o que se espera de um nobre russo. Fiquei ainda mais chocado com a aparência de seu companheiro. Era um jovem alto, surpreendentemente belo, com um rosto sombrio e membros e peito de um Hércules. Segurava o braço do outro quando entraram, e o ajudou a sentar-se, com uma ternura que dificilmente se esperaria de alguém com aquela aparência.

"– Desculpe-me pela intrusão, doutor – disse ele, falando inglês com uma pronúncia não muito boa. – Este é meu pai, e sua saúde é para mim de inestimável importância.

"Fiquei comovido com a ansiedade do filho pelo pai.

"– O senhor gostaria, quem sabe, de estar presente durante a consulta? – disse eu.

"– De modo algum – respondeu ele, com um gesto de horror. – É mais penoso do que posso expressar. Se visse meu pai num desses acessos medonhos, estou certo de que eu não sobreviveria. Meu sistema nervoso é muito sensível. Com sua permissão, ficarei na sala de espera enquanto estuda o caso de meu pai.

"Certamente concordei, e o homem se retirou. O paciente e eu começamos a discutir o caso, do qual tomei exaustivas notas. Ele não se sobressaía pela inteligência. Suas respostas eram frequentemente obscuras, o que atribuí à sua limitada familiaridade com nossa língua. De repente, enquanto eu escrevia, parou de responder às minhas questões. Olhei para ele e fiquei chocado ao ver que estava sentado na cadeira completamente ereto, com um semblante branco e rígido. Estava, pois, nas garras de sua misteriosa moléstia.

"Meu primeiro sentimento foi, como já disse, de piedade e horror. Meu segundo, confesso, foi antes o da satisfação profissional. Observei o pulso e a temperatura de meu cliente, testei a rigidez dos músculos e examinei-lhe os reflexos. Nada havia de acentuadamente anormal que pudesse se relacionar com as minhas primeiras experiências. Obtive bons resultados em tais casos pela inalação de nitrato de amilo, e aquela me pareceu uma admirável oportunidade de testar-lhe as virtudes. A garrafa estava no andar de baixo, no meu laboratório, de modo que, deixando meu paciente sentado na sua cadeira, desci correndo para apanhá-la. Demorei um pouco para achar – uns cinco minutos, digamos –, e então voltei. Imagine o senhor o meu espanto ao encontrar o consultório vazio e o meu paciente, desaparecido!

"Meu primeiro ato foi, é claro, correr para a sala de espera. O filho também tinha ido embora. A porta do *hall* fora encostada, em vez de fechada. O criado que recebe os clientes é um rapaz novo e nem um pouco esperto. Ele fica esperando no andar de baixo e corre até o andar de cima para acompanhar os pacientes quando toco a campainha do consultório para despedi-los. Ele não ouviu nada, e o negócio permaneceu como um completo mistério. O senhor Blessington retornou logo em seguida de seu passeio, mas nada lhe contei sobre o assunto, porque, para dizer a verdade, ultimamente tenho feito tudo para me comunicar com ele o menos possível.

"Bem, jamais pensei que iria ver de novo esse russo e seu filho. Portanto, o senhor pode imaginar qual não foi o meu espanto quando à mesma hora desta tardinha ambos entraram em meu consultório, precisamente como tinham feito antes.

"– Sinto que lhe devo desculpas por minha partida repentina ontem, doutor – disse o paciente.

"– Confesso que fiquei muito surpreso – respondi.

"– Bem, a verdade – observou ele – é que quando tenho desses ataques minha memória fica sempre muito confusa quanto a tudo que se passou antes. Acordei numa sala estranha, como me pareceu, e saí para a rua numa espécie de sonambulismo, quando o senhor estava ausente.

"– Quanto a mim – disse o filho, – ao ver meu pai sair pela porta do consultório, pensei naturalmente que a consulta tinha acabado. Só quando chegamos em casa foi que comecei a verificar o que realmente havia ocorrido.

"– Bem – disse-lhes eu, sorrindo –, não há nenhum prejuízo senão o fato de que me deixaram terrivelmente perplexo. De modo que, se o senhor quiser ter a bondade de ficar na sala de espera, ficarei feliz de continuar nossa consulta, que terminou de modo tão abrupto.

"Por cerca de mais ou menos uma hora e meia, discuti com o velho cavalheiro seus sintomas e então, tendo-lhe passado uma receita, ele saiu de braços dados com o filho.

"Já lhe disse que o senhor Blessington escolhe geralmente essa hora do dia para seu exercício. Logo depois, ele entrou e subiu. No instante seguinte, ouvi-o descer correndo, e ele irrompeu dentro do consultório doido de medo.

"– Quem esteve no meu quarto? – gritou.

"– Ninguém – eu disse.

"– Mentira! – berrou ele. – Suba lá em cima e veja.

"Não me importei com a grosseria de sua linguagem, porque o homem parecia louco de medo. Subindo aos aposentos, mostrou-me diversas pegadas no tapete claro.

"– Imagina que sejam minhas? – esbravejou. Eram certamente muito maiores do que os pés dele. Como o senhor sabe, choveu forte esta tarde, e meus pacientes foram os únicos a visitar a casa. Deve ter sido então o homem da sala de espera que, por alguma razão desconhecida, enquanto eu estava ocupado com o outro, subiu ao aposento de meu paciente residente. Nada tinha sido tocado ou tomado, mas havia marcas para provar que a intrusão era um fato inquestionável.

"O senhor Blessington pareceu mais irritado com o assunto do que eu julgava possível, embora o ocorrido fosse, por certo, suficiente para perturbar qualquer um. Sentou-se numa cadeira, gritando, e foi com dificuldade que o levei a falar com coerência. Por sua sugestão, vim procurá-lo e agora vejo o acerto dessa sugestão, porque o incidente é realmente muito singular, embora a meus olhos ele exagere sua importância. Se quiser me acompanhar em meu carro, poderia pelo menos acalmá-lo, embora eu não acredite que o senhor consiga explicar essa ocorrência misteriosa."

Sherlock Holmes ouviu essa longa narrativa com uma atenção que revelava seu vivo interesse. Seu rosto estava impassível, como sempre, mas suas sobrancelhas caíam mais pesadamente sobre os olhos, e a fumaça de seu cachimbo subia em espirais mais espessas, acentuando cada episódio curioso do relato do doutor. Quando ele concluiu, Holmes saltou da cadeira sem uma palavra e, passando-me o chapéu, apanhou o seu da mesa e acompanhou o doutor Trevelyan até a porta. Em vinte minutos, estávamos na porta da residência do médico na Brook Street, uma das casas sombrias e sem graça que geralmente associamos a uma clínica médica típica de West End. Um pequeno criado recebeu-nos, e subimos logo a escada larga e atapetada.

Mas uma interrupção obrigou-nos a uma parada. A luz no andar de cima apagou-se, e das trevas veio uma voz aguda e trêmula.

– Tenho uma pistola – gritou. – Garanto que atiro em quem se aproximar.

– Isso está ficando realmente demais, senhor Blessington – respondeu, com energia, o doutor Trevelyan.

– Oh! É o senhor, doutor? – disse a voz com grande alívio. – Mas quem são esses outros cavalheiros e o que querem?

Sabíamos que estávamos passando por um longo exame, na escuridão.

– Sim, sim, está bem – disse por fim a voz. – Podem subir, e lamento se minhas precauções os molestaram.

Ele reacendeu a lamparina a gás da escada enquanto falava, e diante de nós apareceu um homem de aspecto estranho. Sua fisionomia, bem como a voz, demonstravam sua perturbação nervosa. Era muito gordo, mas aparentemente havia sido ainda mais gordo. De modo que a pele lhe caía do rosto em bolsas, como as bochechas de um sabujo. Tinha um aspecto doentio, e seus cabelos finos e cor de areia pareciam eriçados pela intensidade de sua emoção. Tinha na mão uma pistola que guardou no bolso quando chegamos.

– Boa noite, senhor Holmes – disse ele. – Devo-lhe muito por ter vindo. Ninguém tem mais necessidade de um conselho seu do que eu. Creio que o doutor Trevelyan já lhe falou dessa invasão sem justificativa nos meus aposentos?

– Exatamente – disse Holmes. – Quem são esses dois homens, senhor Blessington, e por que querem molestá-lo?

– Bem, bem – disse o paciente nervoso. – Naturalmente é difícil saber. O senhor não pode esperar que lhe responda isso.

– Quer dizer que não sabe?

– Entre aqui, por favor. Tenha a bondade de entrar aqui.

Ele abriu caminho para seu quarto, que era grande e confortavelmente mobiliado.

– O senhor vê aquilo? – disse ele, apontando para um grande cofre preto na extremidade de sua cama. – Nunca fui muito rico, senhor Holmes, e nunca fiz senão um investimento na minha vida, como o doutor Trevelyan pode confirmar. Não tenho confiança nos banqueiros. Jamais acreditaria num banqueiro, senhor Holmes. Aqui entre nós, o pouco que tenho está naquele cofre. O senhor pode compreender, pois, o que significa para mim o fato de pessoas que não conheço entrarem nos meus aposentos.

Holmes olhou para Blessington de modo inquiridor e sacudiu a cabeça.

– Não posso ajudá-lo se o senhor tenta me enganar, disse ele.

– Mas eu lhe disse tudo.

Holmes deu-lhe as costas num gesto de desgosto.

– Tenha uma boa noite, doutor Trevelyan – disse ele.

– Não vai me ajudar? – gritou Blessington, numa voz entrecortada.

– Aconselho ao senhor que fale a verdade.

Um minuto depois, estávamos na rua caminhando de volta para casa. Tínhamos atravessado a Oxford Avenue e já estávamos a meio caminho da Harley Street, sem que meu companheiro dissesse uma única palavra.

— Lamento fazê-lo sair nessa missão tão tola, Watson — disse ele afinal. — Mas, no fundo, é um caso muito interessante.

— Confesso que não compreendo.

— Bem, é claro que há dois homens — talvez até mais, porém, pelo menos dois — que estão resolvidos, por algum motivo, a agarrar esse Blessington. Não tenho a menor dúvida de que, tanto na primeira como na segunda ocasião, o jovem entrou no quarto de Blessington enquanto seu cúmplice, seguindo um plano engenhoso, impedia o médico de interferir.

— E a catalepsia?

— Fingimento, Watson, embora eu não ouse sugerir isso ao nosso especialista. É uma doença muito fácil de simular. Eu mesmo já fiz isso.

— E o que mais?

— Por puro acaso, Blessington não estava nas duas ocasiões. A razão para escolherem uma hora tão incomum para uma consulta era claramente a certeza de que não haveria outro paciente na sala de espera. Entretanto, aconteceu de essa hora coincidir com o passeio habitual de Blessington, o que demonstra que não estavam muito familiarizados com sua rotina. Naturalmente, se a visita tivesse sido só para roubar, teria havido pelo menos alguma tentativa de busca. Além disso, posso ler nos olhos de um homem quando receia pela própria pele. É inconcebível que um indivíduo faça, sem saber, dois inimigos vingativos como esses. Afirmo, portanto, que ele sabe quem são esses dois homens, mas não quer dizer, por razões particulares. É possível que amanhã o encontremos mais disposto a conversar.

— Não há outra alternativa — sugeri — grotescamente improvável, sem dúvida, mas ainda assim concebível? Será que a história do russo cataléptico com seu filho não é uma trama do doutor Trevelyan que, para fins particulares, esteve nos aposentos de Blessington?

Vi pela luz da lamparina que Holmes dera um sorriso divertido com essa minha brilhante sacada.

– Meu caro – disse ele –, foi uma das primeiras coisas que me ocorreram, mas logo pude corroborar a história do doutor. O jovem deixou marcas no tapete da escada, sendo, pois, inteiramente desnecessário pedir para ver as que fez na sala. Se eu lhe disser que seus sapatos eram de bico chato, e não de bico fino como os de Blessington, e que eram mais de quatro centímetros maiores que os do doutor, você admitirá que não há dúvida quanto à existência do indivíduo. Mas podemos dormir agora, porque ficarei surpreso se não ouvir mais alguma coisa da Brook Street amanhã cedo.

A profecia de Sherlock Holmes cumpriu-se logo e de modo dramático. Às sete e meia da manhã seguinte, no clarear do dia, ele apareceu de pé ao lado de minha cama, de roupão.

– Há um carro à nossa espera, Watson – disse ele.

– O que aconteceu?

– O caso da Brook Street.

– Novidades?

– Trágicas, mas ambíguas – disse ele, abrindo a cortina. – Olhe isso: uma folha de caderno com *Pelo amor de Deus, venha logo, P. T.*, escrito a lápis. O nosso amigo doutor estava em maus lençóis quando escreveu este bilhete. Venha comigo, meu caro amigo, porque é um chamado urgente.

Dali a mais ou menos quinze minutos, estávamos de volta na casa do médico. Ele veio correndo ao nosso encontro, com um semblante de horror.

– Oh! Que coisa! – exclamou, com as mãos na fronte.
– O que aconteceu?
– Blessington suicidou-se.
Holmes deu um assobio.
– Sim! Enforcou-se durante a noite!
Entramos com o doutor no que era evidentemente a sua sala de espera.
– Nem sei o que estou fazendo – exclamou ele. – A polícia já está lá em cima. Isso me chocou terrivelmente.
– Quando o encontrou?
– A criada leva-lhe chá toda manhã. Esta manhã, ao entrar, mais ou menos pelas sete horas, lá estava o infeliz, dependurado no meio da sala. Ele amarrou a corda no gancho em que costumava pendurar o lampião. E saltou, provavelmente, de cima daquela caixa que nos mostrou ontem.

Holmes permaneceu por algum tempo em profunda reflexão.

– Com a sua permissão – disse ele afinal –, eu gostaria de subir para examinar o lugar.

Subimos ambos, seguidos pelo doutor.

Defrontamo-nos com um quadro pavoroso, ao entrar no dormitório. Eu já me referira à impressão de flacidez que esse Blessington transmitia. Mas, balançando no gancho, estava tão esticado que quase não parecia gente. Tinha o pescoço puxado como o de uma galinha depenada, o que tornava o resto mais obeso e inatural pelo contraste. Estava vestido apenas com sua comprida camisola de dormir, e seus tornozelos inchados e os pés toscos projetavam-se rígidos logo abaixo. A seu lado, estava um inspetor de aspecto inteligente, tomando notas em sua agenda.

– Ah! Holmes – disse ele, quando o meu amigo entrou. – Estou contente em vê-lo.

— Bom dia, Lanner — respondeu Holmes. — Você não me consideraria um intruso, estou certo. Já tomou conhecimento dos fatos que culminaram nesse incidente?

— Sim. Ouvi alguma coisa.

— E já tem uma opinião?

— Até onde posso ver, o homem ficou louco de medo. A cama foi usada, como o senhor vê. Aí temos uma impressão bastante profunda. O senhor sabe que é mais ou menos pelas cinco da manhã que os suicídios são mais comuns. Foi mais ou menos por essa hora que ele se enforcou. Parece ter sido um caso deliberado.

— Eu diria que ele morreu mais ou menos às três horas, a julgar pela rigidez dos músculos — disse eu.

— Observou alguma coisa peculiar no quarto? — perguntou Holmes.

— Encontrei uma chave de fenda e alguns parafusos no lavatório. Parece também ter fumado muito durante a noite. Aqui estão quatro tocos de charutos que catei da lareira.

— Hum!— disse Holmes. — O senhor achou a piteira dele?

— Não, não achei.

— E a cigarreira, então?

— Sim. Está no bolso de seu paletó.

Holmes, abrindo-a, cheirou o único charuto que continha.

— Oh! Trata-se de um havana, e estes outros são charutos daquela espécie peculiar, importada pelos holandeses de suas colônias na Índia. São usualmente enrolados na palha, o senhor sabe, e mais finos em proporção ao comprimento do que os de qualquer outra marca. — Em seguida apanhou os quatro tocos e examinou-os com a sua lente de bolso.

– Dois deles foram fumados com uma piteira, e dois, sem ela – disse ele. – Dois foram cortados por uma faca não muito afiada, e as pontas foram mordidas por uma excelente dentadura. Não foi suicídio, senhor Lanner, e sim um assassinato muito bem planejado e a sangue-frio.

– Impossível! – gritou o inspetor.

– E por quê?

– Por que matariam um homem de uma maneira tão deselegante, isto é, por enforcamento?

– Isso é o que temos de descobrir.

– Como conseguiram entrar?

– Pela porta da frente.

– Estava com a tranca, de manhã.

– Então a tranca foi posta depois.

– Como o senhor sabe?

– Vi os rastros deles. Dê-me licença um momento e poderei dar-lhe mais informações a respeito.

Foi até a porta e, virando a fechadura, examinou-a metodicamente. Então tirou a chave, que estava do lado de dentro, e inspecionou-a também. A cama, o tapete, as cadeiras, a prateleira da lareira, o cadáver e a corda foram todos examinados de perto, até que, por fim, Holmes declarou-se satisfeito. Com meu auxílio e a ajuda do inspetor, desceu o cadáver e colocou-o reverentemente debaixo de um lençol.

– E essa corda? – perguntou ele.

– Cortou daqui – disse Trevelyan, puxando um grande rolo de baixo da cama. – Era morbidamente nervoso em relação ao fogo, e sempre guardou isso ao seu lado, de modo que pudesse fugir pela janela no caso de o fogo vir pela escada.

– Isso lhes poupou dificuldades – disse Holmes pensativo. – É isso mesmo, pois os fatos são muito claros.

Aliás, ficaria surpreso se à tarde eu não puder explicá-los muito bem. Levarei esta fotografia de Blessington, que vejo na prateleira da lareira, pois pode auxiliar-me em meus interrogatórios.

– Mas o senhor não nos disse nada! – exclamou o doutor.

– Oh! É impossível haver dúvida quanto à sequência dos acontecimentos – disse Holmes. – Eram três: o jovem, o velho e um terceiro, de cuja identidade não tenho indício. Os dois primeiros, não é necessário que o diga, são os mesmos que se fizeram passar de conde russo e seu filho, de modo que podemos dar uma descrição muito completa deles. Foram admitidos por um cúmplice de dentro da casa. Se me permitir um conselho, inspetor, seria bom prender o criado que, como fui informado, entrou recentemente em seu serviço.

– Não se sabe onde está esse demônio – disse Trevelyan. – A criada e a cozinheira estão à sua procura.

Holmes deu de ombros.

– Ele teve uma participação não sem importância no drama – disse Holmes. – Os três subiram a escada na ponta dos pés; primeiro o mais velho, depois o mais novo, e por último o desconhecido...

– Meu caro Holmes! – soltei eu.

– Oh, não há dúvida quanto à sobreposição das pegadas. Tive a vantagem de vê-las a noite passada. Depois disso, eles subiram ao quarto do senhor Blessington, cuja porta encontraram trancada. Entretanto, com o auxílio de um arame, forçaram ao redor da chave. Mesmo sem lente, o senhor perceberia, pelos arranhões no mecanismo da fechadura, onde fizeram pressão.

"Ao entrar na sala, a primeira coisa que fizeram foi amordaçar o senhor Blessington. Ele podia estar dormindo, ou tão paralisado pelo terror que não conseguiu gritar. Essas paredes são bastante grossas, e é concebível que, mesmo se tivesse tido tempo de gritar, os gritos não fossem ouvidos. Tendo-o amarrado, estou convicto de que fizeram uma pequena reunião. Com toda a probabilidade, simularam um processo judicial. Deve ter durado muito tempo, porque foi então que fumaram esses charutos. O velho sentou-se naquela cadeira de vime: foi ele quem usou a piteira. O mais jovem sentou-se lá; foi quem bateu a cinza na cômoda. O terceiro perambulou de um lado para o outro. Blessington, creio eu, ficou parado na cama, mas não estou absolutamente certo disso.

"Bem, acabaram agarrando Blessington e enforcando-o. A coisa foi tão bem planejada que acredito terem trazido um cepo ou moitão que servisse de forca. A chave de fenda e os parafusos eram para prendê-lo. Entretanto, vendo o gancho, ficaram livres da dificuldade. Terminada a obra, saíram, e a porta foi fechada atrás deles pelo cúmplice."

Todos ouviram esse apanhado dos feitos daquela noite, que Holmes deduziu de sinais tão sutis e diminutos que, mesmo quando os apontou para nós, não pudemos acompanhar-lhe o raciocínio.

O inspetor saiu no mesmo instante para investigar o criado, ao passo que Holmes e eu voltamos à Baker Street para o café da manhã.

– Estarei de volta lá pelas três – disse ele, logo que concluímos nossa refeição. – Tanto o inspetor como o doutor estarão esperando aqui a essa hora, e espero que por esse tempo já tenha esclarecido a pequena obscuridade que o caso ainda apresenta.

Nossas visitas chegaram na hora marcada, mas foi às 3h45 que meu amigo apareceu. Entretanto, por sua expressão ao entrar, pude ver que tudo tinha saído muito bem.

– Alguma novidade, inspetor?

– Prendemos o rapaz, senhor.

– Excelente, e eu prendi os homens.

– O senhor os prendeu! – exclamamos todos os três.

– Bem, pelo menos descobri a identidade deles. Esse tal Blessington é, como eu esperava, bem conhecido no meio policial, assim como seus assaltantes. Seus nomes são Biddle, Hayward e Moffat.

– Então Blessington deve ter sido Sutton.

– Precisamente – disse Holmes.

– A quadrilha do banco Worthingdon! – exclamou o inspetor.

– Exatamente – disse Holmes.

– Ora, isso é claro como um cristal – disse o inspetor, mas Trevelyan e eu olhamos um para o outro confusos.

– Os senhores devem lembrar, sem dúvida, do grande caso do banco Worthingdon – disse Holmes. – Cinco homens estavam envolvidos, esses quatro e um quinto, chamado Cartwright. Tobin, o segurança, foi assassinado, e os ladrões fugiram com sete mil libras. Isso foi em 1875. Os cinco foram presos, mas não houve contra eles provas conclusivas. No entanto, esse Blessington ou Sutton, que era o pior da quadrilha, virou delator. Em função do seu depoimento, Cartwright foi enforcado e os outros três ganharam quinze anos de prisão. Quando saíram, alguns anos antes de concluir-se a pena completa, puseram-se, como percebem, a catar o traidor, para vingar a morte de seu companheiro. Duas vezes tentaram agarrá-lo e fracassaram; na terceira vez, como veem, isso se realizou. Há mais alguma coisa que eu possa explicar, doutor Trevelyan?

– Creio que o senhor foi admiravelmente claro – disse o doutor. – Não há dúvida de que o dia em que ele ficou mais perturbado foi aquele em que leu nos jornais que os tinham libertado.

– Exatamente. Demonstrava medo de furto como mera desculpa.

– Mas por que não lhe disse isso?

– Bem, meu caro senhor, tendo consciência do caráter vingativo de seus antigos sócios, estava tentando ocultar a própria identidade de todo mundo que pudesse. Seu segredo era vergonhoso, e ele não podia revelá-lo. Entretanto, por mais perdido que estivesse, ainda vivia sob a proteção da lei britânica, e não tenho dúvida, inspetor, de que o senhor verá que, embora essa proteção não seja perfeita, a espada da justiça ainda está aí para vingar.

Foram essas as singulares circunstâncias relacionadas ao paciente residente e ao médico da Brook Street. Desde aquela noite, nenhum dos três assassinos foi visto pela polícia, e a Scotland Yard alimenta a hipótese de que eles estavam entre os passageiros do malfadado vapor *Norah Creina*, que se perdeu anos atrás na costa portuguesa, a algumas léguas ao norte do Porto. O processo contra o criado foi retirado por falta de provas, e o mistério da Brook Street, como foi chamado, até hoje não foi completamente divulgado para o público.

# O INTÉRPRETE GREGO

Durante todo o tempo em que estive bastante próximo de Sherlock Holmes, ele nunca se referiu às suas relações, e muito menos ao seu passado. Essa reticência da sua parte fez aumentar o efeito de certa forma sobrenatural que ele produzia sobre mim, a ponto de algumas vezes eu me descobrir tratando-o como um fenômeno, um cérebro sem coração, tão deficiente em simpatia humana quanto proeminente em inteligência. Sua aversão pelas mulheres e seu desinteresse em fazer novas amizades eram típicos de seu caráter nada emotivo, mas não mais do que a completa supressão de qualquer referência a sua família. Cheguei a pensar que ele fosse um órfão sem nenhum parente vivo, mas um dia, para minha grande surpresa, ele começou a me falar de seu irmão.

Foi depois do chá, numa noite de verão, e a conversa, que vagara de uma forma irregular e espasmódica dos clubes de golfe às causas da mudança na obliquidade da elíptica, veio dar por fim na questão do atavismo e de atitudes hereditárias. O ponto em discussão era o quanto um dom especial em um indivíduo era devido a seus ancestrais ou a um treinamento pessoal.

– No seu caso – eu disse –, em função de tudo o que me contou, parece óbvio que sua faculdade de observação e sua peculiar facilidade para deduções são devidas a um treinamento sistemático.

– Em certa medida – respondeu ele, pensativo. – Meus ancestrais eram proprietários rurais, que parecem ter levado a vida natural à sua classe. Mas, ainda assim, a direção que tomei está em minhas veias e pode ter vindo de minha avó, que era a irmã de Vernet, o artista francês. A arte do sangue está ligada às coisas mais estranhas.

– Mas como você sabe que isso é hereditário?

– Porque meu irmão Mycroft o possui num grau maior que o meu.

Isso, em verdade, era novidade para mim. Se existia na Inglaterra um outro homem com tais poderes, como é que nem a polícia e nem o público tinham ouvido falar dele? Fiz a pergunta, acentuando que era a modéstia de meu companheiro que o fazia reconhecer seu irmão como superior. Holmes riu diante do meu comentário.

– Meu caro Watson – disse ele –, não posso concordar com aqueles que colocam a modéstia entre as virtudes. Para o lógico, as coisas devem ser vistas exatamente como são, e subestimar a si mesmo é se afastar da verdade tanto quanto exagerar os próprios dons. Quando digo, portanto, que Mycroft tem um poder de observação melhor que o meu, você pode acreditar nisso literalmente.

– Ele é seu irmão mais moço?

– É sete anos mais velho.

– Mas por que não é conhecido?

– Ah, ele é muito conhecido dentro de seu próprio círculo.

– Onde, então?

– No clube Diógenes, por exemplo.

Nunca tinha ouvido falar de tal instituição, e meu rosto deve ter revelado isso, pois Sherlock Holmes tirou o relógio do bolso.

– O Diógenes é o clube mais estranho de Londres, e Mycroft, um dos homens mais estranhos. Ele está sempre lá, das quinze para as cinco às vinte para as oito. São seis horas agora, então, se você aceitar dar um passeio nesta bela tarde, ficarei contente de introduzi-lo a duas curiosidades.

Cinco minutos depois, estávamos na rua, caminhando na direção do Regent Circus.

– Você se admira – disse meu companheiro – de que Mycroft não use seus poderes para trabalhos de investigação. Ele é incapaz de fazer isso.

– Mas pensei que você tivesse dito que... !

– Eu disse que ele era superior a mim em observação e dedução. Se a arte da investigação começasse e terminasse com o raciocinar a partir de uma poltrona, meu irmão seria o maior agente criminal de todos os tempos. Mas ele não tem ambição nem energia. Ele sequer sairia de sua rotina a fim de comprovar suas próprias deduções, e preferiria que o considerassem errado do que ter de provar estar certo. Várias vezes levei problemas a ele e recebi uma explicação que depois se revelou ser a correta. E no entanto, ele era absolutamente incapaz de lidar com os pontos práticos que se tem de resolver antes de um caso ser colocado diante de um juiz ou júri.

– Não é a profissão dele, então?

– De forma alguma. O que para mim é um modo de vida, para ele é o mero *hobby* de um diletante. Ele tem uma capacidade extraordinária para números, e examina os livros de alguns departamentos do Governo. Mycroft vive em Pall Mall e passa por Whitehall toda manhã, e toda noite, ao voltar. De ano em ano, ele não faz nenhum outro exercício, e não é visto em nenhum outro lugar, exceto no clube Diógenes, que fica em frente a sua casa.

– Não consigo me lembrar desse nome.

– Muito plausível. Há muitos homens em Londres, você sabe, alguns por timidez, alguns por misantropia, que não desejam a companhia de seus colegas. Mas eles não têm aversão por poltronas confortáveis e pelos jornais do dia. Foi por esse motivo que surgiu o clube Diógenes, e agora ele abriga os homens mais antissociais da cidade. Não é permitido a nenhum membro que saiba nada sobre qualquer outro. Com exceção da Sala dos Estrangeiros, nenhuma conversa é, sob quaisquer circunstâncias, permitida, e três ofensas, se levadas aos ouvidos do comitê, tornam aquele que as proferiu sujeito à expulsão. Meu irmão foi um dos fundadores, e eu mesmo achei sua atmosfera bastante suave.

Chegamos à Pall Mall Street durante a conversa, e a descemos, a partir do fim da St. James. Sherlock Holmes parou em uma porta a alguma distância do Carlton e, advertindo-me para não falar, conduziu-me pelo *hall*. Através do apainelado de vidro, tive a visão de uma sala ampla e luxuosa, na qual estavam sentados lendo jornais uma quantidade considerável de homens, cada um em seu próprio cantinho. Holmes introduziu-me em uma salinha que dava para a Pall Mall e então, deixando-me por um minuto, voltou com alguém que eu sabia que só poderia ser seu irmão.

Mycroft Holmes era muito maior e mais forte do que Sherlock. Ele era absolutamente corpulento, mas seu rosto preservava algo da expressão afiada que era tão notável no irmão. Os olhos, de um cinza-claro peculiarmente aquoso, pareciam reter sempre aquele olhar introspectivo e distante que eu só observava em Sherlock quando ele exercia todos os seus talentos.

– Fico contente em conhecê-lo – disse ele, estendendo uma mão larga e chata, como a nadadeira de uma foca. – Tenho notícias de Sherlock Holmes por toda a parte, desde que o senhor se tornou seu cronista. Falando nisso, Sherlock, esperei vê-lo por aqui semana passada, para consultar-me quanto ao caso da Casa Manor. Pensei que estivesse encontrando dificuldades.

– Não, eu o resolvi – disse meu amigo, sorrindo.

– Foi Adams, é claro.

– Sim, foi Adams.

– Eu tinha certeza desde o início. – Os dois sentaram juntos no peitoral da janela. – Para qualquer um que quer estudar a humanidade, esse é o local – disse Mycroft. – Olhe para os magníficos tipos! Olhe para esses homens que vêm em nossa direção, por exemplo.

– O marcador de bilhar e o outro?

– Precisamente. O que você imagina do outro?

Os dois homens tinham parado do lado oposto em frente à janela. Algumas marcas de giz no bolso do colete eram os únicos sinais de bilhar que eu podia ver em um deles. O outro era um homem pequeno, moreno, com o chapéu puxado para trás e vários pacotes debaixo do braço.

– Um velho soldado, percebo – disse Sherlock.

– E dispensado muito recentemente – observou o irmão.

– Vejo que serviu na Índia.

– Um oficial não comissionado.

– Artilharia Real, imagino – disse Sherlock.

– E viúvo.

– Mas com um filho.

– Filhos, meu caro, filhos.

– Assim também já é demais – disse eu, rindo.

– Certamente – respondeu Holmes – não é difícil dizer que um homem com aquele porte, com aquela expressão de autoridade e aquela pele bronzeada é um soldado, mais que um soldado raso, e que não faz muito que esteve na Índia.

— Que não faz muito que ele deixou o serviço é demonstrado por ele ainda vestir suas botas de remuniciamento, como são chamadas — observou Mycroft.

— Ele não tem o andar da cavalaria, e no entanto usa o chapéu caído de lado, como o demonstra a pele mais clara daquele lado da testa. Não tem o peso de um sapador. Está na artilharia.

— E então, é claro, seu completo pesar mostra que ele perdeu alguém muito próximo. O fato de ele estar fazendo suas próprias compras parece indicar que foi sua mulher. Ele comprou coisas para as crianças, você pode ver. Há um chocalho que indica que uma delas é bem novinha. A mulher provavelmente morreu durante o parto. O fato de que ele tem um livro ilustrado sob o braço mostra que há uma outra criança.

Comecei a entender o que meu amigo queria dizer quando se referiu a seu irmão como possuidor de capacidades maiores do que as suas. Ele me olhou de relance e sorriu. Mycroft tomou uma pitada de rapé de uma caixa de casco de tartaruga e limpou os grãos caídos no casaco com um lenço vermelho de seda.

— A propósito, Sherlock — disse ele —, tenho algo do seu agrado. Um problema dos mais estranhos, submetido ao meu julgamento. Realmente não tenho energia para levá-lo adiante, exceto parcialmente, mas ele me deu as bases para especulações muito agradáveis. Se tiver paciência para ouvir o relato dos fatos...

— Meu caro Mycroft, seria um prazer.

O irmão escreveu algo em uma folha da sua caderneta e, tocando a sineta, entregou-a para o garçom.

– Pedi ao senhor Melas que viesse – disse ele. – Ele mora no andar acima do meu, e tenho uma ligeira intimidade com ele, o que o levou a me procurar. Ele é de origem grega, pelo que sei, e é um linguista formidável. Ganha a vida parcialmente como intérprete nas cortes judiciais e como guia de ricos orientais que visitam os hotéis da Northumberland Avenue. Mas vou deixar ele mesmo contar, do seu jeito, sua notável experiência.

Poucos minutos depois, juntou-se a nós um homem pequeno e robusto, cuja face cor de oliva e o cabelo preto como carvão denunciavam uma origem sulina, embora seu sotaque fosse o de um cavalheiro inglês. Ele cumprimentou animadamente Sherlock Holmes, e seus olhos negros cintilaram de prazer quando ele percebeu que o especialista estava ansioso para ouvir sua história.

– Não creio que a polícia tenha acreditado em mim. Dou minha palavra que não – disse ele, numa voz pesarosa. – Porque nunca ouviram falar de nada semelhante antes, acham que tal coisa não pode existir. Mas sei que nunca mais terei descanso até saber o que aconteceu com o pobre homem de esparadrapo no rosto.

– Sou todo ouvidos – disse Sherlock Holmes.

– Hoje é quarta-feira – disse o senhor Melas. – Bem, então, foi na segunda à noite, dois dias atrás, que tudo isso aconteceu. Sou intérprete, como talvez meu vizinho tenha lhes contado. Falo todas as línguas, ou quase todas, mas como sou grego, e com um nome grego, é com essa língua que sou principalmente associado. Há vários anos, sou o principal intérprete de grego em Londres, e meu nome é muito conhecido nos hotéis.

"Não é muito incomum que eu seja enviado em horas estranhas para ajudar estrangeiros em dificuldade, ou viajantes que chegam tarde e desejam meus serviços.

Não fiquei surpreso, portanto, na segunda à noite, quando um tal senhor Latimer, um jovem muito bem-vestido, veio até meus aposentos e me pediu para acompanhá-lo num carro de aluguel, que estava esperando na porta. Um amigo grego fora visitá-lo por motivo de negócios, e, como ele não falava nenhuma outra língua senão a sua, os serviços de um intérprete eram indispensáveis. Ele me deu a entender que sua casa era um pouco distante, em Kensington, e ele estava muito afobado, apressando-me para o carro quando descemos à rua.

"Eu falei que era um carro de aluguel, mas logo fiquei na dúvida se não era numa carruagem particular que me encontrava. Havia certamente mais espaço do que nessas ordinárias desgraças londrinas de quatro rodas, e os acessórios, embora gastos, eram de qualidade. O senhor Latimer sentou-se à minha frente e partimos atravessando a Charing Cross e subindo a Shaftesbury Avenue. Estávamos na Oxford Avenue, quando me aventurei a observar que aquele era um caminho complicado para ir a Kensington, e minhas palavras foram detidas pela conduta estranha de meu companheiro.

"Ele começou tirando do bolso um cacete coberto de chumbo, e o brandia para frente e para trás, como se para testar seu peso e força. Então, colocou-o, sem uma palavra, ao seu lado no banco. Tendo feito isso, levantou as janelas e vi, espantado, que elas estavam cobertas de papel para me impedir de ver através delas.

"Peço desculpas por impedir-lhe a visão, senhor Melas – disse ele. – O fato é que não tenho intenção de que o senhor veja o lugar para onde estamos indo. Pode ser inconveniente para mim se o senhor souber o caminho.

"Como pode imaginar, fiquei completamente intimidado com tal atitude. Meu companheiro era um jovem forte, de ombros largos, e, independente da arma, eu não teria a menor chance numa luta com ele.

"– Essa é uma conduta muito estranha, senhor Latimer – eu gaguejei. – O senhor deve saber que isso é completamente ilegal.

"– É um excesso, sem dúvida – disse ele –, mas nós vamos compensá-lo. Devo advertir-lhe, entretanto, senhor Melas, de que, se em qualquer momento, essa noite, o senhor tentar dar algum alarme ou fazer algo contra meus interesses, isso poderá ser muito perigoso. Peço-lhe para lembrar que ninguém sabe onde o senhor está e que, seja nesta carruagem ou em minha casa, o senhor está sob meu poder.

"Suas palavras eram tranquilas, mas ele tinha um modo ameaçador de dizê-las que era desagradável. Fiquei em silêncio, imaginando por que razão estaria ele me raptando de maneira tão estranha. Fosse qual fosse o motivo, era claro que seria inútil resistir, e que me restava apenas esperar e ver o que aconteceria.

"Por quase duas horas, dirigimos sem que eu tivesse a menor pista de onde estávamos indo. Algumas vezes, o chacoalhar das pedras indicava uma estrada pavimentada, e outras, nosso curso macio e silencioso sugeria o asfalto; mas, tirando essa variação nos sons, não havia nada que pudesse, mesmo da forma mais remota, ajudar-me a fazer uma suposição de onde estávamos. O papel sobre as janelas era impenetrável à luz. Eram 7h15 quando deixamos Pall Mall, e meu relógio mostrava que eram dez para as nove quando finalmente paramos. Meu companheiro baixou a janela, e pude ver de relance o vão de uma porta baixa e arqueada, sobre a qual havia uma lâmpada acesa.

Enquanto eu era tirado apressadamente para fora da carruagem, ela se abriu, e me encontrei dentro da casa, com uma vaga impressão de haver um gramado e árvores ao meu lado enquanto entrava. Entretanto, se esses eram terrenos particulares ou *bona fide*, isso era uma coisa que eu não poderia dizer.

"Dentro, havia uma lâmpada a gás colorida, que estava tão baixa que eu pouco podia ver, exceto que a sala era razoavelmente espaçosa e cheia de quadros. Na luz difusa, pude perceber que a pessoa que tinha aberto a porta era um homem pequeno, de aspecto medíocre, meia-idade e ombros encurvados. Quando se virou para nós, percebi que usava óculos.

"– Esse é o senhor Melas, Harold? – disse ele.

"– Sim.

"– Ótimo. Muito bem. Nenhum ressentimento entre nós, espero, senhor Melas, mas não podemos ir adiante sem o senhor. Se for honesto conosco, não se arrependerá; mas se tentar quaisquer truques, Deus lhe ajude!

"Ele falava de um modo ansioso e entrecortado entre risadinhas contidas, mas de alguma forma me causou mais medo do que o outro.

"– O que quer de mim? – perguntei.

"– Somente que faça algumas perguntas a um cavalheiro grego que está nos visitando e nos traduza as respostas. Mas não diga nada além do que lhe for ordenado, ou... – nesse ponto deu mais uma de suas risadinhas nervosas – será melhor nem ter nascido.

"Enquanto falava, ele abriu a porta e mostrou o caminho para um quarto mobiliado com requinte, mas, novamente, a única luz vinha de uma lâmpada que não estava totalmente acesa. O quarto era amplo, e o modo como meus pés afundaram no carpete, quando caminhei sobre ele, mostraram-me o seu valor. Vislumbrei cadeiras de veludo, um parapeito de lareira alto, de mármore branco, e, ao lado, o que parecia ser um jogo de armaduras japonesas. Havia uma cadeira exatamente abaixo da lâmpada, e o homem mais velho fez sinal para eu sentar ali. O mais novo tinha nos deixado, mas subitamente ele retornou por uma outra porta, trazendo consigo um homem vestido com uma espécie de roupão desamarrado, que se movia vagarosamente em nossa direção. Assim que ele entrou para o círculo da luz sombria, pude vê-lo mais claramente, e arrepiei-me de horror com sua aparência. Estava mortalmente pálido e era terrivelmente macilento, tinha os olhos salientes e brilhantes de um homem cujo espírito é maior que suas forças. Mas o que me chocou, mais do que qualquer sinal de fraqueza física, foi sua face coberta de forma grotesca por esparadrapos, inclusive a boca, presa por um largo pedaço.

"– Você tem uma lousa, Harold? – gritou o homem mais velho, no momento em que essa estranha criatura mais caiu do que sentou sobre a cadeira. – Suas mãos estão livres? Dê-lhe então um lápis. O senhor Melas fará as perguntas e ele escreverá as respostas. Antes de qualquer coisa, pergunte a ele se está preparado para assinar os papéis.

"Os olhos do homem lançaram chispas de fogo.

"– Nunca – escreveu ele em grego sobre a lousa.

"– Sob nenhuma condição? – perguntei por ordem de nosso tirano.

"– Somente se a vir casada em minha presença por um padre grego que eu conheça.

"O homem se espremeu do seu modo peçonhento.

"– Você sabe então o que o espera?

"– Nada temo quanto a mim.

"Esses são exemplos das perguntas e respostas da nossa estranha conversação, metade falada e metade escrita. Várias vezes, tive de perguntar-lhe se iria desistir e assinar o documento. Várias vezes, obtive a mesma resposta indignada. Mas logo tive uma feliz ideia. Comecei a acrescentar frases minhas a cada questão. Frases inocentes, de início, para testar se algum de nossos companheiros entendia algo, e então, quando percebi que permaneciam na mesma, arrisquei um jogo mais perigoso. Nossa conversa correu mais ou menos assim:

"– Nada de bom pode vir dessa sua obstinação. *Quem é você?*

"– Não me importo. *Sou um estrangeiro em Londres.*

"– Seu destino está em suas mãos. *Desde quando está aqui?*

"– Que assim seja. *Três meses.*

"– Essa propriedade jamais será sua. *O que o aflige?*

"– Não farei trato com vilões. *Fazem-me passar fome.*

"– Será libertado se assinar. *Que casa é esta?*

"– Não assinarei nunca. *Não sei.*

"– Você não a está ajudando em nada. *Qual é o seu nome?*

"– Deixe-me ouvi-la dizer isso. *Kratides.*

"– Se assinar, poderá vê-la. *De onde você é?*

"– Então não a verei. *Atenas.*

"Mais cinco minutos, senhor Holmes, e eu teria descoberto toda a história debaixo de seus narizes. Justamente minha pergunta seguinte poderia ter esclarecido tudo, mas naquele instante a porta se abriu e uma mulher entrou no quarto. Só pude ver que era alta, graciosa e morena e que estava vestida com um tipo de bata branca.

"– Harold! – disse ela, falando em inglês com um sotaque entrecortado. – Não pude ficar mais tempo afastada. Lá em cima é tão isolado com apenas... oh! Por Deus, é Paulo!

"Essas últimas palavras foram ditas em grego, e no mesmo momento o homem, com um esforço convulsivo, arrancou o esparadrapo dos lábios e, gritando 'Sofia! Sofia!', correu para os braços da mulher. Seu abraço durou apenas um instante, entretanto, pois o mais jovem agarrou a mulher e empurrou-a para fora do quarto, enquanto o mais velho dominava facilmente sua vítima e a arrastava para longe pela outra porta. Por um segundo, fui deixado sozinho no quarto, e levantei de um salto com a vaga ideia de que poderia, de alguma forma, encontrar uma pista sobre a casa em que me encontrava. Por sorte, entretanto, não dei nenhum passo, pois, olhando ao redor, vi que o homem mais velho estava parado no vão da porta, com os olhos fixos sobre mim.

"– Isso já é o suficiente, senhor Melas – disse ele. – O senhor percebe que o colocamos em nossa confiança no que diz respeito a um negócio muito particular. Não o teríamos incomodado, se nosso amigo que fala grego e que deu início a todas essas negociações não tivesse sido forçado a retornar para o Leste. Era-nos absolutamente necessário encontrar alguém para substituí-lo, e tivemos sorte de ouvir falar de seus conhecimentos.

"Fiz uma mesura afirmativa.

"– Eis aqui cinco soberanos – disse ele, caminhando em minha direção –, que serão, espero, um pagamento suficiente. Mas lembre-se –, acrescentou ele, dando-me um tapinha no peito –, se o senhor falar a uma só pessoa a respeito disso, a uma única pessoa, bem... Deus tenha piedade de sua alma!

"Não posso descrever a aversão e o horror que esse homem aparentemente insignificante me inspirou. Podia vê-lo melhor naquele momento, quando a lâmpada brilhava sobre ele. Suas feições eram magras e amareladas, e sua barbinha pontiaguda era rala e malcuidada. Ele empurrava a cabeça para frente conforme falava, e seus lábios e pálpebras repuxavam, como os de um homem com a Dança de São Vito*. Não podia deixar de pensar que sua risadinha capciosa era também o sintoma de alguma doença dos nervos. O que me provocava terror eram, entretanto, seus olhos cinza-azulados, cintilando friamente com uma crueldade maligna e inexorável que vinha de seus abismos.

"– Ficaremos sabendo se o senhor contar algo – disse ele. – Temos nossos próprios meios de informação. Agora, o senhor encontrará a carruagem a sua espera, e meu amigo o acompanhará durante a viagem.

"Enquanto era apressado pelo corredor e para dentro do veículo, tive mais uma vez a visão momentânea de árvores e um jardim. O senhor Latimer me seguia de muito perto e tomou seu lugar a minha frente sem dizer uma palavra. Em silêncio, seguimos de novo por uma distância interminável, com as janelas levantadas, até que finalmente, logo depois da meia-noite, a carruagem parou.

"– Ficará por aqui, senhor Melas – disse meu companheiro. – Lamento deixá-lo tão longe de sua casa, mas não há alternativa. Qualquer tentativa de sua parte de seguir a carruagem só pode ser prejudicial ao seu próprio bem.

"Ele abriu a porta enquanto falava, e mal tive tempo de pular quando o cocheiro chicoteou o cavalo e a carruagem bateu em retirada. Olhei ao redor assombrado. Estava numa espécie de terreno baldio, cheio de moitas escuras. Longe, avistei uma fileira de casas, com uma janela

---

* Ver nota na p. 65.

superior iluminada aqui, outra acolá. Do outro lado, havia os sinalizadores vermelhos de uma ferrovia.

"A carruagem que me trouxera já tinha desaparecido de vista. Fiquei olhando ao redor e me perguntando onde diabos poderia estar, quando vi alguém caminhando na minha direção no escuro. Quando se aproximou, percebi que era o guarda-linha.

"– O senhor pode me dizer que lugar é este? – perguntei.

"– Wandsworth Common – disse ele.

"– Posso pegar um trem para a cidade?

"– Se o senhor caminhar mais ou menos um quilômetro e meio até a estação Clapham Junction – disse ele –, chegará em tempo de pegar o último para estação Victoria.

"E esse foi o final de minha aventura, senhor Holmes. Não sei onde estive, nem com quem falei, nem nada mais exceto o que lhe disse. Mas sei que estão jogando sujo com alguém, e tenho vontade de ajudar o infeliz, se puder. Contei toda a história para o senhor Mycroft Holmes na manhã seguinte e, subsequentemente, para a polícia."

Sentamo-nos todos em silêncio por algum tempo depois de ouvir essa narrativa extraordinária. Então Sherlock olhou na direção de seu irmão.

– Alguma providência? – ele perguntou.

Mycroft pegou o *Daily News*, que estava numa mesinha de canto.

Qualquer pessoa que possa fornecer informações a respeito do paradeiro de um cavalheiro grego chamado Paulo Kratides, de Atenas, o qual não sabe falar inglês, será recompensada. Um prêmio similar será pago a qualquer pessoa que der informações sobre uma senhora grega cujo primeiro nome é Sofia. X 2473.

– Isto foi publicado em todos os jornais. Sem resposta.

– E quanto à Embaixada Grega?

– Perguntei e eles não sabem de nada.

– Um telegrama para a chefia da polícia de Atenas, então?

– Sherlock concentra toda a energia da família – disse Mycroft, virando-se para mim. – Bem, tome conta do caso, e me comunique se tiver sucesso.

– Certamente – respondeu meu amigo, levantando-se da cadeira. – Comunicarei também ao senhor Melas. Enquanto isso, sr. Melas, eu ficaria atento, se fosse o senhor, pois, é claro, eles devem saber por esses anúncios que foram traídos.

Quando caminhávamos juntos de volta para casa, Holmes parou num posto de telégrafo e enviou vários telegramas.

– Você vê, Watson – observou ele –, nossa tarde não foi de modo algum desperdiçada. Alguns de meus casos mais interessantes chegaram a mim dessa forma, por intermédio de Mycroft. O problema que acabamos de ouvir, embora só admita uma única explicação, tem ainda assim características notáveis.

– Você tem esperança de solucioná-lo?

– Bem, sabendo o que sabemos, seria estranho que fracassássemos na descoberta do resto. Você mesmo deve ter alguma teoria para explicar os fatos que escutamos.

– Vagamente, sim.

– E qual é, então?

– Parece óbvio que essa moça grega foi raptada pelo jovem inglês chamado Harold Latimer.

– Raptada de onde?

– Atenas, talvez.

Sherlock Holmes esfregou as mãos.

– Esse jovem não é capaz de dizer uma palavra em grego. A dama sabe falar inglês. A inferência é a de que ela está na Inglaterra há algum tempo, e que ele não esteve na Grécia.

– Bem, então digamos que ela tenha vindo visitar a Inglaterra, e que esse Harold a tenha persuadido de fugir consigo.

– Isso é mais provável.

– Então o irmão, pois essa, imagino, é a relação, veio da Grécia para interferir. Ele se colocou imprudentemente em poder do jovem e seu sócio mais velho. Eles o prenderam e utilizaram de violência contra ele para fazê-lo assinar alguns papéis para transferir a fortuna da moça, pela qual ele deve ser o responsável, para eles. Isso ele se recusou fazer. Para poderem negociar com ele, tiveram de conseguir um intérprete, e caíram sobre esse senhor Melas, tendo usado algum outro antes. A moça não foi avisada da chegada do irmão e descobriu tudo por mero acidente.

– Excelente, Watson – gritou Holmes. – Realmente acho que você não está longe da verdade. Vê que temos todas as cartas, apenas tememos algum ato de violência da parte deles. Se nos derem tempo, devemos pegá-los.

– Mas como podemos descobrir onde fica essa casa?

– Bem, se nossa conjectura está correta, e o nome da garota é, ou era, Sofia Kratides, não teremos dificuldade em seguir-lhe a pista. Essa deve ser nossa principal esperança, pois o irmão, claro, é totalmente desconhecido. É evidente que esse Harold estabeleceu essas relações com a moça há algum tempo, algumas semanas no mínimo, já que o irmão, que estava na Grécia, teve tempo de saber e vir até aqui. Se viveram no mesmo lugar durante esse tempo, é provável que tenhamos alguma resposta ao anúncio de Mycroft.

Enquanto conversávamos, chegamos à nossa casa na Baker Street. Holmes subiu as escadas primeiro e, quando abriu a porta do quarto, teve um sobressalto. Olhando sobre seus ombros, fiquei igualmente assombrado. Seu irmão Mycroft estava sentado na poltrona, fumando.

– Entre, Sherlock, entre! – disse ele com brandura, sorrindo diante de nossa surpresa. – Você não esperava que eu tivesse tal energia, não é mesmo? Mas, de alguma forma, esse caso me atrai.

– Como chegou aqui?

– Passei por vocês num cabriolé.

– Houve algum novo acontecimento?

– Responderam ao meu anúncio.

– Ah!

– Sim. Alguns minutos depois que você partiu.

– E responderam o quê?

Mycroft Holmes tirou do bolso uma folha de papel.

– Aqui está – disse ele –, escrito em caneta tinteiro sobre um fino papel creme, por um homem de meia-idade e constituição fraca. "Senhor", ele diz, "em resposta ao seu anúncio de hoje, gostaria de informar-lhe que conheço muito bem a moça em questão. Se puder fazer o favor de me ligar, posso lhe dar alguns detalhes da sua dolorosa história. Ela no momento vive no distrito de The Myrtles, em Beckenham. Atenciosamente, J. Davenport."

– Ele escreve de Lower Brixton – disse Mycroft Holmes. – Você acha que devemos ir até lá agora, Sherlock, para saber desses detalhes?

– Meu caro Mycroft, a vida do irmão é mais importante do que a história da irmã. Acho que devemos ligar para o inspetor Gregson, da Scotland Yard, e ir diretamente a Beckenham. Sabemos que um homem está sendo levado à morte, e cada hora pode ser vital.

– Melhor pegarmos o senhor Melas no caminho – sugeri. – Podemos precisar de um intérprete.

– Excelente! – disse Sherlock Holmes. – Peça ao menino que consiga um carro de aluguel, partiremos agora. – Enquanto falava, ele abriu a gaveta da escrivaninha, e percebi que colocava discretamente o revólver no bolso. – Sim – disse ele, em resposta ao meu olhar –, devo dizer, em função do que ouvimos, que estamos lidando com uma gangue particularmente perigosa.

Já estava bem escuro quando chegamos a Pall Mall, na casa do senhor Melas. Um cavalheiro tinha acabado de chamá-lo, e ele saíra.

– Pode me dizer para onde? – perguntou Mycroft Holmes.

– Não sei, senhor – respondeu a mulher que tinha aberto a porta. – Só sei que partiu numa carruagem com um cavalheiro.

– O cavalheiro não deu um nome?

– Não, senhor.

– Era um homem alto, bonito, de cabelos pretos?

– Oh, não, senhor. Era um homem pequeno, de óculos, com o rosto fino, mas muito engraçado, pois ria o tempo todo ao falar.

– Vamos! – gritou Sherlock Holmes, abruptamente. – As coisas estão ficando sérias! – observou ele, enquanto nos dirigíamos para a Scotland Yard. – Aqueles homens pegaram Melas mais uma vez. Ele não é um homem corajoso, como eles bem sabem por sua experiência na outra noite. Esse bandido aterrorizou-o desde o momento em que apareceu diante dele. Sem dúvida que querem seus serviços profissionais, mas, depois disso, podem se inclinar a puni-lo pelo que devem considerar uma traição.

Nossa esperança era a de que, pegando um trem, chegaríamos em Beckenham junto com a carruagem ou antes dela. Ao chegarmos à Scotland Yard, entretanto, levou mais de uma hora para que encontrássemos o inspetor Gregson e cumpríssemos com as formalidades legais que nos permitiriam entrar na casa. Eram quinze para as dez quando passamos pela ponte de Londres, e meia hora depois nós quatro descemos na plataforma de Beckenham. Uma caminhada de oitocentos metros nos levou a The Myrtles, uma casa grande, escura, afastada da estrada. Ali, dispensamos o carro e seguimos pelo caminho.

– As janelas estão todas escuras – observou o inspetor. – A casa parece deserta.

– Nossos pássaros voaram, deixando o ninho vazio – disse Holmes.

– Por que diz isso?

– Uma carruagem carregada de bagagens passou por aqui nas últimas horas.

O inspetor sorriu.

– Vejo as marcas das rodas à luz da lâmpada do portão, mas e a bagagem?

– O senhor pode observar as mesmas marcas de rodas no sentido contrário. Mas as que vão para fora estão muito mais fundas, tão fundas que podemos dizer com certeza que havia um peso considerável na carruagem.

– Você se diverte às minhas custas – disse o inspetor, dando de ombros. – Nenhuma porta será fácil de forçar. Mas tentaremos, se ninguém nos ouvir.

Ele bateu a aldrava com força e puxou o sino, sem nenhum sucesso. Holmes tinha desaparecido, mas retornou em poucos minutos.

– Abri uma janela – disse ele.

– É uma sorte que o senhor esteja do nosso lado, e não contra, senhor Holmes – observou o inspetor, quando viu o modo inteligente com que meu amigo tinha forçado o trinco para trás. – Bem, creio que, dadas as circunstâncias, podemos entrar sem esperar nenhum convite.

Um depois do outro entramos num grande aposento, que era evidentemente aquele em que o senhor Melas estivera. O inspetor acendeu uma lanterna, e pude ver as duas portas, a cortina, a lâmpada e o jogo de armaduras japonesas que ele tinha descrito. Na mesa estavam dois copos, uma garrafa de conhaque vazia e os restos de uma refeição.

– O que é isso? – perguntou Holmes, subitamente.

Ficamos todos parados, ouvindo. Um som baixo e lastimoso vinha de algum lugar acima de nós. Holmes correu até a porta e saiu para o corredor. O ruído vinha do andar de cima. Ele disparou escada acima, com o inspetor e eu atrás dele, enquanto seu irmão, Mycroft, seguia-nos o mais rápido que permitia seu grande tamanho.

Três portas encaravam-nos no segundo andar, e era da porta central que vinham os sons sinistros, que ora mergulhavam num murmúrio surdo ora se elevavam num gemido pungente. Estava trancada, mas com a chave do lado de fora. Holmes derrubou a porta e lançou-se para dentro, mas em um instante saiu novamente com a mão na garganta.

– É carvão – gritou. – É preciso dar tempo para que se dissipe um pouco.

Espiando para dentro, podíamos ver que a única luz no quarto vinha de uma chama opaca azul, que bruxuleava de um suporte de bronze no centro. Ela produzia um círculo sobrenatural sobre o chão, e, nas sombras além, pude ver o vulto vago de duas figuras agachadas contra a parede. Da porta aberta, saía uma horrível e venenosa exalação, que nos deixou arfando e tossindo. Holmes correu até a escada para aspirar ar fresco e, então, lançando-se para dentro do quarto, abriu a janela e arremessou o tripé de bronze para o jardim.

– Poderemos entrar em um minuto – disse ele, com a voz entrecortada, correndo novamente para fora. – Onde está a vela? Duvido que se possa riscar um fósforo ali. Segure a luz aqui na porta, Mycroft, e nós os traremos para fora. Agora!

Rapidamente, pegamos os homens envenenados e os levamos para o patamar da escada. Ambos tinham os lábios azuis e insensíveis, as faces inchadas e congestionadas e os olhos saltados. De fato, tão distorcidas estavam suas feições que, exceto pela barba negra e a figura robusta, não teríamos reconhecido o intérprete grego que tínhamos visto havia poucas horas no clube Diógenes. Suas mãos e pés estavam unidos por fortes amarras, e ele tinha a marca de um golpe violento no olho. O outro, que estava preso de modo similar, era alto, extremamente magro e tinha várias tiras de esparadrapo colocadas de forma grotesca sobre a face. Ele silenciou quando o colocamos no chão, e de relance percebi que, para ele, pelo menos, nossa ajuda tinha chegado muito tarde. O senhor Melas, entretanto, ainda vivia, e, em menos de uma hora, com a ajuda de amônia de conhaque, tive a satisfação de vê-lo abrir os olhos e de saber que minha mão o tinha trazido de volta do vale negro onde todos os caminhos se encontram.

Era uma história simples a que ele tinha para nos contar, e que apenas confirmou nossas deduções. O visitante, ao entrar em seus aposentos, tinha tirado da manga um cacete de ponta chumbada e o tinha amedrontado tanto com a possibilidade de uma morte inevitável que o raptara pela segunda vez. De fato, era quase hipnótico o efeito que aquele risonho rufião produzia sobre o infeliz tradutor, que não conseguia falar dele sem que suas mãos tremessem e as faces se tornassem pálidas. Ele fora levado rapidamente a Beckenham e tinha trabalhado como intérprete em uma segunda entrevista, ainda mais dramática que a primeira, em que os dois ingleses ameaçavam o prisioneiro de morte, caso ele não cumprisse suas exigências. Finalmente, como ele se mantinha irredutível, o tinham arremessado de volta na prisão e, depois de censurarem Melas por sua traição, evidente pelo anúncio dos jornais, golpearam-no com um bastão, e ele não se lembrava de mais nada até o momento em que nos encontrou inclinados sobre ele.

E esse foi o estranho caso do intérprete grego, cuja explicação permanece envolvida em certo mistério. Descobrimos, com o cavalheiro que tinha respondido ao anúncio, que a pobre moça era de uma rica família grega e que viera visitar alguns amigos na Inglaterra. Durante esse período, ela conhecera um jovem chamado Harold Latimer, que tinha adquirido um domínio sobre ela e, por fim, a persuadira de fugir consigo. Seus amigos, chocados com o evento, contentaram-se em informar o irmão dela em Atenas e, com isso, lavaram as mãos. O irmão, chegando à Inglaterra, colocara-se imprudentemente nas mãos de Latimer e de seu comparsa, cujo nome era Wilson Kemp, um homem com os mais sórdidos antecedentes. Os dois, percebendo que, por sua ignorância da língua, ele estava sem defesa diante deles, mantiveram-no como prisioneiro e empenharam-se, com crueldades e inanição, em fazê-lo passar para eles sua fortuna e da irmã. Eles o prendiam na casa sem que a moça soubesse, e o esparadrapo sobre a face tinha o propósito de dificultar o reconhecimento no caso de ela vê-lo por algum momento. Sua intuição feminina, entretanto, imediatamente enxergara através do disfarce, quando, durante a primeira visita do intérprete, ela o vira pela primeira vez. A pobre moça, entretanto, era também prisioneira, pois não havia mais ninguém na casa exceto o homem que servia de cocheiro e sua esposa, ambos instrumentos dos conspiradores. Descobrindo que seu segredo tinha sido revelado e que não tinham como coagir o prisioneiro, os dois vilões, junto com a moça, prontamente fugiram da casa que tinham alugado, vingando-se, primeiro, conforme acreditavam, do homem que os desafiara e daquele que os tinha traído.

Meses depois, um curioso recorte de jornal de Budapeste chegou a nós. Ele contava como dois ingleses que viajavam com uma mulher haviam tido um fim trágico. Foram apunhalados, parece, e a polícia húngara era da opinião de que tinham se desentendido e ferido um ao outro. Entretanto, creio que Holmes tem outra opinião, e ele sustenta até hoje que, se alguém encontrar a jovem grega, descobrirá como ela e seu irmão foram vingados.

# O TRATADO NAVAL

O JULHO SEGUINTE ao meu casamento é inesquecível por três casos interessantes nos quais tive o privilégio de acompanhar Sherlock Holmes e de estudar seus métodos. Encontro-os registrados em minhas notas sob os títulos de *A aventura da segunda mancha*, *A aventura do tratado naval* e *A aventura do capitão Cansado*. A primeira delas, entretanto, envolve tamanhos interesses e tantas das principais famílias do reino que, por muitos anos, será impossível publicá-la. Nenhum caso, contudo, ilustrou o valor de seus métodos analíticos tão claramente ou impressionou tão profundamente aqueles que estavam com ele. Ainda tenho um relato quase literal da entrevista em que ele revelou os verdadeiros fatos para Monsieur Dubuque, da Polícia de Paris, e Fritz von Waldbaum, o conhecido especialista de Danzig, os quais tinham desperdiçado energia em questões que se revelaram menores. O novo século chegará, entretanto, sem que se possa contar a história com segurança. Enquanto isso, passo para o segundo da minha lista, que também promete ser de importância nacional, tendo sido marcado por vários incidentes que lhe dão um caráter único.

Em meus dias de colégio, estive intimamente ligado a um menino chamado Percy Phelps, da mesma idade que eu, embora estivesse duas classes na minha frente. Ele era um menino brilhante e ganhava todos os prêmios que a escola oferecia, coroando suas proezas com a conquista de uma bolsa, que o enviou para sua carreira triunfante em Cambridge. Ele era, recordo-me, extremamente bem relacionado, e enquanto não passávamos de um bando de meninos, o irmão de sua mãe era lorde Holdhurst, o famoso político conservador. Esse parentesco não lhe ajudava muito no colégio; ao contrário, era antes um estimulante para o atormentarmos no pátio, batendo em suas canelas com um taco de críquete. Mas foi bem diferente quando ele saiu para o mundo. Ouvi falar que suas habilidades e seu poder de influência lhe ajudaram a conquistar uma boa posição no Ministério do Exterior, e então não soube mais dele até que a carta a seguir me relembrou de sua existência:

Briarbrae, Woking

Meu caro Watson,

Não tenho dúvidas de que se lembra do "Girino" Phelps, que estava na quinta série quando você estava na terceira. É possível, inclusive, que tenha ouvido falar que, com a influência de meu tio, obtive uma boa colocação no Ministério do Exterior, e que eu estava numa posição de confiança até que uma horrível desgraça veio arruinar minha carreira.

Não faz sentido descrever os detalhes desse acontecimento tenebroso. No caso de aceitar o meu pedido, devo narrá-lo a você. Acabo de me recuperar após nove semanas de febre cerebral, e ainda estou muito fraco. Você poderia trazer seu amigo, o senhor Holmes, para me ver? Gostaria de ter a opinião dele sobre o caso, embora as autoridades me assegurem que nada mais pode ser feito. Tente trazê-lo aqui, o quanto antes. Cada minuto parece uma hora enquanto vivo nesse terrível suspense. Assegure-o de que, se não pedi antes seu conselho, não foi por não apreciar seus talentos, mas porque estive inconsciente desde que tudo desabou. Agora estou consciente de novo, embora não ouse pensar muito no assunto, por medo de uma recaída. Estou ainda tão fraco que tenho de escrever, como você vê, ditando. Tente trazê-lo.

Seu velho colega de colégio,

Percy Phelps

Algo me tocou quando li essa carta, algo comovente nos reiterados apelos para levar Holmes. Fiquei tão impressionado que, mesmo se fosse algo difícil, teria tentado. Mas, é claro, sabia muito bem que Holmes adorava a sua arte, e que estava sempre tão pronto para prestar ajuda quanto seu cliente por recebê-la. Minha mulher concordou comigo que nenhum momento devia ser perdido e que eu devia colocar Holmes a par do assunto imediatamente. Assim, durante o almoço, encontrei-me uma vez mais nos velhos aposentos da Baker Street.

Holmes ainda estava de roupão, sentado à mesa e trabalhando numa investigação química. Um grande frasco de vidro bojudo com gargalo estreito fervia furiosamente na chama azul de um bico de Bunsen, e as gotas destiladas condensavam-se dentro de uma medida de dois litros. Meu amigo mal levantou os olhos quando entrei, e eu, vendo que sua investigação era importante, sentei-me numa poltrona e esperei. Ele mergulhava nesse ou naquele frasco, retirando pequenas gotas de cada um com sua pipeta de vidro, e finalmente trouxe um tubo de ensaio contendo alguma solução para a mesa. Em sua mão direita, tinha um pedaço de papel tornassol.

– Você chegou num momento decisivo, Watson – disse ele. – Se esse papel permanecer azul, tudo está bem. Se ele ficar vermelho, significa a vida de um homem.

Holmes mergulhou o pedaço de papel no tubo de ensaio, e ele enrubesceu imediatamente num vermelho opaco e sujo.

— Hum! Já imaginava — gritou. — Estarei à sua disposição em um instante, Watson. Você encontrará tabaco no chinelo persa.

Ele voltou até a mesa e rabiscou vários telegramas, que alcançou para o pajem. Atirou-se, então, na poltrona na minha frente e puxou os joelhos para cima entrelaçando os dedos ao redor de suas longas e magras pernas.

— Um pequeno assassino muito clichê — disse ele. — Você tem algo melhor, imagino. Você é a procelária do crime, Watson. Do que se trata?

Estendi a carta, que ele leu com a mais profunda atenção.

— Não nos diz muita coisa, não é verdade? — ele observou, ao estendê-la de volta para mim.

— Quase nada.

— E, no entanto, a escrita é interessante.

— Mas a letra não é dele.

— Precisamente, é de uma mulher.

— De um homem, por certo! — gritei.

— Não, de uma mulher. E de uma mulher de raro caráter. Veja, no começo de uma investigação, é importante saber que seu cliente mantém contato íntimo com alguém que, para o bem ou para o mal, tem uma natureza excepcional. Meu interesse pelo caso já despertou. Se você está pronto, partiremos agora mesmo para a cidade de Woking a fim de ver esse diplomata que está em tão má situação e a mulher a quem ele dita suas cartas.

Tivemos bastante sorte e pegamos um trem cedo na estação Waterloo, e em pouco menos que uma hora nos encontramos entre os pinheiros e urzais de Woking. Briarbrae era uma casa ampla e distinta, que ficava em uma imensa propriedade, a poucos minutos a pé da estação. Depois de entregar nossos cartões de visita, fomos introduzidos em uma sala de estar elegante, na qual se juntou a nós em poucos minutos um jovem robusto, que nos recebeu com toda hospitalidade. Sua idade estava mais próxima dos quarenta do que dos trinta, mas suas bochechas eram tão coradas e seus olhos tão alegres que ele produzia a impressão de um menino rechonchudo e traquinas.

– Estou muito feliz de que tenham vindo – disse ele nos cumprimentando com efusão. – Percy perguntou por vocês durante toda a manhã. Ah, pobre rapaz, leva tudo muito a sério. Seus pais me pediram para receber os senhores, pois a mera menção do assunto já é bastante dolorosa para ele.

– Não sabemos ainda de nenhum detalhe – disse Holmes. – Percebo que o senhor não é membro da família.

Nosso rapaz pareceu surpreso, e então, olhando para baixo, começou a rir.

– Por certo viu o monograma "J.H." em meu medalhão – disse ele. – Por um momento pensei que o senhor tivesse feito algum truque. Meu nome é Joseph Harrison, e como Percy está para se casar com minha irmã Annie, serei seu parente pelo menos pelo casamento. O senhor vai encontrar minha irmã no seu quarto, pois ela tem cuidado dele dos pés à cabeça nos últimos dois meses. Talvez seja melhor entrarmos de uma vez, pois sei o quão impaciente ele é.

O quarto em que fomos introduzidos ficava no mesmo andar da sala de estar. Era mobiliado em parte como uma sala e em parte como um dormitório, com flores dispostas cuidadosamente em cada canto. Um jovem, muito pálido e abatido, estava sentado em um sofá perto da janela aberta, através da qual vinha o rico perfume do jardim e o ar balsâmico do verão. Uma mulher estava ao seu lado e levantou-se quando entramos.

– Devo sair, Percy? – ela perguntou.

Ele pegou sua mão para detê-la.

– Como está, Watson? – disse, cordialmente. – Nunca o teria reconhecido com esse bigode, e ouso dizer que você tampouco estaria preparado para me reconhecer. Esse, presumo, é seu célebre amigo, o senhor Sherlock Holmes?

Apresentei um ao outro com poucas palavras, e nos sentamos. O jovem robusto havia saído, mas sua irmã continuava presente, de mão com o inválido. Era uma mulher que chamava a atenção, um tanto pequena e compacta, mas com uma bela pele cor de oliva, olhos negros e grandes e uma farta cabeleira negra. Seus ricos matizes tornavam a face branca de seu companheiro ainda mais pálida e abatida.

– Não os farei perder tempo – disse ele, levantando-se do sofá. – Mergulharei no assunto sem maiores preâmbulos. Eu era um homem feliz e bem-sucedido, senhor Holmes, e às vésperas de me casar, quando um súbito e pavoroso acontecimento fez naufragar todos os meus projetos de vida.

"Eu estava, como Watson deve ter lhe contado, no Ministério do Exterior e, pela influência de meu tio, lorde Holdhurst, alcancei rapidamente uma posição de importância. Quando meu tio se tornou ministro do Exterior no atual Governo, me encarregou de várias missões confidenciais, e já que sempre as levei a uma conclusão bem-sucedida, ele acabou depositando a maior confiança em minha habilidade e tato.

"Cerca de dez semanas atrás, para ser mais exato, no dia 23 de maio, ele me chamou em sua sala e, depois de me cumprimentar pelo bom trabalho que eu vinha desempenhando, informou-me que tinha uma nova missão confidencial para mim.

"– Isso – disse ele, pegando da escrivaninha um rolo cinza de papel – é o original daquele tratado secreto entre a Inglaterra e a Itália, do qual, sinto dizer, alguns rumores chegaram à imprensa. É de enorme importância que nada mais transpire. As embaixadas russas e francesas dariam uma imensa soma para ter acesso ao conteúdo desses documentos. Eles não deveriam sair do meu escritório, se não fosse absolutamente necessário copiá-los. Você tem uma escrivaninha no seu escritório?

"– Sim, senhor.

"– Então leve o tratado e o tranque lá. Darei ordens para que você fique quando todos saírem, de forma que possa copiá-lo, sem medo de estar sendo espionado. Quando terminar, tranque tanto o original quanto a cópia na mesa e entregue-os a mim pessoalmente amanhã pela manhã.

"Eu peguei os papéis e..."

– Desculpe-me, só um momento – disse Holmes. – Estavam sozinhos durante essa conversa?

– Totalmente.

– Numa sala ampla?

– Nove metros de cada lado.

– No centro?

– Sim, mais ou menos.

– E falando alto?

– A voz de meu tio é sempre muito baixa. Eu quase nem abri a boca.

– Obrigado – disse Holmes, fechando os olhos. – Por favor, vá em frente.

– Fiz exatamente o que ele tinha pedido e esperei até que os outros empregados tivessem saído. Um deles, que trabalha em minha sala, Charles Gorot, tinha coisas atrasadas para terminar, então o deixei ali e saí para jantar.

Quando retornei, ele tinha ido embora. Eu estava ansioso para terminar o trabalho, pois sabia que Joseph, o senhor Harrison que acabaram de ver, estava na cidade e que ele viajaria para Woking no trem das onze, e eu queria alcançá-lo, se possível.

"Quando examinei o tratado, vi imediatamente que era de tal importância que meu tio não poderia ser acusado de nenhum exagero no que tinha dito. Sem entrar em detalhes, posso dizer que ele definia a posição da Grã-Bretanha em relação à Tripla Aliança e previa a política que o país iria adotar se a frota francesa conquistasse uma ascendência total sobre a da Itália no Mediterrâneo. As questões nele tratadas eram puramente navais. No final, estavam as assinaturas dos altos dignitários. Passei os olhos por ele e, então, preparei-me para copiá-lo.

"Era um longo documento, escrito em francês e contendo 26 artigos separados. Tentei copiar tão rápido quanto podia, mas às nove horas eu tinha prontos apenas nove artigos, e então perdi as esperanças de pegar o trem. Sentia-me sonolento e estúpido, em parte por causa do jantar e em parte pelos efeitos de um longo dia de trabalho. Um copo de café iria me despertar. Um porteiro passa toda a noite num pequeno alojamento ao pé das escadas, e ele tem o hábito de fazer café em sua espiriteira para qualquer um dos funcionários que fique, porventura, trabalhando fora de hora. Soei, portanto, a campainha, a fim de chamá-lo.

"Para minha surpresa, foi uma mulher que respondeu aos chamados, uma mulher idosa, grande, de semblante grosseiro, usando um avental. Ela explicou que era a mulher dele e que fazia a limpeza. Pedi-lhe então o café.

"Copiei mais dois artigos e, mais sonolento do que nunca, levantei-me e caminhei pela sala para esticar as pernas. Meu café ainda não fora trazido, e eu imaginava qual poderia ser a causa da demora. Abrindo a porta, saí pelo corredor a fim de descobrir. Há uma passagem, mal-iluminada, que sai da sala em que eu estava trabalhando e é o único acesso a ela. Essa passagem termina em uma escadaria curva que leva ao alojamento do porteiro, embaixo. Na metade dessa escada, há um pequeno patamar, de onde se projeta uma passagem, em ângulo reto. Essa segunda passagem leva, por meio de uma outra escada pequena, a uma porta lateral usada por serventes, e também por escriturários, como um atalho, quando vêm da Charles Street.

"Aqui está um mapa simplificado do lugar."

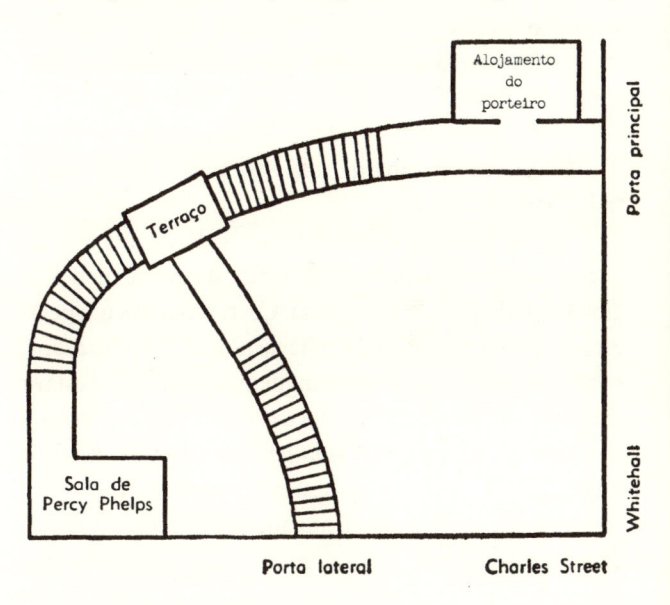

– Obrigado. Acho que compreendi bem – disse Sherlock Holmes.

– É da maior importância que o senhor observe esse ponto. Desci as escadas até o *hall*, onde encontrei o porteiro dormindo profundamente em sua cadeira, com a chaleira fervendo sobre a espiriteira e a água espirrando no assoalho. Eu tinha estendido a mão e ia sacudir o homem, quando a campainha sobre sua cabeça soou ruidosamente, e ele acordou com um susto.

"– Senhor Phelps! – disse ele, me olhando atrapalhado.

"– Desci para ver se meu café estava pronto.

"– Coloquei a chaleira para ferver e caí no sono, senhor. – Ele olhou para mim e então para a campainha, que ainda tilintava, com um espanto cada vez maior em seu rosto.

"– Se o senhor está aqui, quem tocou a campainha? – ele perguntou.

"– A campainha! – eu disse. – Que campainha é essa?

"– É a campainha da sala em que o senhor estava trabalhando.

"Senti como que uma mão gelada envolver meu coração. Alguém, então, estava no local em que meu precioso tratado jazia sobre a mesa. Corri rapidamente pelas escadas e pela passagem. Não havia ninguém no corredor, senhor Holmes. Não havia ninguém na sala. Tudo estava exatamente como eu tinha deixado, exceto que os papéis confiados a mim tinham sido levados da mesa. A cópia estava lá, e os originais haviam desaparecido."

Holmes endireitou-se na cadeira e esfregou as mãos. Dava para ver que o problema o tinha envolvido por completo.

– Por favor, o que o senhor fez então? – ele murmurou.

– Percebi em um instante que o ladrão havia subido pelas escadas da porta lateral. Não havia dúvida disso, pois eu o teria encontrado se ele tivesse vindo do outro caminho.

– Tem certeza de que ele não poderia ter estado escondido na sala o tempo todo, ou no corredor que o senhor acaba de descrever como mal-iluminado?

– É absolutamente impossível. Um rato não poderia se esconder nem na sala e nem no corredor. Não há nenhum esconderijo possível.

– Obrigado. Prossiga, por favor.

– O porteiro, tendo visto pelo meu rosto que algo de ruim tinha acontecido, seguiu-me pelas escadas. No momento seguinte, ambos disparávamos pelo corredor e descíamos a escada que levava à Charles Street. A porta debaixo estava fechada, mas destrancada. Nós a abrimos e corremos para fora. Lembro-me com exatidão que, quando fizemos isso, o carrilhão da igreja vizinha soou três vezes. Eram quinze para as dez.

– Isso é de enorme importância – disse Holmes, anotando a informação no punho da camisa.

– A noite estava muito escura, e caía uma chuvinha fina e morna. Não havia ninguém na rua, mas havia bastante tráfego, como de costume, no cruzamento da Whitehall Street. Corremos pela calçada e, na última esquina, encontramos um policial.

"– Um roubo foi cometido – arfei. – Um documento de imenso valor foi levado do Ministério do Exterior. Alguém passou por aqui?

"Estou aqui há quinze minutos, senhor – disse ele. – Somente uma pessoa passou durante esse tempo. Uma mulher alta e idosa, com um xale Paisley.

"– Ah, é a minha mulher – exclamou o porteiro. – Ninguém mais passou?

"– Ninguém.

"– Então o ladrão deve ter ido para o outro lado – exclamou o homem, puxando-me pela manga. Mas eu não estava satisfeito, e as tentativas que ele fazia de levar-me dali fizeram crescer minhas suspeitas.

"– Para onde foi a mulher? – perguntei.

"– Não sei, senhor. Eu a vi passar, mas não tinha nenhuma razão especial para observá-la. Ela parecia estar com pressa.

"– Quanto tempo faz isso?

"– Oh, alguns minutos.

"– Menos de cinco?

"– Certamente não mais que isso.

"– O senhor está perdendo tempo, e cada minuto é agora de vital importância – exclamou o porteiro. – Dou minha palavra que minha velha nada tem a ver com isso. Vamos descer até a outra extremidade da rua. Bem, se o senhor não vai, eu vou – e, com isso, disparou na outra direção. Mas fui atrás dele e o peguei pela manga.

"– Onde o senhor mora? – perguntei.

"– No número 16 da Ivy Lane, Brixton – ele respondeu –, mas não se deixe levar por uma pista falsa, senhor Phelps. Vamos até a outra extremidade da rua e vejamos se não descobrimos algo.

"Eu não perderia nada em seguir seu conselho. Descemos correndo, junto com o policial, mas a rua tinha muito tráfego, muitas pessoas indo e vindo, e todas muito apressadas para chegar a um lugar seguro numa noite tão úmida. Não havia nenhum vagabundo para nos dizer o que tinha se passado.

"Retornamos então ao escritório e inspecionamos as escadas e a passagem sem nenhum resultado. O corredor que levava para a sala era coberto com uma espécie de linóleo creme que deixaria ver marcas muito facilmente. Examinamos com cuidado, mas não encontramos nenhum traço de pegadas."

– Choveu durante toda aquela noite?

– Desde cerca das sete horas.

– Então, como é que a mulher que foi até a sala por cerca das nove horas não deixou marcas de suas botinas enlameadas?

– Fico feliz que o senhor levante esse ponto. Ele também ocorreu a mim, naquele momento. Mas a faxineira tem o hábito de tirar as botinas no alojamento do porteiro e calçar chinelos de serviço.

– Isso é evidente. Não havia nenhuma marca, então, embora a noite estivesse úmida? A série de eventos é realmente extraordinária. O que o senhor fez a seguir?

– Examinamos também a sala. Não havia possibilidade de uma porta secreta, e as janelas estão a cerca de nove metros do chão. Ambas trancadas por dentro. O carpete impedia qualquer possibilidade de alçapão, e o teto é completamente branco. Dou meu pescoço à forca que quem roubou meus documentos só pode ter entrado pela porta.

– E a lareira?

– Não há lareira, e sim um aquecedor. A corda da campainha está presa a um arame bem à direita da minha mesa. Mas por que o criminoso tocaria a campainha? É um mistério dos mais insolúveis.

– Certamente, é bastante raro. Que passos o senhor deu a seguir? Examinou a sala, presumo, para ver se o intruso tinha deixado algum vestígio, pontas de cigarro, uma luva, um alfinete ou outra coisa?

— Não havia nada do gênero.

— Nenhum aroma?

— Bem, em nenhum momento nos demos conta disso.

— Ah, o cheiro de tabaco teria sido muito valioso numa investigação como essa.

— Eu não fumo, então acho que teria percebido algum cheiro de cigarro. Não havia absolutamente nenhuma pista. O único fato tangível era o de que a mulher do porteiro, cujo nome era senhora Tangey, tinha corrido para fora dali. Ele não pôde dar nenhuma explicação, exceto que era a hora em que a mulher sempre voltava para casa. O policial e eu concordamos que o melhor seria apanhar a mulher antes que ela se desfizesse dos papéis, presumindo que os tivesse.

"O alarme já tinha sido dado na Scotland Yard, e o senhor Forbes, o detetive, veio em seguida e assumiu o caso com grande entusiasmo. Tomamos um carro de aluguel e, em meia hora, estávamos no endereço que nos fora fornecido. Uma jovem abriu a porta, era a filha mais velha da senhora Tangey. Sua mãe ainda não tinha chegado, e fomos levados à sala da frente para esperar.

"Cerca de dez minutos depois, bateram na porta, e cometemos então uma falta muito séria, da qual me culpo. Em vez de abrirmos a porta, permitimos que a moça o fizesse. Ouvimos quando disse: 'Mãe, há dois homens na casa esperando pela senhora', e em seguida um tropear rápido pelo caminho abaixo da casa. Forbes abriu bruscamente a porta e corremos para a sala de trás pela cozinha, mas a mulher chegou lá antes de nós. Ela nos encarou com olhos desafiadores, e, reconhecendo-me de súbito, uma expressão de espanto absoluto tomou conta do seu rosto.

"— Mas se não é o senhor Phelps, do escritório! — gritou.

"– Quem a senhora achou que fosse, quando fugiu de nós? – perguntou meu companheiro.

"– Pensei que fossem cobradores – disse ela. – Temos tido problemas com um comerciante.

"– Isso não é nada bom" – replicou Forbes. – Temos razão para acreditar que a senhora está de posse de um documento importante do Ministério do Exterior e que correu para cá para escondê-lo. A senhora deve nos acompanhar até a Scotland Yard para ser revistada.

"Foi em vão que ela protestou e tentou resistir. Um carro foi trazido e nós três voltamos nele. Antes tínhamos, examinado a cozinha, e especialmente o fogo, para ver se ela tinha se desfeito dos papéis no momento em que estivera sozinha. Não havia sinais, entretanto, de quaisquer cinzas ou fragmentos. Quando chegamos na Scotland Yard, ela foi entregue imediatamente à investigadora feminina. Esperei num suspense agoniado até que ela voltasse com o relatório. Nenhum sinal dos papéis.

"Então, pela primeira vez, a realidade de minha situação caiu sobre mim com toda a força. Até então, eu estivera agindo, e a ação tinha entorpecido o pensamento. Estava tão confiante em recuperar o tratado que não ousara pensar nas consequências caso eu falhasse. Mas agora não havia mais nada a ser feito, e eu tinha tempo para me conscientizar de minha posição. Foi horrível! Watson deve ter lhe dito que eu era um menino nervoso e sensível no colégio. É meu temperamento. Pensei em meu tio e seus colegas no gabinete, na vergonha que eu faria cair sobre ele, sobre mim, sobre todos que se ligavam a mim. E se eu fosse a vítima de um extraordinário acidente? Acidentes não são permitidos quando interesses diplomáticos estão em jogo. Eu estava arruinado. Vergonhosa e desesperadamente arruinado. Não sei o que fiz. Imagino que deva ter feito uma cena. Tenho a vaga lembrança de um grupo de oficiais amontoados ao meu redor tentando me acalmar. Um deles foi comigo até a estação Waterloo e acompanhou-me até embarcar no trem para Woking. Acredito que ele teria vindo junto, não fosse o fato de o doutor Ferrier, que mora perto, estar pegando o mesmo trem. O doutor, muito gentilmente, tomou conta de mim, e foi bom, pois tive um ataque na estação e, antes de chegarmos em casa, eu havia me transformado em um maníaco delirante.

"O senhor pode imaginar as coisas por aqui, quando todos foram tirados de suas camas pelo chamado do doutor e me encontraram nessa condição. A pobre Annie aqui e minha mãe ficaram arrasadas. O doutor Ferrier ouvira o suficiente do detetive na estação para poder dar uma ideia do que tinha acontecido, e sua história não melhorou a situação. Era evidente que eu iria ficar doente por um longo período, e então Joseph foi enxotado deste alegre quarto, que foi transformado num quarto de hospital para mim. Estive aqui, senhor Holmes, por mais de nove semanas, inconsciente e delirando de febre. Se não fosse pela senhorita Harrison e pelo doutor, eu não estaria falando consigo agora. Ela cuidou de mim durante o dia, e uma enfermeira foi contratada para cuidar de mim à noite, pois, em meus acessos de loucura, eu era capaz de tudo. Vagarosamente, minha razão foi se restabelecendo, mas minha memória só retornou há três dias. Às vezes, gostaria que não tivesse voltado. A primeira coisa que fiz foi telegrafar ao senhor Forbes, que toma conta do caso. Ele veio até aqui e assegurou-me de que, embora tudo tivesse sido feito, nenhuma pista tinha sido encontrada. O porteiro e sua mulher foram investigados de todas as formas sem que nenhuma luz tivesse sido lançada sobre o assunto. As suspeitas da polícia caíram então sobre o jovem Gorot, que, como o senhor deve lembrar, ficou até mais tarde no escritório naquela noite. O fato de ele ter permanecido no prédio e seu sobrenome francês eram realmente os únicos dois pontos que poderiam levantar suspeita. Mas para ser honesto, só comecei a trabalhar depois que ele saiu, e, embora sua família seja de origem huguenote, por simpatia e tradição são tão ingleses quanto nós. Nada foi descoberto que pudesse implicá-los de alguma forma, e por aí as coisas ficaram. Peço sua ajuda, senhor Holmes, realmente como minha última esperança. Se o senhor falhar, minha honra e posição estarão para sempre perdidas."

O doente mergulhou de volta nas almofadas, cansado por seu longo relato, enquanto uma enfermeira lhe deu um copo de algum remédio estimulante. Holmes sentou silenciosamente com a cabeça jogada para trás e os olhos fechados, numa atitude que poderia parecer apatia para um estranho, mas que eu sabia ser sinal da mais intensa concentração.

– Seu relato foi tão explícito – disse ele, por fim – que o senhor me deixou realmente poucas questões para colocar. Há uma que é da maior importância, entretanto. O senhor contou a alguém que tinha essa tarefa especial para cumprir?

– A ninguém.

– Nem à senhora Harrison, por exemplo?

– Não. Eu não voltei para Woking depois de ter recebido, até começar a executá-la.

– E nenhum dos seus, por acaso, foi vê-lo?

– Nenhum.

– Algum deles conhece o caminho para o escritório?

– Ah, sim. Todos eles.

– Em todo o caso, é claro, como o senhor não disse a ninguém sobre o tratado, essas perguntas são irrelevantes.

– Eu não disse nada.

– O senhor sabe alguma coisa sobre o porteiro?

– Não, exceto que é um velho soldado.

– De qual regimento?

– Oh, ouvi dizer que é do Coldstream Guards.

– Obrigado. Posso pegar os detalhes com Forbes. As autoridades são excelentes em reunir fatos, embora nem sempre os usem para seu benefício. Que coisa bela é uma rosa!

Levantando do sofá, ele caminhou até a janela aberta e ergueu a haste pendente de uma rosa-musgosa, olhando para a delicada mistura de verde e vermelho. Para mim, essa era uma nova faceta do seu caráter, pois nunca o tinha visto demonstrar qualquer interesse por objetos naturais.

– Para nada a dedução é tão necessária quanto o é para a religião – disse ele, apoiando as costas contra as venezianas da janela. – Ela pode ser construída como uma ciência exata pelo lógico. Nossa mais completa confiança na excelência da Providência está depositada nas flores. Todas as outras coisas, nossos poderes, nossos desejos, nossa comida, são realmente necessárias para nossa existência em primeiro lugar. Mas essa rosa é um extra. Seu perfume e sua cor são um embelezamento da vida, não uma condição dela. É somente a excelência que nos dá um extra, e por isso digo mais uma vez que temos muito que esperar das flores.

Percy Phelps e sua enfermeira olharam para Holmes durante esse tempo com surpresa e uma boa dose de desapontamento em suas faces. Ele tinha caído num devaneio com a rosa-musgosa entre os dedos. Levou alguns minutos até que a jovem senhora o interrompesse.

— Tem algum plano para resolver esse mistério, senhor Holmes? — ela perguntou, com a voz um pouco áspera.

— Oh, o mistério! — ele respondeu, voltando à realidade da vida com um sobressalto. — Bem, seria absurdo negar que o caso é muito complicado, mas posso prometer que examinarei o assunto e que a informarei sobre o que descobrir.

— O senhor tem alguma pista?

— Foram-me fornecidas sete, mas preciso investigá-las antes de me pronunciar sobre o valor delas.

— O senhor suspeita de alguém?

— Suspeito de mim mesmo...

— Como?

— Quando chego a conclusões rápido demais.

— Então, vá a Londres testar suas conclusões.

— Seu conselho é excelente, senhorita Harrison — disse ele, levantando-se. — Creio, Watson, que é o melhor que temos a fazer. Não se anime com falsas esperanças, senhor Phelps. O caso é muito confuso.

— Fiquei ansioso até vê-lo novamente — exclamou o diplomata.

— Bem, virei no mesmo trem amanhã, embora seja mais do que provável que meu relatório seja negativo.

— Deus o abençoe, por prometer retornar — exclamou nosso cliente. — Sinto-me renovado em saber que algo está sendo feito. Nesse meio-tempo, já recebi uma carta do lorde Holdhurst.

— Ah! E o que ele diz?

— Ele foi frio, mas não foi duro. Ouso dizer que minha grave doença o refreou. Ele insistiu que o assunto era da maior importância e acrescentou que nenhum passo seria dado quanto ao meu futuro, quer dizer, é claro, minha demissão, até que minha saúde fosse restabelecida e eu pudesse reparar minha desgraça.

– Bem, isso foi razoável e sensível – disse Holmes.
– Vamos, Watson, pois temos um belo dia de trabalho à frente na cidade.

O senhor Joseph Harrison levou-nos de volta à estação, e logo estávamos num trem para a estação de Portsmouth. Holmes mergulhou em pensamentos profundos e quase não abriu a boca até termos passado pela estação de Clapham Junction.

– É uma coisa muito agradável chegar em Londres por uma dessas linhas que correm pelo alto e que nos permitem olhar abaixo casas como essas.

Pensei que estivesse brincando, pois a paisagem era bastante sórdida, mas ele logo se explicou.

– Olhe para esses prédios que se erguem acima dos telhados, como ilhas de tijolos num mar cor de chumbo.

– Os internatos.

– Casas de luz, meu rapaz. Faróis do futuro! Cápsulas, cada uma com centenas de pequenas sementes brilhantes, das quais crescerá a Inglaterra do futuro, melhor e mais inteligente. Suponho que Phelps não beba?

– Acredito que não.

– Eu também. Mas devemos levar todas as possibilidades em conta. O pobre-diabo certamente se deixou afundar em águas muito profundas, e permanece em aberto se poderemos trazê-lo de volta para a praia. O que você acha da senhorita Harrison?

– Uma moça de personalidade forte.

– Sim, mas de boa família, se não me engano. Ela e seu irmão são os únicos filhos de um industrial do ferro residente em algum lugar para os lados de Northumberland. Phelps comprometeu-se com ela em viagem no último inverno, e ela veio para cá para ser apresentada à sua família, acompanhada pelo irmão. Aconteceu então a catástrofe, e ela permaneceu para cuidar do amado, enquanto o irmão, Joseph, sentindo-se bastante à vontade, acabou ficando. Fiz alguns interrogatórios independentes, você pode perceber. Mas hoje deve ser um dia de interrogatórios.

– Minha clínica... – comecei.

– Oh, se você acha seus casos mais interessantes do que os meus... – disse Holmes, com aspereza.

– Estava para dizer que minha clínica pode prosseguir sem mim muito bem por mais um ou dois dias, já que esta é a época mais calma do ano.

– Excelente – disse ele, recuperando seu bom humor. – Então examinaremos juntos o problema. Creio que devemos começar visitando Forbes. Ele pode, provavelmente, dar-nos todos os detalhes que quisermos, até sabermos de que lado é melhor abordar o assunto.

– Você disse que tinha uma pista.

– Bem, temos várias, mas só podemos testar seu valor levando adiante o inquérito. O crime mais difícil de traçar é aquele sem propósito. Mas esse não foi sem propósito. Quem se beneficia com ele? Há o embaixador da França, há o embaixador da Rússia, há quem quer que possa vendê-lo para algum deles, e há lorde Holdhurst.

– O lorde Holdhurst!

– Bem, é concebível que um estadista se encontre numa posição em que não lamente a destruição acidental de um tal instrumento.

– Não um estadista com antecedentes tão honrosos quanto lorde Holdhurst.

– É uma possibilidade, e não podemos nos permitir ignorá-la. Temos que ver o nobre hoje e descobrir se tem algo a nos dizer. Enquanto isso, já coloquei alguns inquéritos em movimento.

– Já?

– Sim, enviei telegramas da estação de Woking para todos os jornais vespertinos de Londres. Esse anúncio aparecerá em cada um deles.

Ele me estendeu uma folha de papel arrancada de um caderno de notas. Nela estava escrito a lápis:

*10 libras de gratificação – O número do carro de aluguel que deixou um passageiro na porta ou perto do Ministério do Exterior na Charles Street, às quinze para as dez da noite de 23 de maio. Dirigir-se à Baker Street, 221b.*

– Você acredita que o ladrão veio num carro de aluguel?

– Mesmo que não tenha vindo, isso não nos prejudica. Mas se o senhor Phelps está correto em dizer que não há nenhum possível esconderijo nem na sala e nem nos corredores, então a pessoa deve ter vindo de fora. Se ela veio de fora numa noite tão úmida e não deixou nenhuma marca de lama no linóleo, que foi examinado poucos minutos depois de sua passagem, então é muitíssimo provável que tenha vindo num carro de aluguel. Sim, creio que podemos deduzir com segurança um carro de aluguel.

– É plausível.

– Essa é uma das pistas das quais falei. Ela pode nos conduzir a algo. E há, é claro, a campainha, que é a característica mais notável do caso. Por que a campainha tocaria? Teria sido o ladrão, por bravata? Ou seria alguém que estava com o ladrão e quis evitar o crime? Ou, quem sabe, um acidente? Ou... – Ele mergulhou de volta na intensa e silenciosa meditação da qual emergira, mas parecia-me, acostumado como eu estava aos seus modos, que alguma nova possibilidade tinha surgido.

Eram 3h20 quando chegamos, e, depois de um almoço apressado no restaurante da estação, fomos imediatamente à Scotland Yard. Holmes já tinha telegrafado para Forbes, e o encontramos à nossa espera: um homem pequeno, astuto, com uma expressão viva mas de forma alguma amistosa. Foi decididamente frio em suas maneiras para conosco, especialmente quando soube por que estávamos ali.

– Já ouvi falar de seus métodos, senhor Holmes – disse ele, asperamente. – O senhor está sempre pronto a utilizar toda a informação que a polícia deixa à sua disposição, e então tenta encerrar o caso sozinho, para descrédito dela.

– Pelo contrário – disse Holmes. – Dos meus últimos 53 casos, meu nome só apareceu em quatro, e a polícia recebeu todo o crédito em 49 deles. Não o culpo por não saber disso, pois o senhor é jovem e inexperiente, mas se quer levar adiante suas novas obrigações, deve trabalhar junto comigo, e não contra mim.

– Ficaria muito feliz com uma ou duas sugestões – disse o detetive, mudando de tom. – Não tenho tido nenhum sucesso no caso.

– Que passos o senhor deu?

– Tangey, o porteiro, foi seguido. Ele deixou uma boa impressão nos guardas, e não conseguimos achar nada contra ele. Mas sua mulher é um tipinho difícil. Imagino que saiba mais do que aparenta.

– O senhor mandou espioná-la?

– Mandamos uma de nossas mulheres segui-la. A senhora Tangey bebe, e nossa mulher esteve com ela duas vezes quando estava sóbria, mas não pôde arrancar nada dela.

– Soube que eles foram visitados por cobradores.

— Sim, mas eles foram pagos.

— De onde veio o dinheiro?

— Isso ficou esclarecido. Do salário que ele recebeu. Eles não deram nenhum sinal de estar bem de dinheiro.

— Que explicação ela deu por atender à campainha quando o senhor Phelps pediu café?

— Ela disse que seu marido estava muito cansado e que queria poupá-lo.

— Bem, isso corrobora o fato de ele ter sido encontrado, um pouco depois, dormindo na cadeira. Não há nada contra eles, então, senão o caráter da mulher. O senhor perguntou-lhe por que ela estava apressada naquela noite? A pressa atraiu a atenção do policial.

— Ela estava mais atrasada que o normal e queria chegar logo em casa.

— Você objetou a ela que tinha saído com o senhor Phelps, pelo menos vinte minutos depois dela, e que chegaram na casa antes dela?

— Ela explica isso pela diferença entre o ônibus e um carro de praça.

— Ela esclareceu por que, ao chegar em casa, correu para a cozinha nos fundos?

— Disse que tinha lá o dinheiro com o qual pagaria os cobradores.

— Pelo menos ela tem uma resposta para tudo. Perguntou se, ao sair, ele encontrou ou viu alguém vagando pela Charles Street?

— Ela viu apenas o policial.

— Bem, parece que o senhor a investigou por completo. O que mais fez?

— O escriturário Gorot vem sendo espionado nessas nove semanas, mas sem resultado. Nada podemos apresentar contra ele.

— Nada mais?

— Bem, não temos nada mais para seguir, nenhuma evidência, seja qual for.

— O senhor tem alguma teoria sobre a questão da campainha?

— Bem, devo confessar que isso me desnorteia. Seja lá de quem se trate, foi preciso frieza para soar um alarme dessa forma.

— Sim, foi uma coisa estranha. Muito obrigado pelo que me contou. Se eu puder colocar o homem em suas mãos, entrarei em contato. Vamos, Watson!

— Onde vamos agora? – perguntei, quando deixamos o escritório.

— Vamos entrevistar lorde Holdhurst, o ministro do Conselho e futuro primeiro-ministro da Inglaterra.

Tivemos sorte em saber que lorde Holdhurst estava ainda em seus aposentos na Downing Street, e, quando Holmes enviou seu cartão, fomos imediatamente convidados a subir. O estadista recebeu-nos com a cortesia à moda antiga pela qual era conhecido, e nos fez sentar em duas luxuosas poltronas, uma de cada lado da lareira. De pé, sobre o tapete entre nós, com sua figura alta e esguia, sua face viva e pensativa e seu cabelo louro prematuramente grisalho, ele representava aquele tipo não muito comum de nobre que realmente é nobre.

— Seu nome me é muito familiar, senhor Holmes – disse ele, sorrindo. — E, é claro, não posso fingir ignorar o motivo de sua visita. Só há um acontecimento aqui que poderia ter-lhe chamado a atenção. No interesse de quem o senhor está trabalhando, posso perguntar?

— De Percy Phelps – respondeu Holmes.

— Ah, meu desafortunado sobrinho! Você entende que nosso parentesco torna ainda mais impossível para mim protegê-lo, de qualquer forma. Temo que o incidente venha a ter um efeito prejudicial sobre a carreira dele.

— Mas e se o documento for encontrado?

— Ah, nesse caso, as coisas serão diferentes.

— Tenho uma ou duas questões que gostaria de perguntar-lhe, lorde Holdhurst.

— Ficarei feliz em passar-lhe qualquer informação em meu poder.

— Foi nesta sala que o senhor deu as instruções para a cópia do documento?

— Foi.

— Então, dificilmente poderia ter sido ouvido.

— Isso está fora de questão.

— O senhor alguma vez mencionou a alguém que era sua intenção fazer com que o tratado fosse copiado?

— Nunca.

— Tem certeza disso?

— Certeza absoluta.

— Bem, já que o senhor não contou nada a ninguém, e o senhor Phelps também não, e ninguém mais sabia sobre o assunto, então a presença do ladrão na sala foi puramente acidental. Ele viu uma chance e agarrou-a.

O estadista sorriu.

— O senhor leva-me para fora de minha esfera – disse ele.

Holmes refletiu por um momento.

— Há um outro ponto, muito importante, que eu gostaria de discutir consigo – disse ele. – O senhor teme, conforme entendi, que consequências muito graves possam advir se os detalhes desse tratado se tornarem conhecidos?

Uma sombra passou pelo rosto expressivo do estadista.

– Consequências muito graves, de fato.

– E já ocorreram?

– Ainda não.

– Se o tratado tivesse chegado, digamos, ao Ministério do Exterior da França ou da Rússia, o senhor saberia?

– Eu deveria – disse lorde Holdhurst, com uma cara forçada.

– Já que quase dez semanas se passaram e nada aconteceu, seria justo pensar que, por algum motivo, o tratado ainda não chegou a eles.

Lorde Holdhurst encolheu os ombros.

– É difícil pensar, senhor Holmes, que o ladrão tenha pego o tratado para pôr num quadro e dependurá-lo na parede.

– Talvez ele esteja esperando pelo melhor preço.

– Se ele esperar um pouco mais, não conseguirá preço algum. O tratado deixará de ser um segredo em poucos meses.

– Isso é de suma importância – disse Holmes. – É claro que é uma suposição possível que o ladrão tenha subitamente adoecido.

– Um ataque de febre cerebral, por exemplo? – perguntou o estadista, olhando para ele, rápido como um relâmpago.

– Não é a isso que me refiro – disse Holmes, imperturbável. – E agora, senhor Holdhurst, já tomamos muito do seu valioso tempo e lhe desejamos um bom dia.

– Desejo todo o sucesso à sua investigação, seja quem for o criminoso – respondeu o nobre, enquanto nos conduzia até a porta.

– É um bom homem – disse Holmes, quando saímos na Whitehall. – Mas está lutando para manter sua posição. Está longe de ser rico e tem muitas obrigações.

Você observou, é claro, que suas botas foram consertadas? Mas não vou, Watson, afastá-lo por mais tempo do seu trabalho. Não farei mais nada hoje, a menos que receba alguma resposta ao meu anúncio sobre o carro de aluguel. Mas ficarei extremamente agradecido se descer comigo até Woking amanhã, pelo mesmo trem que pegamos hoje.

Encontrei-o na hora combinada na manhã seguinte, e viajamos juntos até Woking. Ele disse não ter recebido resposta ao seu anúncio, e nenhuma luz nova tinha sido lançada sobre o caso. Ele tinha, quando queria, o semblante impassível de um pele-vermelha, e eu não podia saber, pela sua aparência, se ele estava ou não satisfeito com a sua posição no caso. A conversa, lembro-me, girou em torno do sistema de medidas de Bertillon, e ele expressou sua admiração entusiástica pelo ilustre francês.

Encontramos nosso cliente ainda sob os cuidados de sua devotada enfermeira, mas com uma aparência bem melhor do que antes. Ele se levantou do sofá e cumprimentou-nos sem dificuldade quando entramos.

– Alguma novidade? – perguntou, ansioso.

– Meu relatório, como eu esperava, é negativo – disse Holmes. – Falei com Forbes, falei com seu tio, e coloquei em andamento dois ou três inquéritos que podem nos levar a algo.

– O senhor não desanimou, então?

– De forma alguma.

– Deus o abençoe por dizer isso! – gritou a senhorita Harrison. – Se mantivermos nossa coragem e paciência, a verdade aparecerá.

– Temos mais a lhe contar do que o senhor a nós – disse Phelps, de volta ao sofá.

– Espero que sim.

– Aconteceram coisas durante a noite, que se revelaram bastante sérias. – Sua expressão tornou-se muito grave conforme ele falava, e algo semelhante ao medo assomou aos seus olhos. – O senhor sabe – disse ele –, que começo a acreditar que sou o centro inconsciente de alguma conspiração monstruosa e que minha vida é visada tanto quanto minha honra?

– Ah! – gritou Holmes.

– Parece inacreditável, pois não tenho, que eu saiba, um único inimigo no mundo. E no entanto, em função do que aconteceu na noite passada, não posso chegar a nenhuma outra conclusão.

– Por favor, conte-me o ocorrido.

– O senhor deve saber que foi a primeira noite que dormi sem uma enfermeira no quarto. Tinha melhorado tanto que pensei que pudesse dispensá-la. Deixei a luz acesa, entretanto. Bem, cerca de duas da manhã, caí num sono leve, quando fui subitamente acordado por um ligeiro ruído. Parecia o som de um rato roendo uma tábua, e fiquei ouvindo-o por um tempo com a impressão de que essa seria sua causa. Então, ele se tornou mais alto, e subitamente um estalido metálico veio da janela. Sentei-me na cama surpreso. Não haveria dúvida a respeito do que eram os sons. Os mais fracos tinham sido causados por alguém forçando um instrumento pelas fendas dos caixilhos, e o segundo, pelo trinco sendo forçado para trás.

"Houve então uma pausa de cerca de dez minutos, como se a pessoa estivesse esperando para ver se o barulho tinha me acordado. Ouvi então um rangido suave, conforme a janela era cuidadosamente aberta. Não pude mais me conter, pois meus nervos já não são os mesmos. Pulei da cama e escancarei as portinholas. Um homem estava agachado do lado de fora. Pude ver muito pouco dele, pois desapareceu como um raio. Estava enrolado em uma capa que lhe tapava a parte inferior do rosto. Estou certo apenas de uma coisa: ele tinha uma arma na mão. Pareceu-me uma faca longa. Vi com clareza o brilho da lâmina quando ele se virou para fugir."

– Isso é muito interessante – disse Holmes. – Por favor, diga-me o que fez então.

– Eu o teria seguido pela janela se estivesse mais forte. Do jeito que eu estava, soei a campainha e acordei toda a casa. Isso seria um pouco demorado, pois a campainha soava na cozinha e os empregados dormiam no andar de cima. Gritei, entretanto, e isso trouxe Joseph para baixo, e ele acordou os outros. Joseph e o criado encontraram marcas no canteiro ao lado da janela, mas o tempo tinha estado tão seco que eles não conseguiram seguir a trilha pelo gramado. Mas havia um lugar, na cerca de madeira que ladeia a estrada, que dava sinais, eles me disseram, de ter sido pulado, já que o topo de um varão se quebrara. Nada disse para a polícia até agora, pois achei que seria melhor pedir o seu conselho.

Esse episódio relatado por nosso cliente teve um extraordinário efeito sobre Sherlock Holmes. Ele se levantou da cadeira e andou pelo quarto numa tensão incontrolável.

– A desgraça nunca vem sozinha – disse Phelps, sorrindo, embora fosse evidente que aquela aventura o tinha sacudido.

– O senhor já teve, certamente, a sua parte – disse Holmes. – Podemos dar um passeio ao redor da casa?

– Ah, sim. Será bom para mim um pouco de sol. Joseph virá também.

– E eu também – disse a senhorita Harrison.

— Creio que não — disse Holmes, balançando negativamente a cabeça. — Peço-lhe que fique sentada exatamente onde está.

A jovem senhora voltou a sentar com um ar de desgosto. Seu irmão, entretanto, uniu-se a nós, e saímos os quatro. Fizemos a volta pelo gramado do lado de fora da janela do jovem diplomata. Havia, como ele tinha dito, marcas no canteiro de flores, mas elas estavam irremediavelmente estragadas e eram muito vagas. Holmes deteve-se nelas por um instante, e então se levantou, dando de ombros.

— Acho que ninguém pode fazer muita coisa com isso — disse ele. — Vale mais dar uma volta ao redor da casa para ver por que esse quarto em particular foi escolhido pelo ladrão. Creio que as amplas janelas da sala de estar e de jantar teriam sido mais atrativas para ele.

— Elas são mais visíveis da estrada — sugeriu o senhor Joseph Harrison.

— Ah, sim, é claro. Há uma porta aqui que ele poderia ter forçado. Para que serve?

— É a entrada lateral, de serviço. Fica trancada à noite, é claro.

— Alguma vez aconteceu algo assim?

— Nunca — disse nosso cliente.

— O senhor tem prataria na casa, ou qualquer coisa que atraia ladrões?

— Nada de valor.

Holmes andou ao redor da casa com as mãos nos bolsos e um ar negligente que não lhe era habitual.

— Em todo o caso — disse ele para Joseph Harrison —, o senhor encontrou o lugar, pelo que sei, onde o camarada escalou a cerca. Vamos dar uma olhada.

O jovem levou-nos a um local onde a ponta de um dos varões de madeira tinha se quebrado. Um pequeno fragmento de madeira estava dependurado. Holmes arrancou-o e examinou-o criticamente.

– O senhor acha que isso ocorreu na noite passada? Mas parece algo mais antigo, não concorda?

– Bem, pode ser.

– Não há nenhuma marca de alguém que tenha pulado do outro lado. Imagino que não encontremos nada por aqui. É melhor voltarmos ao quarto e discutir o assunto.

Percy Phelps vinha caminhando muito devagar, apoiando-se no braço de seu futuro cunhado. Holmes caminhava rapidamente pelo gramado, e chegamos à janela aberta do dormitório bem antes dos outros.

– Senhorita Harrison – disse Holmes, dando muita ênfase ao que dizia –, é importante que permaneça onde está durante todo o dia. Não deixe que nada a tire de onde está o dia todo. Isso é da mais vital importância.

– Certamente, se o senhor quer assim – disse a moça, espantada.

– Quando for para a cama, tranque a porta deste quarto pelo lado de fora e leve a chave. Prometa-me que fará isso.

– Mas e Percy?

– Ele irá a Londres conosco.

– E eu devo ficar aqui?

– É para o bem dele. A senhora pode ajudá-lo! Rápido! Prometa!

Ela fez que sim com a cabeça, exatamente quando chegavam os outros.

– Por que fica aí parada, Annie? – gritou o irmão. – Venha pegar um sol!

— Não, obrigado, Joseph. Tenho uma leve dor de cabeça, e este quarto é deliciosamente fresco e agradável.

— O que nos propõe agora, senhor Holmes? — perguntou nosso cliente.

— Bem, ao investigar esse caso menor, não devemos perder de vista nosso inquérito principal. Seria muito útil se o senhor pudesse ir a Londres conosco.

— Agora?

— Bem, tão logo seja conveniente. Digamos, em uma hora?

— Sinto-me forte o suficiente, se realmente posso ajudar.

— Pode muito mesmo.

— Talvez o senhor queira que eu permaneça lá esta noite.

— Era exatamente o que eu ia propor.

— Dessa forma, se meu amigo noturno vier visitar-me novamente, encontrará o ninho vazio. Estamos todos em suas mãos, senhor Holmes, basta dizer o que deseja de nós. Talvez prefira que Joseph nos acompanhe, para cuidar de mim?

— Oh, não. Meu amigo Watson é médico, como o senhor sabe, e ele vai encarregar-se disso. Almoçaremos por aqui, se nos permite, e então nós três partiremos juntos para a cidade.

As coisas foram feitas do jeito que ele havia pedido, e a senhorita Harrison recusou-se a deixar o quarto, como Holmes solicitou. Não podia imaginar qual era o objetivo de meu amigo, a menos que fosse para manter a moça afastada de Phelps, que, feliz com a saúde recobrada e com a perspectiva de ação, almoçou conosco na sala de jantar. Holmes reservava para nós, entretanto, uma surpresa maior. Depois de nos acompanhar até a estação e ver-nos entrar no vagão, anunciou calmamente que não tinha a intenção de sair de Woking.

– Há um ou dois pequenos pontos que gostaria de esclarecer antes de ir – disse ele. – Sua ausência, senhor Phelps, irá de algum modo me ajudar. Watson, quando chegar em Londres, por favor vá direto à Baker Street com nosso amigo e permaneça com ele até eu voltar. É uma sorte que sejam velhos colegas de colégio, assim têm muito o que conversar. O senhor Phelps pode ficar no quarto de hóspedes esta noite, eu devo chegar em tempo para o café da manhã, pois há um trem que me deixa na estação Waterloo às oito.

– Mas e quanto à nossa investigação em Londres? – perguntou Phelps, decepcionado.

– Podemos fazer isso amanhã. Creio que no momento serei mais útil por aqui.

– O senhor pode então avisar em Briarbrae que eu espero estar de volta amanhã à noite – gritou Phelps, quando o trem começou a se mover da plataforma.

– Dificilmente voltarei a Briarbrae – respondeu Holmes, e acenou para nós gentilmente enquanto nos afastávamos da estação.

Phelps e eu conversamos, durante a viagem, sobre o ocorrido, mas nenhum de nós atinava satisfatoriamente para a razão desse novo acontecimento.

– Suponho que ele queira descobrir mais algumas pistas da tentativa de roubo da noite passada, se é que realmente se tratou de um ladrão. De minha parte, não acredito que se trate de um ladrão comum.

– O que acha, então?

– Você pode ou não atribuir isso à fraqueza dos meus nervos, mas acredito que há alguma intriga política me envolvendo, e que, por alguma razão, minha vida é um dos alvos dos conspiradores. Soa bombástico e absurdo, mas considere os fatos! Por que um ladrão tentaria invadir uma casa pela janela de um dormitório, no qual não haveria esperança de encontrar qualquer coisa de valor, e por que traria uma longa faca?

– Você tem certeza de que não era um pé de cabra?

– Ah, não. Vi perfeitamente o brilho da lâmina.

– Mas por que diabos você seria perseguido com tanta animosidade?

– Ah! Essa é a questão.

– Bem, se Holmes pensa o mesmo, isso explica o que está fazendo, não é verdade? Presumindo-se que sua teoria esteja correta, se ele colocar as mãos no homem que o ameaçou na noite passada, ele terá chegado muito perto de descobrir quem pegou o tratado naval. É absurdo supor que você tenha dois inimigos, um que o rouba enquanto o outro lhe ameaça a vida.

– Mas o senhor Holmes disse que não estava indo a Briarbrae.

– Conheço-o há muito tempo – eu disse – e nunca o vi fazer qualquer coisa sem uma boa razão – e assim nossa conversa mudou para outros assuntos.

Tinha sido um dia cansativo para mim. Phelps ainda estava fraco, depois de sua longa doença, e seus problemas o tornavam lamuriento e nervoso. Em vão, tentei conversar sobre o Afeganistão, a Índia, sobre questões sociais, qualquer coisa que pudesse afastar sua mente dos problemas. Ele sempre voltava para o tratado perdido, imaginando, supondo, especulando com relação ao que Holmes estaria fazendo, a que passos o lorde Holdhurst estaria dando, a que notícias teríamos pela manhã. Conforme a noite caía, sua ansiedade tornou-se bastante dolorosa.

– No fundo, você tem fé em Holmes? – ele perguntou.

– Eu o vi fazer coisas extraordinárias.

– Mas ele alguma vez trouxe luz para algo tão obscuro quanto isso?

– Ah, sim. Eu o vi resolver questões que tinham menos pistas que as suas.

– Mas que interesses tão grandes estavam em jogo?

– Isso eu não sei. Tenho um certo conhecimento de que ele trabalhou para três casas reais da Europa, em questões vitais.

– Mas você o conhece bem, Watson. Ele é tão inescrutável, que nunca sei o que pensar dele. Você acha que ele está otimista? Você acha que ele espera ter sucesso?

– Ele não disse nada.

– Isso é um mau sinal.

– Pelo contrário. Tenho notado que, quando ele está fora dos trilhos, geralmente reconhece isso. É quando ele está seguindo uma pista e não tem certeza absoluta de que ela é correta que ele é mais taciturno. Em todo o caso, meu caro amigo, não melhoraremos as coisas ficando nervosos, então lhe imploro que vá para a cama, a fim de estar pronto para o que amanhã nos espera.

Fui capaz, pelo menos, de persuadir meu amigo a seguir meu conselho, embora soubesse por seus modos ansiosos que não havia muita esperança de ele dormir. Na verdade, seu humor era contagiante, pois passei metade da noite agitado, pensando sobre esse estranho problema e inventando centenas de teorias, cada qual mais impossível do que a outra. Por que Holmes permanecera em Woking? Por que pedira à senhorita Harrison para ficar no quarto do doente todo o dia? Por que tivera tanto cuidado em não dizer às pessoas de Briarbrae que pretendia permanecer próximo delas? Exauri meus miolos até que caí no sono, tentando encontrar alguma explicação que pudesse dar conta de todos esses fatos.

Eram sete horas quando acordei. Fui imediatamente ao quarto de Phelps e encontrei-o pálido e cansado depois de uma noite de insônia. Sua primeira questão foi se Holmes já tinha chegado.

– Ele estará aqui no horário que prometeu – eu disse.
– Nenhum instante a mais ou a menos.

E minhas palavras provaram-se verdadeiras, pois logo depois das oito um carro de aluguel parou à porta, e nosso amigo desceu dele. De pé na janela, vimos que sua mão esquerda estava enfaixada e que sua face estava muito sombria e pálida. Ele entrou na casa, mas demorou um pouco para subir.

– Ele parece um homem derrotado – exclamou Phelps.

Fui forçado a confessar que ele estava certo.

– No final das contas – disse eu –, a pista da questão está provavelmente aqui na cidade.

Phelps soltou um gemido.

– Não sei por que – disse ele –, mas esperava muito do seu retorno. Mas a mão dele não estava enfaixada daquela forma ontem. O que pode ter ocorrido?

– Você está ferido, Holmes? – perguntei, quando meu amigo entrou no quarto.

– Ora, ora! É apenas um arranhão provocado pela minha própria grosseria – ele respondeu, dando-nos bom-dia com a cabeça. – Esse caso, senhor Phelps, é certamente um dos mais complicados que já investiguei.

– Temo que descubra estar além de suas forças.

– Tem sido uma experiência notável.

– O curativo nos indica aventuras – eu disse. – Não vai nos contar o que aconteceu?

– Depois do café da manhã, meu caro Watson. Lembre-se de que respirei uns cinquenta quilômetros do ar puro de Surrey esta manhã. Suponho que não tenham respondido ao anúncio do cocheiro? Bem, bem, não podemos acertar sempre.

A mesa estava posta e, quando eu estava pronto para soar a campainha, a senhora Hudson entrou com o chá e o café. Poucos minutos mais tarde, ela trouxe as travessas cobertas e sentamos todos à mesa; Holmes, faminto, eu, curioso, e Phelps, no mais sombrio estado de depressão.

– A senhora Hudson portou-se à altura da ocasião – disse Holmes, destampando um prato de frango ao *curry*. Sua culinária é um pouco limitada, mas ela tem ideias tão boas para o café quanto uma escocesa. Do que está se servindo, Watson?

– Presunto e ovos – respondi.

– Muito bom! E o que vai querer, senhor Phelps? Frango ao *curry*, ovos, ou prefere se servir?

– Obrigado, não consigo comer nada – disse Phelps.

– Ah, por favor! Prove do prato que está à sua frente.

– Obrigado, mas acho melhor não.

– Bem, então – disse Holmes com uma piscadinha maliciosa –, suponho que não tenha nenhuma objeção em me ajudar.

Phelps levantou a tampa e, ao fazer isso, soltou um grito e caiu na cadeira olhando estarrecido para o prato tão branco quanto o seu rosto. No centro dele estava um cilindro de papel azul-acinzentado. Ele pegou-o, devorou-o com os olhos e, então, dançou loucamente pela sala, apertando-o contra o peito e soltando gritinhos agudos de felicidade. Caiu em seguida sobre uma poltrona, tão pálido e exausto de emoção que tivemos de meter-lhe conhaque pela garganta, a fim de que não desfalecesse.

— Pronto, pronto! — disse Holmes, acalmando-o com batidinhas sobre os ombros. — Foi muito mal fazê-lo aparecer assim, mas Watson lhe dirá que não resisto a um toque dramático.

Phelps pegou sua mão e a beijou.

— Deus lhe abençoe — ele exclamou. — O senhor limpou a minha honra.

— Bem, a minha estava em jogo, o senhor sabe — disse Holmes. — Asseguro-lhe que, para mim, é tão odioso falhar num caso quanto o é para o senhor cometer um erro crasso em uma missão.

Phelps guardou o precioso documento no bolso mais fundo do seu casaco.

— Não queria atrapalhar ainda mais o seu café da manhã, mas estou louco para saber como achou o documento e onde ele estava.

Sherlock Holmes engoliu uma taça de café e voltou sua atenção para o presunto com ovos. Então se levantou, acendeu cachimbo e sentou-se em sua cadeira.

— Vou lhes contar o que eu fiz primeiro, e como fiz depois — disse ele. — Depois de deixá-los na estação, fui dar um passeio encantador pela admirável paisagem de Surrey, até um lugarejo chamado Ripley, onde tomei chá em uma pensão e tive a precaução de encher meu cantil e colocar um pacote de sanduíches no bolso. Ali eu permaneci até a noite, quando parti para Woking mais uma vez e cheguei na estrada que passa ao lado de Briarbrae exatamente após o pôr do sol.

"Bem, esperei até que a estrada ficasse vazia, aliás, imagino que não seja muito frequentada, e então pulei a cerca e entrei nas propriedades.

— Certamente que o portão estava aberto? — exclamou Phelps.

– Sim, mas tenho um gosto peculiar nessas horas. Escolhi o lugar onde ficam os três pinheiros e, coberto por eles, passei sem a menor chance de alguém na casa me ver. Agachei-me por entre os arbustos no outro lado e arrastei-me de um a outro, do que serve de testemunha o estado lamentável de minhas calças, até encontrar um canteiro de azaleias bem em frente da janela de seu quarto. Ali, acocorei-me e esperei pelos acontecimentos.

"A luz não tinha sido desligada em seu quarto, e eu podia ver a senhorita Harrison sentada à mesa lendo. Eram 22h15 quando ela fechou o livro, trancou a janela e retirou-se. Ouvi-a fechar a porta, e tive certeza de que ela havia virado a chave na fechadura."

– A chave? – exclamou Phelps.

– Sim. Dei instruções à senhora Harrison para fechar a porta do lado de fora e levar a chave consigo quando fosse para a cama. Ela executou finalmente cada uma de minhas orientações, e sem dúvida, sem sua cooperação, o senhor não teria esse papel no bolso do seu casaco. Então ela saiu, as luzes se apagaram, e eu fiquei acocorado na moita de azaleias.

"A noite estava agradável, mas a vigia ainda assim era cansativa. Além disso, é claro, havia aquela tensão que o caçador sente quando deita nos cursos d'água à espera do jogo começar. Demorou muito, porém, quase tanto, Watson, quanto você e eu esperamos naquele quarto mortal quando investigamos o probleminha da *Faixa Malhada*. Havia um relógio de igreja lá embaixo em Woking, que soava a cada quarto de hora, e pensei, mais de uma vez, que tivesse parado. Por fim, entretanto, cerca de duas da manhã, ouvi de súbito o barulho suave de um ferrolho sendo puxado e o ruído de uma chave. Um momento depois, a porta dos empregados se abria, e o senhor Joseph Harrison saiu para a rua."

– Joseph! – exclamou Phelps.

– Ele estava sem chapéu, mas tinha uma manta preta jogada sobre os ombros, de forma que pudesse esconder o rosto rapidamente se houvesse necessidade. Ele caminhava na ponta dos pés sob a sombra da parede, e quando chegou à janela, meteu uma faca de lâmina comprida pelo caixilho e puxou o trinco para trás. Então, abriu a janela, colocando a faca pela fenda das venezianas, levantou a tranca e empurrou-as.

"De onde estava, eu tinha uma visão perfeita do quarto e de todos os seus movimentos. Ele acendeu as duas velas que ficam sobre o consolo da lareira e então passou a enrolar o canto do tapete próximo à porta. Aí ele se deteve e tirou uma peça quadrada de tábua, como as que se deixa usualmente para permitir aos encanadores que tenham acesso às juntas dos tubos de gás. Ela cobria, particularmente, a junta-T, que desliga o tubo que fornece gás para a cozinha. De dentro desse esconderijo, ele tirou um pequeno cilindro de papel, recolocou a tábua, arrumou novamente o tapete, apagou as velas e veio diretamente aos meus braços, já que eu o esperava do lado de fora da janela.

"Bem, ele tinha um caráter pior do que eu imaginara. Voou para mim com a faca, e tive de jogar-lhe contra a grama duas vezes e ferir-me nas juntas dos dedos até poder dominá-lo. Dava para ver "morte" por trás do único olho com que ele podia enxergar depois de termos terminado, mas ele deu ouvidos à razão e entregou os papéis. Tendo me apoderado deles, deixei o homem fugir, mas enviei um telegrama com todos os detalhes a Forbes esta manhã. Se ele for rápido o suficiente para pegar sua presa, muito bem! Mas se, como imagino, encontrar o ninho vazio quando chegar, então melhor para o Governo. Creio que lorde Holdhurst e o senhor Percy Phelps não se importariam se o caso fosse encerrado bem antes de chegar a um inquérito policial."

– Meu Deus! – arfou nosso cliente. – O senhor me diz que durante todas essas longas semanas os papéis roubados estavam no mesmo quarto que eu?

– Exatamente.

– E Joseph! Joseph, um vilão e um ladrão!

– Hum! Temo que o caráter de Joseph seja mais perigoso do que se possa julgar por sua aparência. Pelo que ouvi a respeito dele essa manhã, acredito que tenha perdido muito em ações na bolsa e que seja capaz de fazer qualquer coisa para melhorar a sorte. Sendo um homem absolutamente egocêntrico, quando a sorte lhe acena, ele não para nem diante da felicidade da irmã, nem da reputação do senhor.

Percy Phelps afundou na cadeira.

– Minha cabeça gira – disse ele. – Suas palavras me atordoam.

– A principal dificuldade no seu caso – observou Holmes, do seu modo didático – estava no fato de existirem muitas evidências. O que era vital estava escondido pelo que era irrelevante. De todos os fatos que foram apresentados a nós, tínhamos de pinçar justamente aqueles que pareciam ser essenciais, e então montá-los na ordem, de forma a reconstruir essa notável cadeia de eventos. Já tinha começado a suspeitar de Joseph pelo fato de o senhor pretender voltar para casa com ele naquela noite. Era bem provável, portanto, que ele fosse encontrá-lo no caminho, já que conhecia bem o Ministério do Exterior. Quando soube que alguém tinha estado muito ansioso para entrar no dormitório, no qual apenas Joseph poderia ter escondido algo, tendo em vista que Joseph fora tirado de lá quando o senhor chegou com o doutor, minhas suspeitas se transformaram em certezas, especialmente porque a tentativa fora feita na primeira noite em que a enfermeira estivera ausente, o que mostra que o intruso conhecia muito bem a movimentação da casa.

– Que cego eu fui!

– Os fatos, à medida que os examinei, são os seguintes: esse Joseph Harrison entrou no escritório pela porta da Charles Street e, conhecendo o caminho, foi diretamente para sua sala, assim que o senhor saiu. Encontrando-a vazia, ele prontamente soou a campainha, e no instante em que fez isso seus olhos bateram nos papéis sobre a mesa. Num único relance, ele percebeu que a sorte tinha posto em suas mãos um documento do Estado de imensa importância e como um raio o escondeu no bolso e desapareceu. Alguns minutos tinham se passado, o senhor se lembra, quando o sonolento porteiro chamou a atenção do senhor para a campainha, e foram exatamente os necessários para dar tempo ao ladrão de escapar.

"Ele foi a Woking no primeiro trem e, tendo examinado o material roubado e se assegurado de que era realmente de imenso valor, escondeu-o no que pensou ser um lugar bastante seguro, com a intenção de tirá-lo dali em um ou dois dias e levá-lo à embaixada da França, ou aonde quer que ele esperasse ser bem recompensado. Sobreveio, então, o seu retorno súbito. Ele, sem qualquer aviso, foi tirado do quarto, e daquela hora em diante houve sempre pelo menos duas pessoas para impedi-lo de reaver seu tesouro. A situação deve ter sido enlouquecedora para ele. Mas, por fim, parecia que teria uma chance. Tentou roubar o senhor, mas foi frustrado por sua insônia. O senhor deve se lembrar de que não tomou seu remédio naquela noite."

– Lembro-me disso.

– Imagino que ele tenha tomado providências para tornar o remédio mais eficaz e que tenha contado com que o senhor estivesse inconsciente. Imaginei, é claro, que ele iria repetir a tentativa quando pudesse ser levada a cabo com segurança. O fato de o senhor sair do quarto dava a ele a oportunidade que queria. Mantive a senhorita Harrison no quarto durante todo o dia, de forma que ele não pudesse se antecipar a nós. Então, tendo-lhe sugerido que o caminho estava livre, fiquei de guarda, como descrevi. Já sabia que os papéis deviam estar nesse quarto, mas não queria ter de arrancar todo o assoalho e o rodapé para procurá-los. Deixei, portanto, que ele os tirasse do esconderijo, e assim me poupei um trabalho infinito. Há algum outro ponto que eu possa esclarecer?

– Por que ele tentou entrar pela janela, na primeira ocasião – perguntei –, quando poderia ter entrado pela porta?

– Para chegar até a porta, teria de passar por sete dormitórios. Por outro lado, ele poderia chegar facilmente no gramado. Algo mais?

– O senhor não acredita – perguntou Phelps – que ele tivesse alguma intenção sanguinária, acredita? A faca só era usada como uma ferramenta.

– Pode ser – respondeu Holmes, dando de ombros. – O que posso dizer com certeza é que o senhor Joseph Harrison é um cavalheiro em cuja compaixão só muito de má vontade eu acreditaria.

# O PROBLEMA FINAL

É COM O CORAÇÃO pesado que movimento a minha caneta para escrever estas últimas palavras do relato que tenho feito dos dons singulares pelos quais meu amigo Sherlock Holmes se distinguia. De um modo incoerente e, sinto profundamente, por completo inadequado, empreendi dar conta de minhas estranhas experiências na companhia dele, desde o acaso que primeiro nos reuniu na época do *Estudo em vermelho* até o tempo da interferência dele no assunto do *Tratado naval* – interferência que teve o efeito inquestionável de prevenir uma complicação internacional séria. Era minha intenção ter parado lá e não ter dito nada sobre aquele evento que deixou um vazio em minha vida que o passar de dois anos fez pouco para preencher. Porém, minha mão viu-se forçada pelas recentes cartas nas quais o coronel James Moriarty defende a memória do irmão dele, e não tenho escolha senão a de expor ao público os fatos exatamente como aconteceram. Só eu conheço a verdade absoluta sobre o assunto, e estou satisfeito por ter chegado a hora em que para nada serve escondê-la. Até onde sei, só foram feitos três relatos: o do *Diário de Genebra*, no dia 6 de maio de 1891; o despacho da Reuter nos jornais ingleses, no dia 7 de maio; e, finalmente, a recente carta à qual aludi. Desses, o primeiro e o segundo foram extremamente condensados, enquanto o último é, como mostrarei agora, uma distorção absoluta dos fatos. Cabe a mim contar, pela primeira vez, o que realmente aconteceu entre o professor Moriarty e o senhor Sherlock Holmes.

É possível que lembrem que, depois de meu matrimônio e minha estreia subsequente na prática privada, modificaram-se as relações íntimas que existiam entre mim e Holmes, até certo ponto. Ele ainda me procurava às vezes, quando desejava um companheiro em suas investigações, mas essas ocasiões ficaram cada vez mais raras, até que, no ano de 1890, só tenho registro de três casos. Durante o inverno daquele ano e o começo da primavera de 1891, vi nos jornais que ele tinha se envolvido, a pedido do governo francês, em um assunto de importância suprema, e recebi duas notas de Holmes, vindas de Narbonne e de Nîmes, a partir das quais concluí que provavelmente a permanência dele na França seria longa. Então, foi com certa surpresa que o vi entrar em meu consultório na noite de 24 de abril. Surpreendeu-me o fato de ele estar mais pálido e mais magro que o habitual.

— Sim, tenho abusado da minha saúde— ele observou, respondendo ao meu olhar ao em vez de às minhas palavras. — Eu tenho me sentido um pouco pressionado ultimamente. Tem alguma objeção a que eu feche as venezianas?

A única luz no quarto vinha do abajur da mesa na qual eu estava lendo. Holmes esgueirou-se pela parede, fechou as persianas e trancou-as com firmeza.

— Você está com medo de algo? – perguntei.

— Bem, sim.

— De quê?

— De armas.

— Meu querido Holmes, o que você quer dizer?

— Acho que você me conhece bastante bem, Watson, para saber que não sou de modo algum um homem nervoso. Ao mesmo tempo, é estupidez e não coragem recusar-se a reconhecer o perigo quando ele está próximo de você. Eu poderia convidá-lo para uma partida? – Deu uma tragada profunda no cigarro, como se isso o acalmasse.

– Devo me desculpar por chegar tão tarde – disse ele. – E em seguida lhe pedir para não ser muito convencional e me permitir sair de sua casa pelos fundos.

– Mas o que significa tudo isso? – eu perguntei.

Ele mostrou sua mão, e eu vi na luz do abajur que duas de suas juntas estavam esfoladas e sangrando.

– Não é nada superficial, como vê – disse ele, sorrindo. – Pelo contrário, é sólido o bastante para um homem quebrar a mão. A senhora Watson está em casa?

– Ela está viajando, fazendo uma visita.

– É mesmo? Você está só!

– Totalmente.

– Então é mais fácil propor que venha comigo, durante uma semana, para o continente.

– Para onde?

– Qualquer lugar. Para mim tanto faz.

Havia algo muito estranho em tudo isso. Não era da natureza de Holmes tirar um feriado sem propósito, e algo em sua face pálida e cansada me disse que os nervos dele estavam na mais alta tensão. Ele viu a pergunta em meus olhos e, unindo as pontas dos dedos e apoiando os cotovelos sobre os joelhos, explicou a situação.

– Você provavelmente nunca ouviu falar do professor Moriarty? – disse ele.

– Nunca.

– Aí é que estão a genialidade e a maravilha da coisa! – ele gritou. – O homem invade Londres, e ninguém ouve falar dele. Isso é o que o põe no pináculo dos anais do crime. Digo-lhe com toda a sinceridade, Watson, que se eu pudesse acabar com esse homem, se eu pudesse livrar a sociedade dele, sentiria que minha própria carreira tinha alcançado seu ápice e estaria preparado para dar um rumo mais sossegado à minha vida. Cá entre nós, os recentes casos nos quais fui de ajuda à família real da Escandinávia e à república francesa me deixaram em uma tal posição que eu poderia continuar vivendo de maneira mais tranquila e concentrar minha atenção em minhas pesquisas químicas. Mas não poderia descansar, Watson, não poderia ficar quieto em minha poltrona se eu soubesse que um homem como o professor Moriarty está caminhando pelas ruas de Londres sem ninguém para enfrentá-lo.

– O que fez ele?

– Sua carreira é extraordinária. Ele é um homem de berço e educação excelentes, dotado de uma capacidade fenomenal para a matemática. Aos 21 anos, escreveu um tratado sobre o teorema binominal que foi um sucesso na Europa. Em virtude disso, ganhou a cadeira de Matemática em uma de nossas universidades menores, e teve, pelo que parece, uma carreira brilhante. Mas o homem tinha tendências hereditárias do tipo mais diabólico. Uma tendência criminosa corria em seu sangue, a qual, em vez de ter se modificado, aumentou, e ele se tornou infinitamente mais perigoso, graças aos seus poderes mentais extraordinários. Rumores obscuros circulavam na cidade universitária, e ele foi compelido a resignar da cadeira e voltar a Londres, onde se estabeleceu como instrutor do exército. Isso é tudo o que o mundo sabe, mas o que eu vou lhe contar agora fui eu mesmo quem descobriu.

"Como você sabe, Watson, ninguém conhece tão bem a elite do mundo criminal de Londres como eu. Durante anos, estive consciente da presença de um certo poder por trás do malfeitor, um poder profundamente organizado que sempre se coloca no caminho da lei e protege aquele que age mal. Diversas vezes, em casos dos mais variados, como falsificação, roubo, assassinato, senti a presença dessa força e deduzi sua ação em muitos dos crimes não resolvidos, nos quais eu não fora consultado pessoalmente. Durante anos, pretendi levantar o véu que amortalhava tudo isso, e afinal veio o momento em que agarrei o rasto e o segui, até que, depois de mil voltas sinuosas, ele me conduziu ao ex-professor Moriarty, celebridade matemática.

"Ele é o Napoleão do crime, Watson. É o organizador de metade do que está mal e de quase tudo o que não é resolvido nesta grande cidade. Ele é um gênio, um filósofo, um pensador abstrato. Tem um cérebro de primeira ordem. Ele está imóvel, como uma aranha no centro de sua teia, mas essa teia tem mil filamentos, e ele conhece bem o movimento de cada um deles. Ele quase não age. Só planeja. Mas seus agentes são numerosos e magnificamente organizados. Há um crime a ser feito, um papel a ser subtraído, digamos, uma casa a ser roubada, um homem a ser raptado – a palavra é passada ao professor, a coisa é organizada e levada a cabo. O agente pode ser pego. Nesse caso, surge dinheiro para sua fiança ou defesa. Mas o poder central que comanda o agente nunca é pego – nem mesmo é posto sob suspeita. Foi esta a organização que eu imaginei, Watson, e à qual dediquei toda minha energia para revelar e desfazer.

"Mas o professor cercou-se por todos os lados com proteções tão inteligentes que, seja lá o que eu faça, parece impossível encontrar alguma evidência que o condene num tribunal. Você conhece meus dons, meu caro Watson, mas, após três meses, sou forçado a confessar que encontrei, por fim, um antagonista intelectualmente do meu nível. Meu horror aos seus crimes se misturava à minha admiração por suas habilidades. Mas afinal ele veio a cometer um erro; um erro pequeno, mas maior do que ele poderia ter se permitido, quando eu estava tão próximo. Tive a minha chance e, a partir daquele ponto, teci minha rede ao redor dele, e agora estou prestes a fechá-la. Em três dias – quer dizer, na segunda-feira próxima –, certas coisas estarão maduras, e o professor, com todos os sócios principais de sua quadrilha, estará nas mãos da polícia. Então haverá o maior julgamento criminal do século, o esclarecimento de mais de quarenta mistérios, e a forca para todos eles; mas se nos movermos prematuramente, você compreende, eles podem deslizar para fora de nossas mãos na última hora.

"Agora, se eu pudesse ter feito isso sem o conhecimento do professor Moriarty, tudo estaria bem. Mas ele foi muito sagaz e percebeu todos os passos que dei para lançar a armadilha em torno dele. Várias vezes ele tentou fugir, mas sempre o impedi. Digo-lhe, meu amigo, que se um relato detalhado dessa competição silenciosa pudesse ser escrito, seria considerado o mais brilhante apanhado de golpes e contragolpes da história da investigação. Nunca subi tão alto e nunca fui tão duramente pressionado por um oponente. Ele cortou fundo, e eu, mais fundo ainda. Esta manhã foram dados os últimos passos, e só são necessários três dias para completar o negócio. Estava eu sentado em meu quarto, refletindo sobre o assunto, quando a porta se abriu e o professor Moriarty parou diante de mim.

"Meus nervos são bastante fortes, Watson, mas devo confessar que tomei um susto quando vi, no limiar da minha porta, o homem que tanto tinha estado em meus pensamentos. Sua aparência me era bastante familiar. Ele é muito alto e magro, a fronte se sobressai numa curva branca, e os olhos se afundam no rosto. Usa a barba bem-feita, é pálido, de aparência ascética, tendo algo professoral em suas características. Seus ombros são arredondados de tanto estudar, e a cabeça projeta-se para frente, oscilando contínua e vagarosamente de um lado para outro, como um réptil. Ele me observou com grande curiosidade em seus olhos enrugados.

"– O senhor tem um desenvolvimento frontal menor do que eu esperava – disse ele, afinal. – É um hábito perigoso engatilhar armas de fogo no bolso do roupão.

"O fato é que, logo que ele entrou, percebi imediatamente o perigo extremo no qual me encontrava. Sua única fuga concebível seria silenciar-me. Imediatamente, eu passei, sem que ele notasse, o revólver da gaveta para o meu bolso e o escondi com o roupão. À observação dele, tirei a arma e coloquei-a sobre a mesa. Ele ainda sorriu e piscou, mas havia algo nos seus olhos que me deixaram contente por ela estar ali.

"– O senhor evidentemente não me conhece – disse ele.

"– Pelo contrário – respondi –, penso que é bastante evidente que o conheço. Pegue uma cadeira, por favor. Posso dar ao senhor cinco minutos, se tiver algo a dizer.

"– Tudo aquilo que eu tenho a dizer já passou por sua mente – disse ele.

"– Então possivelmente minha resposta já passou pela sua – retruquei.

"– O senhor se levanta rápido?

"– Muito rápido!

"Ele meteu a mão no bolso, e eu peguei a pistola da mesa. Mas ele tirou de dentro apenas um memorando, no qual tinha rabiscado algumas datas.

"– O senhor cruzou meu caminho em 4 de janeiro – disse ele. – No dia 23, me incomodou; pelo meio de fevereiro, o senhor me atrapalhou seriamente; ao término de março, tive meus planos absolutamente impedidos; e agora, ao fim de abril, encontro-me em tal posição por causa de sua perseguição ininterrupta que corro verdadeiramente o risco de perder a liberdade. A situação está se tornando impossível.

"– Tem alguma sugestão a fazer? – perguntei.

"– É preciso que pare com isso, senhor Holmes – disse ele, balançando a cabeça. – Sabe disso.

"– Depois de segunda-feira – disse eu.

"– Basta, basta – disse ele. – Estou seguro de que um homem de sua inteligência sabe que só pode haver uma saída para tudo isso. É necessário que o senhor se retire. O senhor retorceu as coisas de tal maneira que só nos deixou um recurso. Foi um desafio intelectual acompanhar o modo como o senhor se agarrou a esse negócio, e eu digo, sem afetação, que seria uma aflição para mim se eu fosse forçado a tomar qualquer medida extrema. O senhor sorri, mas eu lhe asseguro de que é verdade.

"– O perigo faz parte do meu trabalho – observei.

"– Isso não é nenhum perigo – disse ele. – É a destruição inevitável. O senhor está no caminho não apenas de um indivíduo, mas de uma organização poderosa, cuja extensão o senhor, com toda a sua inteligência, não foi capaz de perceber. Precisa cair fora, ou será esmagado.

"– Temo – disse eu, me levantando – que pelo prazer dessa conversa eu esteja negligenciando negócios de importância que me esperam em outro lugar.

"Ele também levantou e olhou para mim em silêncio, meneando a cabeça tristemente.

"– Bem, bem – disse ele, afinal. – É uma pena, mas fiz o que pude. Conheço todo o seu jogo. O senhor não pode fazer nada antes de segunda-feira. Foi um duelo entre nós dois, senhor Holmes. O senhor espera levar-me ao tribunal. Eu lhe direi que nunca irei ao tribunal. O senhor espera derrubar-me. Eu lhe digo que nunca me derrubará. Se o senhor for inteligente o suficiente para conseguir me prejudicar, fique descansado que farei o mesmo consigo.

"– Fez-me vários elogios, senhor Moriarty – disse eu. – Deixe que lhe retribua com um, ao lhe dizer que, se eu estiver seguro da primeira eventualidade, eu, no interesse do público, aceitarei alegremente a segunda.

"– Posso lhe prometer uma, mas não a outra – ele rosnou, e assim voltou as costas para mim e saiu do quarto desapontado.

"Essa foi minha estranha conversa com o professor Moriarty. Confesso que deixou um efeito desagradável em minha mente. A forma suave e precisa com que ele falou produziu uma impressão de sinceridade que um mero tirano não conseguiria produzir. Claro, você dirá: por que não toma precauções e coloca a polícia atrás dele? A razão é que estou convencido de que é dos seus agentes que virá o golpe. Tenho provas de que é assim que vai ocorrer."

– Você já foi atacado?

– Meu caro Watson, o professor Moriarty não é um homem que deixe a grama crescer debaixo de seus pés. Saí ao meio-dia, para tratar de uns negócios na Oxford Street. Assim que passei a esquina que leva da Bentinck Street para a Welbeck Avenue, um carroção de transportar mobília, de dois cavalos, furiosamente dirigido, zumbiu em minha direção como um raio. Pulei para o passeio e salvei-me pela fração de um segundo. O carroção saiu numa disparada pela Marylebone Lane e depois desapareceu. Eu me mantive na calçada depois disso, Watson, mas quando desci a Vere Street, um tijolo caiu do telhado de uma das casas, quebrando-se aos meus pés. Chamei a polícia, e eles examinaram o lugar. Havia ardósias e tijolos empilhados no telhado, os quais seriam usados para algum conserto, e fizeram-me acreditar que o vento tinha derrubado alguns. Claro que eu sabia que não, mas não poderia provar nada. Chamei um táxi depois disso e fui à casa de meu irmão, em Pall Mall, onde passei o dia. Agora vim até aqui e no trajeto fui atacado por um biltre com um cacetete. Derrubei-o, e a polícia o tem sob custódia; mas posso lhe dizer com absoluta confiança que nenhuma conexão possível jamais será traçada entre o cavalheiro em cujos dentes rompi minhas juntas e o professor de matemática aposentado, que está, ouso dizer, resolvendo problemas num quadro negro a dezesseis quilômetros de distância. Você não se surpreenderá, Watson, que meu primeiro ato ao entrar em sua casa tenha sido o de fechar as venezianas, e que fui compelido a pedir sua permissão para utilizar uma saída menos conspícua que a porta da frente.

Muitas vezes, eu tinha admirado a coragem de meu amigo, mas nunca mais que agora, enquanto sentava calmo, relatando a série de incidentes que compunham um dia de horror.

– Você passará a noite aqui? – perguntei.

– Não, meu amigo, eu seria um convidado perigoso. Já fiz meus planos, e tudo ficará bem. As coisas já estão tão encaminhadas de modo que podem andar sem minha ajuda, no que diz respeito à prisão, embora minha presença seja necessária para prova de culpabilidade. Então, o melhor que tenho a fazer é sumir durante os poucos dias que faltam antes de a polícia ficar livre para agir. Seria um grande prazer para mim, portanto, se pudesse vir ao continente comigo.

– A clínica está calma – disse eu –, e tenho um vizinho obsequioso. Será um prazer acompanhá-lo.

– Partimos amanhã de manhã?

– Se necessário.

– Oh, sim, é muito necessário. Eu imploro, meu caro Watson, que você obedeça à risca minhas instruções, pois agora está jogando um jogo a quatro mãos comigo contra o velhaco mais astuto e o sindicato do crime mais poderoso da Europa. Agora escute! Você despachará qualquer bagagem que pretenda levar por intermédio de um mensageiro fiel, sem endereço, para a estação Victoria, esta noite. Pela manhã, você mandará chamar um carro de praça, pedindo ao homem que não pare nem o primeiro nem o segundo que se apresentar. Entre nesse carro e corra para a Strand, no fim do Lowther Arcade, passando o endereço ao cocheiro numa tira de papel, com a recomendação de que ele não a jogue fora. Tenha o dinheiro na mão para pagar, e, no momento em que seu táxi parar, meta-se pela arcada, tomando as precauções para chegar ao outro lado às 9h15. Você encontrará um carro fechado e pequeno esperando no meio-fio, dirigido por um indivíduo com um capote preto pesado, com a gola vermelha. Entre nesse carro e chegará à estação Victoria a tempo de pegar o Expresso Continental.

– Onde eu o encontrarei?

– Na estação. O segundo vagão da primeira classe, a contar a partir da frente, estará reservado para nós.

– Nos encontraremos no vagão, então?

– Sim.

Foi em vão que pedi a Holmes que permanecesse durante a noite. Era evidente para mim, entretanto, que ele poderia trazer dificuldades à casa na qual estivesse, e que esse era o motivo que o impelia a ir. Com algumas palavras apressadas quanto a nossos planos do dia seguinte, saiu comigo para o jardim, onde subiu pelo muro que dá na Mortimer Street. Assobiou imediatamente para um carro, no qual o ouvi sair.

Pela manhã, obedeci às injunções de Holmes na carta. Um carro foi procurado com toda a precaução, a fim de prevenir que o tivessem preparado para nós, e fui, imediatamente após o café da manhã, para o Lowther Arcade, pelo qual eu passei no máximo de minha velocidade. Um carro fechado estava esperando com um motorista gordo embrulhado em um capote escuro que, logo que entrei, chicoteou o cavalo e rumou para a estação Victoria. Quando desci, ele fez a volta com a carruagem e saiu apressado novamente, sem lançar qualquer olhar em minha direção.

Até aí, tudo tinha corrido admiravelmente. Minha bagagem estava esperando por mim, e não tive nenhuma dificuldade em achar o vagão que Holmes indicara, sendo o único no trem que tinha uma placa de *reservado*. Minha única fonte de ansiedade agora era o fato de Holmes não ter aparecido. O relógio da estação indicava que faltavam só sete minutos para partir. Em vão eu procurei a figura de meu amigo entre os grupos de viajantes e carregadores. Não havia nenhum sinal dele. Passei alguns minutos ajudando um venerável padre italiano que se esforçava por fazer o carregador entender, no seu inglês estropiado, que sua bagagem devia ser endereçada para Paris. Então, tendo dado outra olhada em volta, voltei ao meu vagão, onde achei que, apesar do bilhete, tinham me dado por engano o amigo italiano decrépito como companheiro de viagem. Era inútil explicar a ele que a sua presença não era bem-vinda, pois o meu italiano conseguia ser mais limitado do que o inglês dele. Sendo assim, dei de ombros, resignadamente, e continuei olhando para fora, com ansiedade, em busca de meu amigo.

Um frio de medo me percorreu a espinha, pois pensei que sua ausência pudesse significar que algum golpe o tivesse abatido durante a noite. As portas já tinham todas se fechado e o apito soprado, quando...

– Meu caro Watson – disse uma voz –, não me dá nem bom-dia?

Virei-me, assustado. O velho eclesiástico tinha virado o rosto para mim. Num instante, as rugas tinham sido alisadas, o nariz puxado para longe do queixo. O lábio inferior deixou de projetar-se, e a boca parou de tremer; os olhos sombrios recuperaram seu fogo, e a figura curvada ergueu-se. No instante seguinte, a armação inteira tornou a descer, e Holmes se foi tão depressa quanto viera.

– Céus! – gritei –, como você me assustou!

– Toda precaução é ainda necessária – ele sussurrou. – Eu tenho razão para pensar que estão em nossa cola. Ah, lá está o próprio Moriarty.

O trem já tinha começado a se mover, enquanto Holmes falava. Olhando para trás, vi um homem alto, abrindo caminho furiosamente pela multidão e acenando a mão, como se quisesse parar o trem. Porém, era muito tarde, porque ganhávamos impulso rapidamente e logo tínhamos deixado a estação como uma flecha.

– Com todas as precauções, você vê que nos safamos por pouco – disse Holmes, rindo. Ele se levantou e, livrando-se da batina e do chapéu que tinham constituído o seu disfarce, os guardou em uma sacola de mão.

– Você leu o jornal matutino, Watson?

– Não.

– Não viu nada sobre Baker Street, então?

– Baker Street?

– Alvejaram nossos quartos, à noite passada. Não causaram grandes danos.

– Céus, Holmes! Isso é intolerável.

– Eles devem ter perdido meu rasto completamente, depois que o homem que me agrediu foi preso. Caso contrário, não teriam imaginado que eu tivesse voltado para casa. Entretanto, eles tomaram a precaução de vigiar você, e foi isso, evidentemente, que trouxe Moriarty à estação Victoria. Você não cometeu algum deslize em sua vinda?

– Fiz o que você aconselhou, exatamente.

– Você achou o carro fechado?

– Sim, estava esperando.

– Você reconheceu o cocheiro?

– Não.

– Era meu irmão Mycroft. É uma vantagem em tais casos não precisar confiar num mercenário. Mas temos que planejar o que faremos agora com relação a Moriarty.

– Como esse trem é um expresso em movimento, eu creio que nós nos livramos dele.

– Meu caro Watson, você não percebeu, evidentemente, o significado daquilo que eu disse quanto a esse homem poder ser colocado no mesmo patamar intelectual que eu. Você não imagina que, se eu fosse o perseguidor, me permitiria ser confundido por um obstáculo tão pequeno. Por que, então, você deveria pensar isto dele?

– O que ele fará?

– O que eu faria?

– O que você faria, então?

– Fretaria um trem.

– Mas deve ser tarde para isso.

– De modo algum. Este trem para em Canterbury; e lá sempre fica pelo menos um quarto de hora. Ele nos pegará lá.

– Parece até que nós somos os criminosos. Temos que prendê-lo quando aparecer.

– Seria arruinar um trabalho de três meses. Pegaríamos o peixe grande, mas os menores se arremessariam à direita e à esquerda, fugindo da rede. Na segunda-feira, nós pegaremos todos. Não, uma prisão é inadmissível.

– O que fazer então?

— Desceremos em Canterbury.

— E depois?

— Bem, então faremos um passeio pelos campos até Newhaven, e dali subiremos para Dieppe. Moriarty fará, mais uma vez, o que eu faria. Ele seguirá para Paris, identificará nossa bagagem e esperará por dois dias no depósito. Enquanto isso, nós nos divertiremos cada um enchendo uma mala, assim estimulando a indústria do país que estivermos atravessando e seguiremos em nosso vagar para a Suíça, Luxemburgo e Basle.

Descemos, assim, em Canterbury, e descobrimos que teríamos de esperar uma hora, para pegar um trem para Newhaven.

Eu ainda estava olhando muito tristemente para o carro de bagagem que desaparecia rapidamente, com meu guarda-roupa, quando Holmes me puxou pela manga, apontando para os trilhos.

— Lá, veja – disse ele.

Longe, entre os bosques de Kentish, surgiu um novelo tênue de fumaça. Um minuto depois, era possível ver um vagão voando pela curva aberta que conduz à estação. Pouco tempo tivemos para achar um lugar atrás de uma pilha de bagagem, quando ele passou com um ronco e um estrondo, explodindo ar quente em nossas faces.

— Lá vai ele – disse Holmes, enquanto assistíamos o carro balançar sobre as agulhas. – Há limites, você vê, para a inteligência do nosso amigo. Teria sido um *coup-de-maître* se tivesse deduzido o que eu deduziria e agisse de acordo.

— E o que ele teria feito, se tivesse nos alcançado?

— Não há dúvida de que ele teria desferido um ataque assassino sobre mim. Porém, é um jogo que os dois podem jogar. A pergunta, agora, é se nós deveríamos almoçar aqui, ou correr o risco de passar fome até chegar a Newhaven.

Viajamos para Bruxelas naquela noite e ficamos por lá dois dias, indo no terceiro dia para Estrasburgo. Na segunda-feira pela manhã, Holmes telegrafou à polícia de Londres, e pela noite uma resposta esperava por nós em nosso hotel. Holmes rasgou-a para abrir, e então, com uma maldição, lançou-a no fogo.

– Eu deveria saber – gemeu. – Ele escapou!

– Moriarty?

– Prenderam todo o bando, com exceção dele. Ele os enganou. Claro, quando eu saí do país, não havia ninguém para enfrentá-lo. Mas eu pensei ter colocado o jogo nas mãos deles. Creio que é melhor retornar à Inglaterra, Watson.

– Por quê?

– Porque serei um companheiro perigoso agora. O trabalho daquele homem se acabou. Ele estará perdido se voltar a Londres. Se eu percebi direito o seu caráter, creio que dedicará todas a sua energia para se vingar de mim. Ele disse muita coisa em nossa breve entrevista, e creio que foi isso que ele quis dar a entender. Recomendo-lhe, portanto, que volte ao seu trabalho.

Tratava-se de um apelo que dificilmente seria atendido por um velho companheiro ou um velho amigo. Sentamos na *salle-à-manger* de Estrasburgo, discutindo a questão por cerca de uma hora, mas na mesma noite retomamos nossa viagem, pondo-nos a caminho de Genebra.

Durante uma semana encantadora, vagamos pelo vale do Reno, e então, desviando-nos para Leuk, seguimos pelo Gemmi Pass, ainda afundado em neve, e, por Interlaken, rumamos para Meiringen. Era uma viagem adorável, o verde delicado da primavera abaixo, o branco virgem do inverno acima; mas eu sabia que nunca, sequer por um momento, Holmes se esqueceu da sombra que pairava sobre ele. Nos humildes vilarejos alpinos, ou nas passagens solitárias das montanhas, eu poderia ainda dizer, pelos rápidos relances de seus olhos, e o exame penetrante que ele fazia de toda as faces que passavam por nós, que ele estava convicto de que, andássemos por onde fosse, não poderíamos nos afastar do perigo que nos perseguia.

Uma vez, lembro-me, quando passávamos pelo Gemmi e caminhávamos pela margem do melancólico Daubensee, uma enorme rocha rolou montanha abaixo e caiu com estrondo no lago atrás de nós. Em um instante, Holmes tinha corrido até o cume da montanha, e, mantendo-se de pé sobre um pináculo alto, alçou o pescoço em todas as direções. Foi em vão que nosso guia o assegurou de que a queda de pedras era um evento comum na primavera. Ele não disse nada, mas sorriu para mim com o ar de um homem que vê se cumprir o que tinha esperado.

E no entanto, apesar de toda a sua vigilância, ele não estava deprimido. Pelo contrário, lembro nunca tê-lo visto em tal espírito exuberante. Sucessivas vezes, recorria ao fato de que, se tivesse certeza de que a sociedade tinha sido livrada do professor Moriarty, ele levaria, alegremente, sua própria carreira a uma conclusão.

– Creio poder ir tão longe a ponto de dizer, Watson, que não vivi completamente em vão – observou. – Se meus trabalhos se encerrassem essa noite, eu ainda poderia avaliá-los com serenidade. O ar de Londres é mais doce por causa de minha presença. Em mais de mil casos, não tenho consciência de alguma vez ter usado meus poderes no lado errado. Ultimamente, fui tentado a olhar para os problemas causados pela natureza, em vez desses mais superficiais, pelos quais a nossa sociedade é responsável. Suas memórias terão um fim, Watson, no dia em que eu coroar minha carreira com a captura ou o fim do criminoso mais perigoso e capaz da Europa.

Serei breve, e não obstante exato, no pouco que resta para contar. Não é um assunto no qual eu me deteria de boa vontade, e ainda assim estou consciente de que um dever me obriga a não omitir nenhum detalhe.

Foi no dia três de maio que nós chegamos à pequena aldeia de Meiringen. Lá nos alojamos no Englischer Hof, pertencente a Peter Steiler, o ancião. Nosso proprietário era um homem inteligente e falava excelentemente o inglês, depois de ter trabalhado durante três anos como garçom no Hotel de Grosvenor, em Londres. A conselho dele, na tarde do dia 4, partimos com a intenção de cruzar as colinas e passar a noite no vilarejo de Rosenlaui. Entretanto, tínhamos ordens estritas para não passarmos as quedas do Reichenbach, que estão mais ou menos a meio caminho da montanha, sem fazer uma pequena volta para vê-las.

Realmente é um lugar assombroso. A queda d'água, acrescida da neve em degelo, mergulha em um tremendo abismo, do qual o vapor se ergue como a fumaça de uma casa incendiando. O rio lança-se em um imenso precipício, circundado de rochas brilhantes e negras como o carvão, e que se estreitam numa cova fervente de espuma e profundidade incalculável, que lança a corrente para sua orla dentada. A longa voragem de água verde que cai rugindo e a cortina grossa de vapor que sobe assobiando causam vertigem pelo constante redemoinho e clamor. Paramos próximos à margem olhando a água se rompendo contra as rochas negras muito abaixo e escutando o ruído como um grito humano que subia do abismo com o vapor, chegando até nós.

O caminho foi aberto em semicírculo ao redor da cachoeira, para proporcionar uma visão completa, mas termina abruptamente, e o viajante tem que voltar por onde veio. Nós tínhamos resolvido fazer isso, quando vimos um rapaz vindo em nossa direção, correndo com uma carta. Levava a marca do hotel do qual há pouco tínhamos partido e era endereçada a mim pelo proprietário.

Parecia que, pouquíssimos minutos depois de nossa partida, uma senhora inglesa tinha chegado e estava em estado crítico. Tinha passado o inverno em Davos-Platz e estava viajando para se encontrar com amigos em Lucerne, quando uma hemorragia súbita a abateu. Pensava-se que teria apenas algumas horas de vida, mas seria um grande consolo para ela ver um doutor inglês, e se eu apenas voltasse etc. O bom Steiler assegurava-me, em um pós-escrito, que ele consideraria minha anuência como um enorme favor, já que a senhora recusava-se absolutamente a ver um médico suíço, e ele não podia deixar de sentir que estava incorrendo em uma grande responsabilidade.

O apelo era tal que não podia ser ignorado. Era impossível recusar o pedido de uma concidadã que estava morrendo em uma terra estranha. Tive ainda minhas dúvidas sobre deixar Holmes. Porém, finalmente ele concordou em reter consigo o jovem mensageiro suíço, como guia e companheiro, enquanto eu voltava a Meiringen. Meu amigo pretendia se demorar algum tempo na cachoeira, e então escalaria lentamente a montanha até Rosenlaui, onde eu me reuniria com ele pela noite. Enquanto me virava, vi Holmes, com as costas contra uma rocha e os braços cruzados, contemplando abaixo o correr das águas. Foi a última vez que o destino me permitiu vê-lo neste mundo.

Quando eu estava próximo ao fim da descida, olhei para trás. Era impossível, daquela posição, ver a cachoeira, mas eu podia ver o caminho sinuoso que serpenteia sobre o ombro da montanha e conduz a ela. Ao longo deste, havia um homem, me lembro, caminhando muito rapidamente.

Eu podia ver, claramente, sua figura negra contra o verde.

Eu observei a energia com que andava, mas ele fugiu novamente de minha mente, enquanto eu me apressava para minha incumbência.

Devo ter gasto pouco mais de uma hora, até alcançar Meiringen. O velho Steiler estava parado na varanda do hotel.

– Bem – disse eu, apressado. – Espero que ela não tenha piorado.

Um olhar de surpresa passou pelo seu rosto, e ao primeiro tremor das sobrancelhas dele, meu coração saltou-me do peito.

– O senhor não escreveu isso? – perguntei, enquanto puxava a carta de meu bolso. – Não há nenhuma senhora inglesa doente no hotel?

– Certamente que não! – ele gritou. – Mas há aqui a marca do hotel! Deve ter sido escrito por aquele inglês alto que entrou depois de vocês terem saído. Ele disse...

Mas eu não esperei por nenhuma das explicações do proprietário. No zunir do terror, eu já corria a rua da aldeia abaixo, precipitando-me pelo caminho que tão recentemente tinha descido. Levei uma hora para chegar lá embaixo. Apesar de todos os meus esforços, duas outras tinham se passado antes de eu me encontrar mais uma vez na cachoeira de Reichenbach. Lá estava o bastão de alpinismo de Holmes, ainda apoiado contra a rocha sobre a qual eu o tinha deixado. Mas não havia nenhum sinal dele, e foi em vão que gritei. Minha única resposta foi minha própria voz reverberando num eco nos penhascos ao redor.

Foi a visão daquele bastão de alpinismo que me abateu. Ele não tinha ido para Rosenlaui, então. Tinha permanecido naquele caminho de menos de um metro de largura, com uma parede íngreme de um lado e uma queda do outro, até que o inimigo o tinha colhido dali. O jovem suíço também desaparecera. Devia ter sido pago por Moriarty, e deve ter deixado os dois homens juntos. Mas, então, o que teria acontecido? Quem nos contaria o que tinha acontecido, então?

Permaneci fora de mim por um ou dois minutos, ofuscado pelo horror da coisa. Então comecei a pensar nos próprios métodos de Holmes e a tentar praticá-los para desvendar essa tragédia. Foi fácil. Durante nossa conversa, não tínhamos ido até o fim do caminho, e o bastão de alpinista marcava o lugar onde paramos. A terra enegrecida é fofa todo o tempo, pelo vento incessante de vapor, e até mesmo um pássaro deixaria ali sua marca. Duas linhas de pegadas eram claramente visíveis ao longo da extremidade mais distante do caminho, conduzindo para longe de mim. Não havia nenhuma retornando. A alguns metros do fim, o solo estava todo fendido, num remendo de lama, e as samambaias que orlavam a beira do precipício estavam despedaçadas e sujas. Baixei o rosto e observei, com o vapor borbotando para cima ao meu redor. Tinha escurecido desde minha partida, e agora eu só poderia ver, aqui e lá, o brilho de umidade nas paredes pretas e, muito abaixo, o término da queda-d'água se quebrando. Gritei; mas apenas esse mesmo grito, meio humano, respondeu-me da cachoeira.

Mas estava destinado que eu deveria ter, depois de tudo, uma última palavra de saudação de meu amigo e camarada. Eu disse que o bastão de alpinista dele estava apoiado contra uma rocha que se projetava do caminho. Em cima desse bloco, algo luminoso atraiu meu olhar, e, cobrindo os olhos com a mão, descobri que vinha da cigarreira prateada que ele carregava. Ao levantá-la, um pequeno retângulo de papel, sobre o qual ela estava, caiu tremulando no chão. Desdobrando-o, achei três páginas rasgadas do seu livro de notas, as quais se dirigiam a mim. Eram características do homem cujo rumo era preciso, e a escrita, firme e clara, como se tivessem sido escritas em seu escritório.

Meu querido Watson [dizia], escrevo estas poucas linhas por cortesia do senhor Moriarty, que me deixou escolher o momento para a discussão final das questões pendentes entre nós. Ele me fez um esboço dos métodos pelos quais evitou a polícia inglesa e manteve-se informado de nossos movimentos. Tais métodos confirmam, certamente, a alta opinião que eu tinha formado das habilidades dele. Fico contente de pensar que livrarei a sociedade de sua presença, entretanto, temo que será às custas do que trará dor a meus amigos e, especialmente, meu caro Watson, a você.

Eu já havia lhe explicado, porém, que minha carreira tinha chegado ao ápice, e que nenhum possível final estaria mais a meu gosto do que este. E na realidade, se me permite fazer uma confissão completa, eu estava totalmente convencido de que a carta de Meiringen era falsa, e se lhe permiti partir, foi persuadido de que algo desse tipo se seguiria. Diga ao inspetor Patterson que os documentos de que ele precisa para condenar a quadrilha estão na repartição M da escrivaninha, em um envelope azul com a inscrição Moriarty. Fiz toda a disposição de minhas propriedades antes de deixar a Inglaterra e passei-a para meu irmão, Mycroft. Dê minhas saudações à senhora Watson, e acredite em mim, para sempre, querido companheiro.

Muito sinceramente,

SHERLOCK HOLMES

Algumas palavras bastam para contar o pouco que resta. O exame dos peritos deixa pouca dúvida de que uma luta entre os dois homens terminou, como não podia deixar de ser, na queda deles, presos nos braços um do outro. Qualquer tentativa de recuperar os corpos estava absolutamente condenada, e lá, muito abaixo, naquele terrível caldeirão de água e espuma, repousarão por todo o sempre o criminoso mais perigoso e o campeão da lei de sua época. O jovem mensageiro nunca mais foi achado, e não há nenhuma dúvida de que ele era um dos numerosos agentes que Moriarty mantinha em serviço. Quanto à quadrilha, ainda hoje deve estar na memória do público o quanto as evidências que Holmes tinha acumulado expunham totalmente a sua organização e como pesava sobre eles a mão do homem morto. Do seu terrível chefe, poucos detalhes se conseguiram durante o processo, e se fui agora compelido a deixar um depoimento claro de sua carreira, foi devido a esses paladinos imprudentes que tentaram limpar sua memória atacando aquele que sempre vou considerar o melhor e o mais sábio homem que alguma vez conheci.

lepmeditores
**www.lpm.com.br**
o site que conta tudo

IMPRESSÃO:

**PALLOTTI**
GRÁFICA

Santa Maria - RS | Fone: (55) 3220.4500
*www.graficapallotti.com.br*